奈落の上の夢舞台

奈落の上の夢舞台

——後期シェイクスピア演劇の展開

髙田茂樹

水声社

目次

第三部　ロマンス劇

本書の中のシェイクスピアの芝居についての幕・場・行数の表示は、すべて G. Blakemore Evans (ed.), *The Riverside Shakespeare* (Boston: Houghton Mifflin, 1974) に拠っている。

序章

四十近いシェイクスピアの戯曲を辿っていくと、そこには人生を芝居にあるいはこの世を劇場になぞらえる比喩が数多く見られる。「世界は劇場、人は役者」といった譬えや言い回しの類いである。

有名すぎて、わざわざ引くのもはばかられるが、例えば、『マクベス』の終幕で、マクベスはこう述懐する。

明日、明日、また明日と、
一日一日がゆっくりとした足取りですぎていって、
定められた時の最後の瞬間に至るのだ。
そして、俺たちの昨日という昨日は、あほうどもにほこりにまみれた
死への道を照らしてきたのだ。消えろ、消えろ、短いろうそく、
人生は歩み去る影法師だ。自分の出番だけ

舞台の上でドタバタやって、
あとはそれっきりの哀れな役者だ。うつけのしゃべる
世迷《よま》い言、わめいたり叫んだりと威勢はいいが、
どうせ意味などありはしない。

（五幕五場一九―二八行）

これは、マクベスが、妻と謀って、主君の命を奪って王座に就いたものの、人心の離反を招いて、自身完全な精神的荒廃に陥り、妻の方は狂気の果てに自殺してしまう、その妻の死の報せに接して、彼がもう何の動揺を示すこともなくつぶやく言葉だが、ここには、他の譬えと溶け合うかたちで、人生とは舞台の上の作りものと同様に、何の実体もない虚構にすぎないという発想が見事に言い表されている。

シェイクスピアの単独作としては最後のものとなる『あらし』の終幕近くで、魔術師のプロスペローも次のように語る。

宴《うたげ》はもう終わったよ。われわれの見たこれらの役者たちは、
先に言ったとおり、すべて妖精であり、
空気の中へ、薄い空気の中へと消えてしまった。
そして、宙に浮かぶこの幻影の舞台と同様、
雲を戴く高塔も、豪奢な宮殿も、
壮麗な寺院も、いやこの広大な地球そのものと、
さらにはそこに住まう一切のものですら、いずれは溶け去って、
今し方消え去った実体のない見せ物と同様に、

後には足場一つ残すことはないだろう。われわれは、夢と同じ
成分で出来ていて、われわれのはかない生は
眠りに包まれているのだ。

（四幕一場一四八―五八行）

こちらは、プロスペローが、自分が演出した妖精たちによる仮面劇を娘とその許嫁に見せた後で語る言葉だが、やはり、世界とは単なる虚構であって、人間はその虚構の舞台の上で役を演じている役者であり、夢まぼろしにすぎないのだということを述べている。

ここに挙げた例は、たまたま、共にシェイクスピアのキャリアの中ではかなり後の方の時期に属するものだが、こういった比喩は決して後期に限られるわけではなく、約二十年にわたるシェイクスピアの創作期間全体を通して見られるものである。

シェイクスピアがこういう発想に慣れ親しんでいた一つの理由としては、彼が、当時の他の多くの劇作家と違って、もともと役者として出発したということが考えられよう。もちろん、役者のすべてが、他の人間よりも、現実を虚構にみたてるような発想によく馴染んでいたというわけではないだろうが、それでもやはり、このことがシェイクスピアがそういう感覚を研ぎすます一つのきっかけになったということはあるだろう。そして、そういった感覚は、以後の劇作家としての活動を通して、漠然とした思いや文学的な比喩のレヴェルにとどまることなく、より深く彼の人生観、世界認識の段階にまで深められていったのではないだろうか。

もっとも、そういった比喩は、決してシェイクスピアに限られるものではなく、むしろ、ルネサンスという時代にきわめて特徴的な発想の一つだった。ここでは、ルネサンス期のイングランドの文人兼政治家の詩と散文を一つずつ挙げて、そういう発想の広がりを確認しておくことにしよう。

人生とは何かと云えば、受難を巡る一芝居、
そこでの余興は、皆で演じる合奏曲、
母の子宮は、この短い喜劇のために
着物をはおる衣装部屋、
天は目の肥えた厳しい見者で、
誰が演じ損なうか、じっと座って目を光らせる、
詮議する日の光から身を隠してくれる墓は、
芝居のあとに引かれる幕のよう、
こんなふうにわれわれは最後の休みに至るまで演じつづける、
死ぬ時だけは真剣で、これぱかりは冗談ではすまされぬ。　（サー・ウォルター・ローリー「人生について(1)」）

ある者が芝居で王侯を演じていて、自分が派手な金色のガウンを着ているのを本気で得意がっているのを見たりすれば、お前は、このろくでなしめ、芝居が終われば、いつもの古ぼけた外套に身をくるんで、宿なしのように出ていくのは請け合いだと思って、そのたわけぶりを笑わないではおられまい。ところが、お前は、自身役者の衣装に得意になりながら、自分ではいっぱし利口なつもりでいて、己の芝居がすめば、この男と同様に、あわれななりで出てゆくことになっているのを忘れている。そして、お前の出番も、男のと同じように、あっという間に終わってしまうかもしれないということを思い出しもしないのだ。
（サー・トマス・モア『四終(2)』）

はじめの詩は、シェイクスピアとほぼ同時代に生きた政治家で、一時期女王エリザベスの愛人に擬せられたサー・ウォルター・ローリーのもので、あとの散文は、それより数十年遡って、エリザベスの父ヘンリー八世の下で、大法官の要職にまで就きながら、ヘンリーが始めた宗教改革に賛同しなかったために、王の怒りを買って死罪に処された、イングランドきってのヒューマニストで、『ユートピア』の著者として知られるサー・トマス・モアが、王の寵愛を受けて、出世を重ねていた時期に著して、死後に刊行された著作『四終』の一節である。これら二つの引用も、シェイクスピアのせりふと並んで、それぞれ微妙に違ったニュアンスを帯びてはいるが、やはり同様に、人生とははかない虚構にすぎないという発想・感覚を、芝居の比喩に託して表している。

こういう発想はとりわけルネサンス期に特徴的なものだったと言ったが、しかしその一方で、これは何も、シェイクスピアの周辺や当時のヨーロッパ文化に限られるというものでは決してない。直接、人生を芝居に喩えるかたちではないが、しばしば用いられる「人生は夢」といった言葉も、人生の非現実感を捉えているという点では、世界は劇場という発想に通ずるものだろう。先に引いたプロスペローのせりふにも「われわれは、夢と同じ成分から出来ていて」とあったが、例えば、時代的には、これもやはりシェイクスピアとほぼ同時代人と言えるが、織田信長が好んで歌い舞ったという幸若舞の『敦盛』の一節、

人間五十年　下天の内をくらぶれば　夢まぼろしのごとくなり
ひとたび生を受け　滅せぬ者のあるべきか

という一節や、あるいは、もう少し時代を遡って、平安末期から鎌倉初期にかけて生きた歌人、建礼門院右京大夫の

今や夢　昔や夢と　まよはれて　いかに思へど　うつつとぞなき(3)

といった歌も、人の世の栄耀栄華とさらには人生そのもののはかなさや非現実感、それが実体を持ったものとは感じられないという思いを、夢に喩えることによって表現している。

では、人はいったいどのような時にこういった感覚を持つのだろう、あるいは、そういった感覚自体はつねに存在するものであるとすれば、どういった時・状況において、そういった感覚を意識化し研ぎすましてゆくのだろうか。

ルネサンス期のイングランドの状況を一言でいうと、社会が、それ以前と比べて、はるかに流動化するようになってきたということが挙げられる。厳然とした身分制度は容易に崩れ去ることなく残ってはいたが、それでも、十五世紀を通してのバラ戦争に起因する封建貴族の弱体化と、その一方で、経済活動を通して次第に実力を蓄えつつあったブルジョアジーの台頭によって、全体的には、中世と比べて、はるかに流動性に富んだ社会環境が生まれつつあった。この頃にはまた、政治状況が相対的に安定したこともあって、イタリアやフランスで花開いたヒューマニズムの文化がいっせいにイングランドに流入してきて、教育の体制や内容もそれ以前より格段に充実してゆく。そういった環境の下でヒューマニスト的な薫陶を受けた新しい才能がつぎつぎと輩出しつつあったのである。そしてまた、貴族階級の衰退は、相対的に国王への権力の集中と強化に繋がり、王の宮廷は、中央集権的な政治や文化の中枢として、多くの知識人を吸収する場となってゆく。

こういった状況は、才能と野心にあふれる個人に、自分の能力を存分に発揮する機会を提供してくれる一方で、自分の生まれ育った環境とは違う、時に違和感を伴うような場に入っていって、その環境にふさわしい規範に従って振る舞うという、適応の問題を課すことにもなる。自分の来歴や内面について関知しない他人を前にして、時には自身の思いを押し隠して、他人や周囲の期待に沿うよう自分の振る舞いを創作し演出してゆかねばならないのである。そして、不断にそういう環境に晒されることによって、人は、自分の発言や行動が本来の自分の内面をそのまま表現したものではない、あるいは、そこまで言わなくとも、その表現の仕方が自分の周囲の規範に照らして変ではないか、といったことをくりかえし意識させられるようになる。こうして、彼の振る舞いや発言にはつねに虚構の演技、まがいのせりふという意識がつきまとうことになるのである。そして、それは単に自分の演じている役割が、本来の自分にはそぐわない虚構のものではないかという自らについての不安や違和感だけでなく、自分の目の前にあって激しく変容する状況か、あるいは自分が育った境遇か、いずれが本当の現実なのか、さらには、そもそも本当の現実といったものなど存在するのだろうか、という周囲の世界についての疑念も育み、そのこともまた、世界の演劇的把握に向かわせる一つの要因となったと考えられる。

それでもなお、そういった場に長くいつづければ、当初は違和感があってぎこちなかった立ち居振る舞いもそれなりに板についてきて、初めから具わっていたかのように自然なものとなっていくということもあったかもしれない。けれども、彼らが身を置くことになった権力の中枢は、それほど平穏な日々を保証するような場ではなく、多くは、栄達がめざましかった分だけ、失墜もひときわ劇的といった結末を迎えている。

例えば、モアは、ロンドンのかなり裕福な弁護士の家に生まれて、幼い頃に、イングランドの大法官を勤めていたモートン卿の下に見習いに出されたが、若いうちから頭角を現して、自身大法官の座にまで昇りつめながら、最後には国王の不興を買って、死を賜っている。同様に、ローリーも、爵位を持った貴族の出でないにもかかわらず、女王の寵愛と庇護を受けて、宮廷に一大勢力を形成するが、結局は女王の愛を失って、十八年のあいだロンドン塔に幽閉された後に、次のジェイムズ一世によって、やはり処刑台に送られている。(4)

シェイクスピアについても見ておくと、彼はストラットフォードの手袋商を父に生まれて、その家産が傾いた後に、独りロンドンに出て、そこで劇作家として成功して、故郷にもそれなりに大きな資産を築いている。彼の場合、モアやローリーのように、政治に直接関わったわけではなく、劇作家として成功して以降の経歴だけ見ると、とくだん危ない橋を渡ったという印象もないが、彼は、十代の初めころに、それまで手広く商いをして、一時期町長まで務めていた父親が、仕事に行き詰まって、家産の多くを失うという、たいへん深刻な事態を体験しており、やはり、社会的な地位や身分というものがいかに当てにならないか、そのはかなさに対する強烈な実感があったに違いない。

ところ変わって、絶え間ない戦闘と謀略を通して尾張の小領主から最初の天下人に上り詰めていった信長にしても、やはり、下克上の世界にあって、伝統的なものを打ち砕いて権力の座に駆け上がっていった乱世の人間には、まさにそれゆえにこそ、その足を一歩踏みはずせば、一気に奈落に落ちてゆくのだという思いが強烈な実感としてあったに違いない。先に引いた『敦盛』の一節が、別に信長が作ったわけでもないのに、信長と分かちがたく結びつけて記憶されているのは、足早に頂点まで上り詰めながら、本能寺の変で一気に闇へと沈んでいったそのどんでん返しのような成り行きと、元からそれを覚悟していたような彼の立ち居振る舞いとが、この歌に凝縮されているようで、これがいかにも信長にふさわしいものと感じられたからだろう。

このように、時代の転換期を生きたこれらの人々にとって、「世界は劇場」という譬えは、とりわけ二つの意味で——つまり、一方では自分の達成した栄達もさらには人生そのものもいつ崩れ去るともしれない、はかないものにすぎないという認識と、そしてまた、自分がいま置かれている状況が本来の自分にはそぐわないものであり、自分はそこで芝居を演じているだけなのだという感覚の両面において——彼らの身に迫るものだったように思われる。しかも、この二つの認識・感覚は、先に引いたモアの『四終』の一節に鮮やかに表されているように、互いに密接に絡み合い分かちがたく結びついてもいた。

モアの場合、そういった認識や感覚は、逆にそれを鎮めて正してくれるものとして、裡に秘めた思惑とも世の無常とも遠く隔たった、真正で不変の神の世界に思いを向けてゆく契機となっているようにも考えられる。処刑台の上にあってもユーモアを絶やすことがなかったとされるその穏やかな立ち居振る舞いは、自らに割り振られたカトリックの殉教者という公の役割の完璧な遂行であるが、それを内側から支えていたのは、神への揺るぎない帰依の心である。

けれども、同じキリスト教世界にあるからといって、全ての人がそういう深い信仰心を共有していたわけではない。無神論を疑われることも多かったローリーは、処刑台の上で、死罪の直接の理由となった、自分がジェイムズ王に謀反を企てたという嫌疑が、全く根も葉もない濡れ衣であることは神がご承知であると大見得を切って、死を前にしても動じることのないその堂々たる態度で民衆のあいだに大いに好評を博して、それがもともとあまり好かれていなかったジェイムズの不人気をさらに煽ることになった。けれども、それから二百年以上経って発見されたローリーの密書から、謀反の計画はやはり実際にあったということが確認されている。その意味で、ローリーにあっては、先に引用した「死ぬ時だけは真剣で、これぱかりは冗談ではすまされぬ」という言葉とは裏腹に、最後の死の瞬間ですら、やはりふざけた芝居の一幕にすぎなかったということになる。

死に臨んで、一見対照的とも感じられるふたりの態度だが、それでも、この世にある限りは、自らに割り振られた役割を最後まで演じ切ろうとする強い覚悟という点では、互いに通じるものがあろう。

しかし、いかに強い覚悟で臨もうとも、自分を取り巻く状況に完全に適応できず役割に同化しきれない人間は、先にも見たように、自分の演ずる役割に対してつねに過剰な自意識や違和感に悩まされ、今ここにあって役を演じているのと違う、本当の自分がどこかほかにあって然るべきなのではないかという思いを持ち続けることになる。

シェイクスピアの劇作家としての経歴は、一五九〇年前後から一六一〇年頃までの約二十年に亘るが、その前半期の主要なジャンルの一つである英国史劇の最後を飾る作品に、『ヘンリー五世』という芝居がある。ヘンリー五世という王は、ごく少数の手勢でフランスの大軍を相手に奇跡的な勝利に導いた国民的英雄とされる存在なのだが、シェイクスピアはこのヘンリー五世を、王としての自分の役割を懸命に果たそうとしながら、どこかその役割に馴染めず、うちに深い孤独を秘めた人物として描いている。次の言葉は、ヘンリーが奇跡的な勝利を得るアジンコートの戦いの前夜、彼があらためて自分の孤独を思い知らされて口にするせりふである。

普通の人間が当たり前のように享受する
何と限りない心の安らぎを、王は諦めなければならないのか。
そして、普通の人間が持たないもので、王が持つものとはいったい何なのか。
ただ儀式、国事に関わる儀式だけではないか。
〔……〕
ああ、儀式よ、お前にどんな価値があるのかだけでも見せてくれ。
人がお前をありがたがる、その核心とは何なのだ。
お前はただ、地位と身分と形式で、人を恐れ
畏まらせるだけではないか、それ以外に何かあるのか。
その点、人から恐れられるということでは、お前は
恐れている者よりもっと不幸ではないか。

（四幕一場二三六―四九行）

こうして、ヘンリーは王という自らの役割に深い疑問の念を呈するのだが、しかし、だからといって、彼はそこで自分の役割を放り投げてしまうわけではなく、懸命に――そして、人前では、ほとんど何の綻びも露呈することなく――その役割を果たしてゆく。だが、ヘンリーがそのように力を尽くして、自分でも十分信じていない役割を最後まで演じ切ったからといって、それだけで、自らの演じる役割にまつわる深い違和感という問題が、シェイクスピアの中で満足のいく決着を見たなどということは全くない。(5)

『ヘンリー五世』の初演からそれほど時を移さず執筆・上演された『ハムレット』は、『ジュリアス・シーザー』とともに、シェイクスピアのキャリアの中で悲劇や問題劇を中心とする後半期の端緒を開く作品だが、この芝居はまさにこういった、周囲から期待される役割を演ずることの意味を根本的に疑問に伏すところから始まっている。

デンマークの都エルシノアの宮廷では、前の王の死後、時を置かずに王座に就いた弟のクローディアスが、先王の妃ガートルードと結婚して、その祝宴が華やかに執り行われている。そのおめでたい席に、先王の子息ハムレットが場違いな喪服を着て現れて、ひとりだけいかにも憂鬱な様子で立っている。これを見咎めた母親のガートルードが、「人の死など、世の常であって、特別なことでも何でもない、それなのに、どうしてお前についてだけは、それが特別なことのように見えるのですか」と厳しい調子でなじると、ハムレットの方も激しい口調で応じる。

見えるですって、お母さん。いや、本当に特別なのです。僕は「見える」など知りません。
いいですか、僕のことをまことに表せるのは、墨染めの覆《おお》いなどではなく、
慣例に従った厳粛な黒い喪服でもなければ、
無理矢理につく大きなため息でも、
目からあふれ出る涙でも、
しょんぼりとうつむいた顔に、
あらゆる悲嘆の徴を添えたものでもないのです。
そういったものは、実際見えるかもしれない。
外面《そとづら》だけ演じることもできますからね。

でも、僕の中には、こういった悲哀の飾りや
衣装にすぎない見せかけを超えたものがあるのです。

（一幕二場七六—八六行）

ハムレットは、ここで、新しい王の甥でしかもその妃の息子としてふたりの結婚を祝うという、周囲から期待された役割を演ずることを拒んで、父の死を悼むという自分の真実にあくまでこだわろうとする。そして、それを咎めるガートルードに、自分は外面を繕うために演ずる役のことなど知らない、自分の中にはそういう外見の役を超えた本当の自分があるのだと主張しているのである。

けれども、ハムレットがここでほとんど自明のことのように言う、表現を超えた真実、表に見えるものの内側にある本当のものというのは、ハムレットがそれにこだわればこだわるほど、それがいったい何なのか、そもそもそんなものなど本当にあるのか、彼自身分からなくなっていってしまう。

表現を超えた真実、役割の背後にある人間の真、役割に縛られた己の本当のありよう——、人はさまざまな機会に、他者についても、自身についても、そういった仮象の背後に潜んでいるはずのリアリティを思い、それを把握できないことにもどかしさの念を募らせる。けれども、そういったリアリティは、ここでのハムレットの場合と同様に、表の覆いを引き剥がしても、役割を放り投げても、その後に確たる実体としてそこに見出せることはない。表現から完全に切り離され独立した真実、役割から完全に解き放たれた本当の自分などというものは、どこまで行っても辿り着くことのない蜃気楼のように、後ろへ後ろへと退いていってしまう。

しかし、そういった深い挫折や不満を経てもなお、人は心のどこかで何らかの深いリアリティ、人生の核心とでも呼べるものを求め続けるものだろう。

ここでもう一度建礼門院右京太夫の歌を思い起こしてみよう。

この建礼門院右京太夫という人は、平清盛の次女徳子が高倉天皇の中宮となって言仁《ときひと》親王のちの安徳天皇を生んで、夫と父の死後称した建礼門院に仕え、清盛の嫡男重盛の息子資盛に愛された女性だが、平家が都落ちしたあとも京都に残って、壇ノ浦での主家の滅亡と資盛の死の次第も京都で伝え聞くことになる。それからしばらくは世間との表だった交わりを控えていたが、のちに後鳥羽天皇の下で再び宮廷に出仕している。

今や夢　昔や夢と　まよはれて　いかに思へど　うつつとぞなき

という歌は、壇ノ浦からまだそれほど年月を経ていない頃に、入水を試みながら助けられ、京都に帰って大原の寂光院に身を寄せていた建礼門院の許を、彼女が訪れて、わずかに残って身の回りの世話をしていたかつての女房仲間と顔を合わせた際に、詠んだ歌である。それほど凝った技巧が施されているわけでもなく、その時の思いを素直に表現しているにすぎないが、それだけに、かつて栄華を共にして、今では見る影もなくなってしまった者同士の、幾ばくかの懐かしさと綯い交ぜになった悲哀の念、世のはかなさへの思いが痛切に伝わってくる歌である。

しかし、それでもなお、この歌の中に、そういったかつての栄華を単にうたかたの夢として否定しようとする思いだけが強く感じられるということはない。ほんのひとときの夢であった栄華は、その華やかな思い出によって、現在のわびしさを際だたせるものであるかもしれないが、それでもなお、その華やかな過去の記憶は、辛くわびしい状況にあった彼女の現在を支え、それを意味づけるよすがとなっていたに違いない。ひとときの華やかさを知らなければ、今の苦しみもなかっただろうという思いに迫られながらも、それでもなお、華やかな過去とわびしい現在との落差への痛切な思いが、彼女の歌に深みを与え、あえて言えばそれに華やぎを添えている。そういう思いがあったからこそ、彼女はしばしの隠棲のあとに、いまはもう亡いかつての主家と資盛への深い思いを胸に秘めつつも、再び華やかな宮廷の世界に戻っていったのであろう。

同様に、モアやローリー、あるいはまた、織田信長にしても、この人生をひとときの夢、すぐに果ててしまう虚構の芝居と感じながらも、それでもって、彼らがその舞台の上で華やかな役を演じるのを思いとどまることはない。むしろつかの間の舞台であるがゆえに、いっそう大きく派手に見得を切り、その虚構の夢の中に、そうではないと摑めない人生のリアリティを極めようと駆り立てられてゆくのである。

シェイクスピアの芝居もまた、一枚の板の下には奈落が広がる舞台の上に、すぐにも消えてゆく実体のない見せ物を通して、そこにしか現れない生のリアリティを把握し表現しようとする。そうやって現れるリアリティが、先に挙げたような歴史上の人物たちが追い求めた生のリアリティと全く同じというわけではないだろう。けれども、二つの企ては、日々の生活では隠されてなかなか見えない生の輝きをそれぞれの場で明らかにしようとするという点では、互いに響き合い重なり合っているように感じられる。

そういうかたちで舞台上に現れるリアリティとはまた、劇の初めにハムレットが考えたような表現を超えた真実、表現の裏にある真《まこと》というのとも少し違っていて、むしろ、表現そのものの裡に潜む真実、表現を通してしか現れてこないリアリティだったように思われる。

ここに取り上げた『ジュリアス・シーザー』や『ハムレット』に始まる後期シェイクスピアの作品は、そういったリアリティ——まがい物の舞台の上で、自らを裏切りつづける表現を通して現れてくる、そして、ほかではけっして現れることのないリアリティ——を摑み取ろうとする劇作家の曲折に満ちた彷徨の軌跡だったように思われる。

第一部　悲劇

第一章　呼び声と沈黙――『ジュリアス・シーザー』における距離のスタイル

シーザー暗殺のあと、陰謀者たちは、足もとの死体から噴き出る血に手を浸し、高揚した気分になかば酔いしれて、自分たちの行為の歴史的な意義を自信ありげに物語る。

キャシアス　これからいかに多くの時代に、
まだ生まれぬ国で、まだ知られぬ言葉をもって、
われわれのこの気高い行為がくりかえし演じられることになろうか。

ブルータス　ポンペイの像の足もとに今や土くれ同然の
ありさまで横たわるシーザーも、いかにしばしば戯れに
血を流すことになろうか。

キャシアス　シーザーが血を流す

その度に、われわれ一同は、祖国に
自由を与えた志士と讃えられよう。

（三幕一場一一一―一一八行目）

ふたりの言葉は観客への呼び声、ひとりの権力者の殺害に立ち会って、広がりとしてはいくぶん限定されているように見えるこの出来事に、人間解放を象徴する行為として普遍の意味を与えるよう求め、千年以上の彼方から送られた呼び声である。観客は一瞬、自分たちの国さえいまだなかった遠い過去から、劇世界に参入し、舞台からの呼びかけに応じて、これと一体化するよう期待され要請された存在として自らを意識する。

けれども、何かそぐわないものがあって、観客が呼びかけに素直に応じるのを阻もうとする。明確には定義できないが、存在をはっきりと感じさせる何かがあって、それが観客が呼び声に進んで応じるのを妨げ、彼らを深い沈黙と静止のうちに閉ざしてしまうのである。それは単に、暗殺がローマの帝政への移行を阻止しえなかったのを観客が知っている、あるいは、ここでのブルータスがいくぶん軽薄・冷淡にすぎ、まじめで思慮深いふだんの彼に似つかわしくない、といったことではない。もちろん、そういった経緯も、他のいくつかの事情とともに、この場の硬い雰囲気を醸し出す要因となっている。けれども、そういったこととは別に、劇のアクション全体を覆うある一つの要素がここでも作用しており、それが他の要因と相いまって、この場のどこかしっくりこない雰囲気をさらに強固なものにしているように思われる。

批評家たちは以前からこの独得の要素に気づいており、彼らの多くはこれを作品の欠陥ないしは弱点と考え、いくぶん長い空白の後で新たに悲劇の創作に向かった劇作家が犯した筆の誤りと見なしてきた。E・A・J・ホニグマンの次の言葉は、このような見方をよく表わしている。

〔……〕シェイクスピアは〔……〕その盛期の悲劇で、より複雑に混淆した反応を生み出そうとした。そして、もしすぐれた悲劇をそれに続くさらにすぐれた悲劇と比べることで非をならすことができるとすれば、彼は『ジュリアス・シーザー』で混淆をし損じ、あるいはごくわずかにし損じて、そのため悲劇的効果を弱めてしまった。「シェイクスピアの芝居の他のいくつかに比べて、いくぶん冷淡で情に乏しい」というのが、ジョンソン博士の評であったが、異論を唱える者は殆どいるまい(1)。

確かに『ジュリアス・シーザー』は「いくぶん冷淡で情に乏し」く感じられる。主要な人物たちはどこかよそよそしく、われわれの安易な共感を許そうとしない。個々の出来事の進行もなにか堅苦しく、私たちの日々の経験から遠い印象を与え、それは『リア王』なり『マクベス』なりの世界が私たちの世界から遠く隔っているというのとは少し意味を異にしているように思われる。

しかし、それは本当にシェイクスピアが「混淆をし損じ」た結果なのだろうか。むしろそれは、観客に自らと舞台との距離を意識させそれをくりかえし測るよう強いるべく、劇作家によって初めから意図的に仕組まれた効果だったのではあるまいか。いずれにせよ、作家の意図がどこにあったであれ、完成された作品はつねにそれが持つ要素を可能なかぎり十全にかつ統一的に説明する評価を要求している。本論の意図は、『ジュリアス・シーザー』のこのよそよそしさないしは冷めたさの積極的な意義を明らかにする、あるいは少なくとも、それを劇作家のヴィジョンからある論理的な一貫性をもって引き出された不可欠な要素として解明する道を探ることにある。

一幕二場から二幕一場にかけて、ブルータスはしだいに伝統あるローマ的自由の擁護者という自らの使命に目覚めてゆく。彼のこの使命感は以後最後の瞬間に至るまで彼と共にあって、自らの行動を正当化する根拠と、国家の聖なる大義に身を献げた者としてのアイデンティティとを彼に付与することになる。しかし、当初、彼は心中を進んで吐露するのはおろか、自らの思いを正視することをすら嫌うかに見える。満たされない思いはただ漠然とした憂愁としてのみ表われる。この不満に最初に明確な形を与えるのはキャシアスである。彼は、栄光に包まれた父祖たちの時代と迫りくる危機に脅やかされる自分たちの時代を比べることで、用心深く、だが執拗に、己の真価を知るよう、ブルータスに説いてゆく。

ローマよ、お前は高貴な血筋を絶やしてしまったのだ。
〔……〕
ああ、君と私は、父たちが、かってブルータスという名の
勇士があって、ローマにおける自らの立場を王のごとく
自由に保つためになら、永劫の責め苦をすら辞さなかったと
語るのを聞いたものだ。

（一幕二場一五一―六一行）

キャシアスは劇全体を通して同様な言葉を繰り返し、彼なりにそのような伝統を体現していることは後の展開が示すとおりである。しかし、ここでは、シーザーの（持つと考えられる）野心に対する彼の憤りは、単に民を思い国を愛する念からではなく、シーザーのように自分よりとくだん優れていると思えない人間が、自分になどははるかに手の届かない存在となってしまうことへの個人的な憤懣から生じているように見える。このような動機を裏にもつ彼の言葉は、しかし皮肉にも、ブルータスのうちにはるかに強い父祖たちの声、実際の行為をもって自らがローマ人であることを証明するよう迫る声を呼び醒まし、ついには、己の使命に対する断固たる確信に基づく巨大な心的エネルギーを解き放ってゆくことになる。

二幕一場の独白で、ブルータスはまず「彼の死によるしかない」、つまり、ローマを専制から守るためにはシーザーを殺すしかないという決断を下す。この冒頭の結論は、確かにその後で「自分には彼をけなす個人的理由

はない」し、「彼が理性より私情によって動かされたことは、知る限りなかった」という譲歩によって保留されはする。しかし彼は、かつての仲間を侮り苦しめるのが成り上がり者のつねであり、シーザーもきっと同じ轍を踏むだろうと憶断することによって、自分の決意を強引に正当化し、自身十分に確信することもないままに、この結論をいかに民衆に納得させるかということにすみやかに思いを転じてゆくのである。

また、少し後で、キャシアスが部下の者に命じて彼の庭に投げ込ませた手紙を読む時、ブルータスは、意図的に省かれた部分を自らの使命感に沿ってこう補ってゆく。

　　　　　　　　こういう風につなぐんだ、
ローマ人はひとりの男を恐れねばならないのか。ええ、このローマが。
私の父祖たちは、タークィンが王と
呼ばれた時に、ローマの街から彼を追い払った。
「語れ、打て、正せ」だと。私は語り、打つよう
求められているのか。ああ、ローマよ、私はここに
約束しよう。もし改革があるとすれば、お前の願いは
このブルータスがきっと果たして見せよう。
（二幕一場五一―五八行）

このような場面で印象深いのは、過去と現在のローマ人が自分に使命を果たすよう求めて送ってくると信じる声に対する、ブルータスの過剰なまでに熱烈な態度である。ローマに対するこの激しい思い入れが、一見理性によって完全に制御された彼の心理の表層を突き破って、祖国の大事に彼を奮起させ、それ自体の勢いに乗じて加速しつつ、ブルータスを避けがたい結末へと駆りたててゆくのである。

この激しい内面と対照的に、彼の表向きの態度はほとんどつねにきわめて冷静で控え目であり、時には沈鬱でさえある。この表面的なよそよそしさは、単に彼の生来の属性であるというより、むしろ彼が人間関係の理想として意識して自らに課したスタイルである。

一幕二場のキャシアスとの対話で、熱心に迫る相手に対し、彼はあくまで用心深く口を閉ざそうとする。

私が憂鬱な様子だったというなら、
その不機嫌な顔つきの原因はひとえに
私個人にあるのだ。最近私は何か
不満に悩まされているが、
それはあくまで私ひとりの問題で、
おそらくこれが私の態度をいくぶん暗くしているのだ。
しかし、だからといって、私の友人たち——その中には、キャシアス、
君も数えさせてくれ——、彼らにそれで気を悪くなどしてもらいたくない。
私のゆき届かぬ様を、哀れなブルータスは、
自身と争っているために、ひとに愛敬を示すのを
忘れていると、それ以上には取らないでほしいのだ。

（一幕二場三七—四七行）

同様に、夫の心労を分かちあいたいと迫るポーシャからも、ブルータスは懸命に身をかわそうと努める。

ブルータス　私は身体《からだ》の調子が悪いのだ、ただそれだけだ。

ポーシャ　ブルータスは賢明な方です。もしも具合がお悪いのなら、良くなる手筈を取られましょう。

ブルータス　無論そうしている。愛しいポーシャ、先におやすみ。

（二幕一場二五七―六〇行）

もちろん、右のような例では、ブルータスが心中に秘めるものはきわめて重大な事柄であり、彼がそれを隠そうとするのはむしろ当然である。けれども、ことがそういった慎重さを要さない場合でも、彼の態度は同様に控え目である。眠りこける小姓のルーシアスを呼びおこしかけて、彼はふと思いとどまる。

これ、ルーシアス、寝ているのか。いや、いいんだ。
まどろみの甘美な蜜を味わうがいい。
休む間もない心労が大人たちの頭に描く
空おそろしい幻や暗鬼も、お前には縁がないのだ。
だから、そうやってぐっすり眠っておれるのだ。

（二二九―三三行）

後でキャシアスとの口論の際（四幕二場）にも、彼は、妻の死に苛立つ自らの個人的感情が議論を乱すのを極力抑えようとし、和解してこれを相手に明かした後も、自分の感情を殆ど完全に押し殺してしまう。言うまでもなく、ブルータスのこういった態度は、彼が妻をあまり愛していなかったということを意味するものではない。むしろ逆に、ローマに対する熱い思い入れと同様、妻に対する彼の愛情は、表現されずに裡に秘められることによって、それだけ深くひたむきなものとなってゆくように思われる。

そして、ポーシャもここでは夫に胸のうちを明かすよう迫るが、普段はごく控え目で内省的な女性として描かれている。ブルータスの場合と同様、それは彼女の生来の気質というより、自ら意識して成型した結果であり、実際、暗殺の計画を明かされた後で、湧きあがる恐怖の念を抑えようとするその内面の葛藤（二幕四場）に表わされるように、彼女もまたその立場において、ひとりの女性という限界を超えてでも、ローマ的志操の理想を体現すべく己の死力を尽くすのである。そして、ローマの女という自らのアイデンティティを説く彼女の切々とした訴えは、妻にふさわしい存在になりたいという同様に熱を帯びた祈願の言葉をブルータスに吐かせることになる。

ポーシャ　確かに私は女です。けれども同時に、
ブルータス様が妻として迎えて下さった女です。
確かに私は女です。けれども同時に、
誉れ高い女、ケイトーの娘です。
このような父と夫を持っていても、あなたは
私の強さは女のそれにすぎないとお思いですか。
何を考えておられるのか話して下さい。けっして口外しませんから。
私は志操の強い証しとして、
この通り、ももに手ずから傷を
つけました。この傷に辛抱強く耐えながら、夫の秘密を
持ちこたえられぬということがありましょうか。

ブルータス　ああ神々よ、

我が身をこの高貴な妻にふさわしくして下さらんことを。　　　　　　（二幕一場二九二―三〇三行）

彼らは、単に夫と妻として愛し合い、その愛をくりかえし口にするというのではなく、ローマ的な志操と誉れという理想を媒介として、この理想に合致し互いに相手にふさわしい存在になろうとする熾烈な努力を通して、いわば間接的に愛し合うのであり、その内面の熱情を表す言葉の乏しさは、時に固く閉ざされた口をついて迸る《ほとばし》言葉をそれだけいっそう激しいものにしているのである。(2)

ブルータスが迫り来る専制から守らねばならないと感じるものは、まさにこの人間関係のスタイル、ローマの軍事的共和制の伝統という形で表象された人間関係のスタイルである。誉れ高いローマ人にこそふさわしいと彼が考える自由の観念は、人を互いに隔てるこの距離の感覚と不可分に繋がっている。初めの方でブルータスが人と話を交わす時、その休止と留保に満ちたスタイルは、自己と他者とあいだに一定の距離を置き、それを出来る限り正確に測ろうとする彼の不断の努力を表わしているかのように聞こえる。

君が働きかけておられることは、私にもいくぶん見当がつく。
私がこのこと、あるいはまた、昨今の動きをどう考えてきたか、
それはまたいずれお話ししよう。今日のところは、
心からお願いするのだが、これ以上はもう
動かされまい。君が話されたことは
よく考えてみようし、君が話そうとしておられることには
辛抱強く耳を傾けよう。そしていずれ、
このような重大なことを伺い、それに

お答えするにふさわしい折を見つけよう。

（一幕二場一六三—七〇行）

これは、自分の言おうとすることを実際に口にする前にさまざまな角度から反芻する人間、自らと他者との間につねに一定の距離——意識的にであれ無意識の裡にであれ、本質的に主観的な自らの思考・存在の様式と表象のスタイルとを他者に押しつけることによってそれらを正当化しようとする人間の中にあって、己の自律的な思考と存在を確保するのに必要な距離——を保とうとする人間のスタイルである。

ブルータスが自己と他者とのあいだに真に正しい距離を置き、また、この目的にふさわしいスタイルで自らを表象するのに成功しているか否かという問題はここではひとまず措くとして、そういう彼がシーザーの戴冠が意味する専制の危険を恐れるのは、それ自体としては当然の話であろう。専制とは、言うまでもなく、王のスタイルを臣下に強要し、彼らからその自律的な思考と存在の様式を奪うことを本質とする政治形態である。そう見れば、シーザーの暗殺も少なくともある程度は避けがたいことに思われる。彼が本当に帝位への野心を持っていたか否かは劇の中では十分明らかにされることはなく、また、観客が必ずしもこの問題に拘泥するよう求められているとも思えないが、シーザーが帝王的なスタイルを好んで用い、自分の思考様式を他人に強引に——時には有無を言わせず——押しつける人物として描かれていることは否定しがたい。暗殺の直前、シンバー追放の布令の撤回を求める陰謀者たちの執拗な願いを、シーザーは頑なに拒み続ける。

君の兄は法令によって追放されたのだ。
もし君が彼のために膝を屈し、祈り、阿《おもね》るなら、
私は君を行く手を阻む犬のごとく追い払おう。
いいか、シーザーは、人を悪しざまに扱うこともないが、また訳《わけ》もなく

気を変えて人を赦すこともないのだ。
〔……〕
私が諸君と同様だったら、情に動かされることもあっただろう。
人を動かすために人に祈ることがあれば、祈りに動かされもしただろう。
けれども、私は、天界広しといえども
微動だにしない点で並ぶ者のない
あの北極星のごとくに、動かないのだ。
空には無数の星がきらめき、
それらはみな炎であり、それぞれが輝いている。
しかし、それら全ての中で動じることなく
止どまっているのは唯の一つだけだ。
地上においても同様だ。そこには多くの人がいて、
それぞれ血と肉を具え、分別を持っている。
しかし、その多くのうちで、他人の訴えに動ぜずに
自分の立場をあくまで守る者となれば、私の知る限り、
唯のひとりだけだ。そして、私こそ
そのひとりであることをここでも少しお見せしよう。
かつて私がシンバーは追放されるべきだとあくまで主張したように、
今もそのままにしておくべきことにあくまで節を曲げないつもりだ。

（三幕一場四四―七三行）

観客は、陰謀者たちが既にこの時点でシーザーの暗殺を決意していて、彼らの懇願はシーザーを供の者から引き離すための企みであることを承知しており、また彼らの要求の当否については判断の根拠が与えられていない以上保留するしかない。一方、ここでのシーザーの大仰な言葉は、彼の迫り来る死を予期する観客の耳には、むしろ滑稽で痛ましくさえ響く。けれども、このような事情を考慮に入れても、ここに表わされたシーザーの態度はあまりに尊大で、己の王者然としたスタイルに自ら酔った人間という印象を与え、専制に対するブルータスの危惧をそれだけ正当なものとしている。

　このように見てくると、観客はどちらかといえば陰謀者により大きい共感を感じる。しかし、多くの批評家が既に指摘しているように[3]、劇の世界はシーザーの野心の不確かさ、陰謀者の胡散臭い動機など多くの曖昧さに満ちた世界であり、そこではいかなる性急な結論も控えねばなるまい。

　ことをさらに複雑にしているのは、観客が持っているあるいは持つと期待されている歴史的知識である。彼らは初めから、シーザーが三月十五日のイーデースの祭日に殺されねばならないこと、そしてこの暗殺がローマの帝政への移行を阻止しえなかったことを知っている[4]。確かにシェイクスピアの英国史劇でも一定の歴史的知識が観客に期待されているのは事実である。けれども、これらの史劇は十六世紀末のイングランドの状況や経験と多少とも直接関わる比較的近い過去の出来事や経験を扱って、むしろ同時代的色彩が濃く、それぞれの劇のアクションを不可変に支配する歴史的必然といったものはさして感じられない。これに対して、『ジュリアス・シーザー』に描かれる出来事や人物はルネサンス期のイングランドからはるか隔った全く異質な文明に属するものである。しかも、古典の復興に努めた多くのヒューマニストたちの努力を通して、この古代ローマ文明はヨーロッパ文化全体の範としての地位を獲得しており、それゆえ、ローマ史、とりわけその帝政への移行期――それはまた、ローマ文芸の黄金時代ともほぼ合致しているが――における出来事は、人の世を考察するための格好の主題として一種普遍的な――個々のストーリーの自由な改変を許さない神話のような――性格を帯びるに至っていたのである。

『ジュリアス・シーザー』の観客の主たる関心は、それゆえ、人物が何をするか、どんなことが起こるかにではなく、厳格に課せられた歴史的必然のもとで人がどう振る舞うか、あるいは完全に予期された結末に向かってアクションがどう進行してゆくかに、はるかに大きい強調が置かれることになる。実際、あらゆる力——自然と超自然、人間と非人間の一切——が暗殺を阻止するために死力を尽くすかに見える。預言者は警告し、キャルパーニアは悪夢と凶兆を盾にその日だけは家にあるよう夫に懇願する。

牝獅子は通りで仔を生み、
墓はその顎《あぎと》をあけて死者たちを世に送り、
雲の上では隊伍を組んだ
猛々しい兵士たちがあい争い、
カピトルの神殿に血の雨を降らせました。
干戈《かんか》の音が大気を震わせ、
馬はいななき、瀕死の者は苦痛にうめき、
通りには亡霊が金切り声でさ迷いました。

（二幕二場一七—二四行）

しかし、陰謀の進行を差し止めようと懸命に努めるこれらの力にかかわらず、あるいはむしろ、まさにこのような抵抗ゆえに、劇のアクションは、定められた必然の力をいよいよ高めて抗いがたく進行し、観客の意識を、刻々と強まる変えがたい運命の響きへと収斂させてゆくのである。

暗殺が遂げられた際に観客を捉える反応は、それゆえ、まず第一に、あらかじめ起こるべく定められていたもの完遂に対する純粋な満足の念である。この予定された必然への尊重の念とその実現に対する深い満足感が、観客が劇のアクションに直接参入するのを妨げ、舞台で起こることに感情的に左右されることなく、距離を置いて劇の世界を冷静に観るよう、彼らに強いるのである。言いかえれば、この劇の観客は、本質的にどちらの側にも与することはなく、歴史的真実を最も優先するという意味で規範的な存在であり、その視点はさながら、感情に流されることなくはるか高みから地上の出来事を見おろす神々のそれである。観客のこういう視点は、以後最後まで変わることはなく、彼らが人物に過度に共感し、あるいは出来事に過度に反応するのを阻み、最終的に何らかの判断を下す前にくりかえし自省するよう迫ることになる。

事実、ブルータスがローマ人の自由を守るために不可欠と信じたシーザー暗殺の殆ど直後に、観客は、自由で独立したローマ人など実際にローマの市街にいるわけではなく、単に彼の想像の産物にすぎないことを痛感させられる。ブルータスの熱を帯びた呼びかけとシーザーの死に至った経緯の説明に、広場の民衆は一斉に叫ぶ。

市民一　ブルータスを家まで送って、その凱旋を祝うんだ。
市民四　ブルータスに、その先祖とともに描いた像を贈ろう。
市民三　彼にシーザーになってもらおう。
市民五　　　　　　　シーザーの良い部分が
　ブルータスで王冠を戴くことになるんだ。

（三幕二場四九—五二行）

心からの善意を表わすことで、彼らは逆にブルータスが理想とする人間関係の様式に自分たちが無縁であることを露呈する。自分たちの自由を守ろうとしたブルータスの行為を讃えながら、彼ら自身はその自由を守るのを拒むのである。そして、シーザーの死を彼の野心に対する当然の報いとして迎えながら、彼らは自由の名のもとに自分たちを支配してくれる別のシーザーを求めるのである。ブルータスの自由の理想は、個々の市民の自律と互いからの距離とを基礎にしている。一体となってローマ的自由の存続を祝う市民たちは、まさにその一体性によってこの自由の概念を否定し、それが暗黙の裡に依拠している個人の独立した意志を拒むのである。

　実際、ブルータスが、彼らの理性にではなく、〈ローマ人〉や〈自由〉といった心情に響く言葉によって解き放たれる彼らの感情に訴えようとすることは、市民の心を動かすのが、言葉の論理的に説く機能よりむしろ感情を喚起する働きであることを、彼自身、少なくとも無意識のうちに認識していることを示している。一般に、演説において、アントニーが民衆の感情に訴えるのに対し、ブルータスの方は彼らの理性に訴えると考えられている。そして確かに、ブルータスの言説はさも論理的に説いているかのように聞こえる。けれども、少し仔細に検討すれば、このような表面的な印象は、あくまで彼の修辞的な操作の所産にすぎないことは明らかである。ブルータスは、シーザーは市民たちを隷属させようとするほど野心的だったと言うが、彼はその野心の具体的な例を何一つ挙げようとしない。敏感な観客なら、二幕一場の独白で、ブルータス自身、自分はシーザーの個人的感情が理性に勝つのを見たことがないと認めていたのを想い起こすだろう。先のこの例では、彼は、シーザーが帝位に就いた時に振るうであろう可能性としての圧政を根拠にシーザー暗殺を決意したが、ここでは、彼はそのような不確かさに全く触れることなく、シーザーの野心とそれが伴う危険を完全に既定の事実として語ってゆく。そして彼は、己の自由に対して責任を負う市民という壮麗な自画像で、民衆の――そしておそらくは彼自身の――自尊心をくすぐることによって、議論の核心にあるこの空白を完全に蔽ってしまうのである。ブルータスが言語の喚起力を把握しそれを利用しながら、自分がそれに依存しているのを十分に自覚しえていないことは、究極的には、彼の世界との関係、さらには自己自身との関係における致命的な欠陥をなしていると言えよう[5]。

　ともあれ、その直接的な結果は、彼の演説が、同様に言葉の喚起力に依拠しながらそれをはるかに意識的に用いるアントニーの演説によっていともたやすく負かされてしまうことである。広場の競演の結果について理由は多く考えられようが、ふたりの演説の根本的な相違は、感情を沸き立たせる言葉を用いることについての自覚とその効率における両者の際立った差にある。アントニーがブルータスと同じ言葉でローマ人に呼びかける時も、彼はそういった言葉の背後にある観念を一つの虚構、他の用途のための手段として対象化し、自らの行為の倫理的意義を一切捨象することによって、言葉の喚起力をはるかに巧みに使いこなすのである。アントニーのこのような一見熱狂的で自然な市民との交わりは、演説の前後に彼が口にする冷淡で打算的な独白によって、彼が祖国に対する真摯な思いを全く欠いているのを知る観客には、それだけ危険なものと映るのは言うまでもない。けれども、ブルータスの言説も、市民に対する望ましい対応の例として、アントニーの言説に取って替わることはない。先に見たように、彼の表面上の論理は、分別を持って理性的に判断する市民の能力を前提としているが、その実際の対応のスタイルはこの前提を頑なに否認している。彼が、凱旋の行進で家まで送ろうという市民たちの申し出を断って、ひとり広場を去る時、それは彼が人間関係のスタイルについての自らの理想を自身体現していることを示唆するものであるが、後に残った市民たちは、ブルータスが意識の表層で彼らに寄せる信頼と裏腹に、このようなスタイルの理想を何ら理解することなく、アントニーのはるかに巧みな演説によって自在に操られることになる。

このことは、劇全体に関わるもう一つの問題、すなわち理想的な共和制とは一体どういった人間関係の様式ないしは状況を指しているのかという問題を提起している。これはいくぶん奇妙に聞こえるかもしれないが、〈共和制〉という言葉はこの劇の中では一度も使われることはなく、またシェイクスピアが何らかの具体的な政治形態を考えていたとも思えないが、にもかかわらず、広い意味で共和的と呼びうるような政治体制の基礎をなす人間関係の理想が、この劇の主題と密接に繋がっているように思われる。キャシアス、ブルータス、ポーシャ、そしてアントニーでさえが、ローマの伝統を語りローマ人に訴える時、彼らの言葉は背後につねにこの〈共和的〉な人間関係の様式を含意している。

ブルータス　ここに進んで奴隷となるような卑しい人間がいるだろうか。いるなら言ってくれ、私は彼に対して罪を犯したわけだから。ここにローマ人であることを嫌うような野蛮な人間がいるだろうか。いるなら言ってくれ、私は彼に対して罪を犯したわけだから。ここに自分の祖国を愛さぬような情けない人間がいるだろうか。いるなら言ってくれ、私は彼に対して罪を犯したわけだから。　（三幕二場二九―三四行）

しかし、それはブルータスの考えるような自律的で独立した個々の市民のあいだの一定の距離に基づく人間関係のスタイルを指すのだろうか、それとも、それは〈ローマ人〉・〈同胞〉・〈自由〉といった呼び声によって鼓舞された人々の熱狂的な団結に基いた連帯の様式を指すのだろうか。おそらく、理想的な共和制とは、二つの要素を矛盾なく合わせ具えるものだろう。しかし演説に対する市民の反応は、両者を何らかの調和ある形に組み合わせることがいかに難しいかを如実に示している。

共和的な人間関係のこの二つの面の背馳は、先に触れた言語の二機能の乖離と符合・照応している。言語の喚起し鼓舞する力は人を奮い立たせ団結させる上で欠かすことができない。けれども、言語の喚起力は往々にして、論理的に説き沈黙のうちに省察するというもう一つの機能を圧迫し、激しい感情で判断を曇らせ、あるいは、ひとを他人の意見に容易に感化されるようにする。共和制の二つの面が人間関係にとって不可欠なように、言語のこれら二つの機能はつねに必要である。しかし、政治体制の場合と同様、二つの機能の何らかの調和ある組合せは、劇の中の言説には見事に欠けている。ブルータスの言説だけが唯一例外の可能性として考えられるが、これについては、後でもう一度立ち戻って考えてみたい。

アントニーの演説に熱狂的に応じる市民と対照的に、観客はここでもまた自分たちが舞台から隔てられていることを痛切に意識する。先に見たように、彼らはアントニーの表面的な熱情の裏の冷ややかな打算とローマに対する呪いを知っており、そのため、彼の演説に対して感化されることは殆どない。また一方、演説に対する民衆の単純で過剰な反応は、観客の意識をさらに異化し白けたものにしている。こうして、無数の呼びかけと訴えに満ちたこの劇は、逆に、一体化の過程とそれに伴う陥穽をくりかえし意識させることによって、観客が劇の世界に参入することを執拗に妨げるのである。観客のこのような心理状態は、確かにどこか窮屈で、劇は観客を呼び招く力——われわれがふつう芝居に期待する何かわくわくさせるような雰囲気——を欠いている。けれども他方、このようなあり方は、言葉の喚起力によって引き起こされる幻惑から観客を護り、さまざまな呼び声にたやすく感化されることなく自身と世界とのあいだに何らかの関係を確立する道を探るよう彼らを導くことになる。これが即、あらゆる具体的な行動の有効性を否定する「絶望的な政治的静寂主義[6]」に向かうとは思えないが、少なくともそれは、あらゆる事柄について自らの態度の選択を仮借なく問い糺し、全ての政治的な行動と言説に対して厳しい懐疑の目を向ける、そういった精神を志向している。

以後に続く場は、遠景と化したローマの卑俗で時には滑稽な現実をくりかえし描写し、そうすることで観客と舞台との距離を確認し糺《ただ》してゆく。ローマの市民たちは、詩人のシナが陰謀者のひとりと同じ名であるという唯それだけの理由でこれを殺してしまう。この挿話をローマ人が落ち至った浅ましさの例として引くこともできよう——自らの行為に責任を負う自由で自律した市民というローマ人の理想を、彼らはローマの名において否定する——。しかし、それ自体としては痛ましいこの挿話も真に観客の心を動かすことは殆どない。むしろ彼らは、市民について自分たちがすでに持っている見方が確認されることへの一種冷ややかな満足感を持ってこれを眺めるのであり、犠牲者に対して特別同情することすらない。他の人物と同様に遠景化されたこの詩人には、感情移入に必要な生身の人間としての現実性が欠けているのである。

同様に、次の場が映し出すのは、今や共同でローマを治めながら、自分たちの行為が帯びる道義性や社会的責任についての思慮を一切欠いていて、ただ政治上の覇権にまつわる利己的な関心だけで動く三頭の政治家の姿である。

シーザーの暗殺に加担した廉で誰を処刑するか決めるに際して、彼らの動機をなすのは、公平な正義感ではなく、互いの権力を減じようという野心的な競争と冷めたい駆け引きだけである。些細な用事でレピダスを使いに出した後で、アントニーは彼に対する心底からの軽侮の念を露わにする。

俺たちは、いろんな芳しからぬ重荷を
免れるために、この男にこれほどの名誉を授けたが、
それはちょうど驢馬が黄金を運ぶようなものだ。
荷の下でうめいて汗をかき、
俺たちの指す方に引かれてゆくか追い立てられるかだ。
俺たちの思う所に宝を持っていったら、
荷を降ろしてやって、からになった驢馬と同様、
耳を振るなり、野原で草をはむなり
好きにさせてやるさ。
〔……〕
あいつのことなどただの
一つの資産と見ればいいんだ。
（四幕一場一九—四〇行）

舞台上のレピダスはあまりに卑小で商人くさく、世界に冠たる大都ローマの舵を取る政治家におよそ似つかわしくなく、この蔑んだ評価もある程度やむを得ないという観を与える。しかし、そこに表わされたアントニーの冷酷さは、観客の共感をさらに遠ざけ、実際のローマには道徳的規範など全く欠如しているということを改めて認

識させることになるのである。

このような場面が、アントニーの側に対する劇作家の批判的な態度を表し、観客の共感をブルータスらに向けさせると考えることもあるいはできよう。私自身、そういう見方は基本的には正しいと思う。けれども同時に、そしておそらくより重要なこととして、これらの場は、ブルータスの考える自由で責任ある市民を基礎とする〈共和的〉ローマという理念とその実状とのあいだの殆ど埋めがたい溝を示している。しかも、そういった文明化された市民という理想に応えることができないのは、決してアントニーの側に限らない。実際、キャシアスとブルータスの口論の場面は、単にローマ的文明の堕落の一例をなすばかりか、ローマ共和制の擁護者として自らのアイデンティティを形づくってきたブルータス自身、実際にはその共和的様式を十分に体現し得ていないことを明らかにすることになる(7)。

自身の取りなしにもかかわらず彼が自分の知己を収賄の廉で刑に処したというキャシアスの苦情に、ブルータスは相手のだらしなさを手厳しく批判する、しかし、彼のここでの譴責はあまりに独善的で寛容さに欠けるものである。彼は、かつての自分たちが純粋に正義に身を捧げていたということを相手に思い出させるために、シーザーの暗殺に言及する。

三月を、三月のイーデースを忘れるな。
偉大なジュリアスが血を流したのは正義のためではなかったか。
あの身体《からだ》を刺した者の中に、正義以外の目的で、彼の身に触れた悪漢が
ひとりでもいたというのか。世に最も傑出した人物を、
ただ盗人《ぬすびと》に加担したという廉で倒したわれら、
そのわれらの一人《いちにん》たりと、今になって

卑しい賄賂に指を汚し、
このとおり握れるほどのわずかな獲物に、
あの限りなく大いな誉れを売り渡すのか。
そんなローマ人であるくらいなら、私はむしろ犬となって、
月に吠えよう。

（四幕三場一八―二八行）

そして彼はさらに言葉をついで、キャシアスが幾らかの黄金を送ってほしいという自分の頼みを断わったことで相手を責めるが、己の正当性を強調するブルータスの主張は、一瞬、彼がその廉潔さを汚い仕事を他人に押しつけることによって確保してきたという事実を露呈する。

キャシアス、君の脅しなどちっとも怖くないぞ。
私は自分の正直さでしっかり身を守っているから、
そんなものは、私が一顧だにせぬ風のごとく、
脇を通っていってしまうのだ。私は君に幾ばくかの黄金を
送ってくれと使いをやったが、君はそれを拒んだ。
私が卑しい手段で金を集めることができないという理由でだ。
神かけて、百姓たちのしわがれた手から
さもしい手管でわずかな額までしぼり取るくらいなら、
自分の心臓を打ちたたいて、我が血で金を
鋳するほうがまだましだ。

（六六―七五行）

確かにブルータスは意図的にそう振る舞っている訳ではない。しかし、自分の誤りや人間的な欠点を無視した自らの無欠性の確信は、まさにその自覚の欠如ゆえに致命的なものとなっているように思われる。振り返って見れば、自分が無欠で判断を誤ることがないという彼の確信こそが、陰謀者たちをしばしば苦境に導いたものであった。さらに、例えば、シセロを陰謀に加えることを端《はな》から拒み（二幕一場、一五〇—五二行）、現実を無視した正論を振りかざして、シーザーといっしょにアントニーを殺すことにあくまで反対し（一六二—八九行）、キャシアスの正当な懸念も意に介さず、アントニーが群衆の前でシーザー追悼の演説をするのを認める（三幕一場、二二六—五三行）などの例に示された、自らの無謬性を確信して己の視点に固執し、他の選択の可能性を頭ごなしに否定する彼の態度は、ローマ共和制——他者の批判につねに開かれ、自らの主観的な視点の相対性を自覚し、他者の視点に自己のと等しい権威と正当性を認める人間関係の様式——という彼自身の理想に対する重大な裏切りであった。

こうして見ると、ブルータスは、シーザーがなるだろうと彼が危惧した専制的な君主像と自身さして変わらなく映る。シーザーが自らの視点に頑なに固執したことが観客に彼の帝政が意味する一定の危険を印象づけたように、己の完全な無欠性に対するブルータスの確信は、意識されたレヴェルで彼が見せる共和制への真摯な献身にもかかわらず、彼の裡に同様な独裁への傾向が潜んでいることを示唆している。(8)

この場面はしかし、単にブルータスがその致命的な欠陥を露呈するという点でだけ重要な訳ではなく、また、ここで観客がブルータスに対する共感を他に向けるということもない。それどころか、この場面は彼を観客の共感の中心に据える上で決定的に重要な役割を果たすことになる。口論自体、ふたりの人間的な弱さと自然な感情を明らかにすることによって、単に輪郭だけで示されるかあるいは権力欲に駆られているとしか描かれていない人物よりも、彼らを観客から見てはるかに近しい存在にすることになる。けれども、単にそれだけのことなら、この場面は特別詳細な検討に値《あたい》することもあるまい。口論の後で、キャシアスに、禁欲的な哲学を修めている割には短気だと揶揄されて、ブルータスは初めて自分の苛立ちの真の理由——妻の死——を明かす。しかし、驚いたキャシアスのいくぶん大袈裟な悔やみの言葉に対し、彼はくりかえし話題を変えて、自分の表面的な冷静さを保とうとする。そして、ブルータスがすでに承知しているのを知らずに、メッサーラが彼にポーシャの死の「奇怪な」さま——燃える石炭を呑み込んで自害したのである——を報ずる時も、彼はあくまで平静で寡黙な態度を崩そうとしない。

そうか。さようなら、ポーシャ。メッサーラ、人は死ぬものだ。
彼女《あれ》も一度は死なねばならなかったと思えば、
私もそれに耐えておれる。
〔……〕
さあ、生きている者の仕事に移ろう。すぐにフィリッピの野に
行軍するというのはどうだろう。

（四幕三場一九〇—九七行）

ブルータスを劇の他の人物から際立たせ、彼を真に偉大な英雄とするものは、まさに、己の人間的限界を超えてでも、伝統あるローマの武人、文明化された市民という理想に自らを合致させようとするその苛烈なまでの努力に他ならない。先に見たように、キャシアスも同じローマ的伝統を口にし、彼なりにそれを体現しており、他の人物もまた同様であるが、ブルータスにおける自己とローマ的伝統との同一化は、他の人物の場合と明らかに質を異にしているように思われる。キャシアスにあっては、劇の前半で彼のローマへの愛が必ずしもその個人的な利害と矛盾していなかったように、ローマの武将としての修養が彼の行動全体を規定することは決してない。

それは嘆かわしく映るかもしれないが、そういった人間的な弱さゆえに、とりわけ後半部におけるキャシアスが、私たちから見てどこか親しみを感じさせる人物になっていることは否定できない。だが、ブルータスにあっては、この理想的なローマの規範ははるかに抽象的でそれゆえはるかに強力な――彼の言動はおろか、その思考と存在の殆ど一切を統べる――概念となっている。彼のこのような特質を禁欲を説く古典哲学の素養に帰すのはたやすいが、重要なのは、その結果、彼の自己同一化の様式が、キャシアスらに感じられるようなローマの土着性をはるかに超えて、永遠で理想の都ローマといったきわめて観念的な次元に達しているという事実である。ブルータスと、そしていくぶん違った意味でシーザーだけが、その存在の基礎を、単に土着のローマにではなく、永遠で普遍の都ローマという次元においているように見える。ふたりだけが、自分たちの行動をこの永遠のローマという抽象的で時には非人間的なまでに厳格な規範に照らして糺そうとしているように映る。それは一つには、彼らの名前が十六世紀末葉までに帯びるに至っていた連想の襞ないしはオーラとでも呼ぶべきものによっていよう[9]。歴史的事実としてはキャシアスこそ陰謀の主謀者だったかもしれないが、伝承はつねに「ブルータスと他の陰謀者たち」として彼らを記憶し、キャシアスは単にそのひとりであるにすぎない。アントニーにもブルータスに等しい連想の広がりがあったかもしれないが、少なくともこの劇の中では、彼はそのような傑出に不可欠な自らの行為に対する倫理的省察を欠いている。またオクテイヴィアスは政治的に他の誰よりも重要かもしれないが、彼はその卓越を自らの英雄的行為によって得るわけでなく、いずれにせよ、この劇の中では彼は影の薄い脇役にすぎない。

シーザーが自分の取るべき行為について自問し決断する時、彼が自らを呼ぶ「シーザー」という言葉は、観客の耳にはつねに〈皇帝〉というニュアンスを帯びて響く。

もしシーザーが恐怖心からきょう家に留まれば、

彼は心臓のない獣だということになろう。
いや、シーザーはそうすまい。危険の方でも、自分より
シーザーの方がもっと危険なのをよく知っていよう。
われわれは同じ日に腹を出た対《つい》の獅子であり、
私の方が兄でより恐ろしいのだ。
シーザーは出かけるぞ。
（二幕二場四二―四八行）

「これがシーザー、その名が皇帝を意味する普通名詞となるシーザーの取るべき道か」――彼はあらゆる機会にそう自問し、自らの行動を糺しているように聞こえる。この歴史的な――あるいはむしろ歴史を超えた――身の丈を得ようとする彼の不断の努力が、その人間的な失敗や限界にもかかわらず――そして時にはそうした努力の滑稽さが陰で嘲笑を買い、最後にはその皇帝然とした振る舞いにふさわしい破滅へと彼を導いていくにもかかわらず――シーザーをして、観客から見て、彼が目指したとおりの皇帝的存在たらしめているのである。

ブルータスは、確かに、シーザーほど直截《ちよくせつ》に自分の永遠のイメージに適おうと努めているように見えない。むしろ逆に、彼は伝統的なローマの理想に同化すべく死力を尽くす。しかし、歴史は既にまさにこの伝統的ローマを守るために生涯を献げた者として彼を説話化していた。彼にとっての伝統的ローマがその伝統の実際と大きく違って見えるという事実が、逆説的に、空間的・時間的限界を超えた意義をそのローマに付与することになる。実際、現実の伝統的ローマとは、志操を欠いた市民や勇敢ではあるが嫉妬深く幾分だらしないキャシアスらによって表されるローマと、さして変わらないものだったのかもしれない。しかし、ブルータスのローマは、まさしくルネサンスが範として掲げ、まね、競い、そして最終的には超えようとしたローマと同様、一切の不純物を捨象したローマである。現実のローマと彼が頭に描くローマとのあいだの溝は最後には彼を没落へと導くことにな

るが、この抽象的な理想に自らを同化させようとする努力こそが、歴史が描く半ば神話的なブルータスという人物にふさわしい存在へと彼を高めてゆくことになる。

また一方で、この神話的なイメージは、観客が舞台上のブルータスを判断するための基準を提供することにもなる。つまり、観客は、自分たちの目の前にいるブルータスが彼自身の理想像にどこまで適っているか、どれほどそれを実現しているか測るのである。実際、先に論じた観客の独特な反応のし方と規範としての位置は、ブルータスがローマ的理想として掲げる規範と完全に符合している。言いかえれば、『ジュリアス・シーザー』では、ローマ的理想の規範というありようを一時的に帯びた観客が、舞台上の人物がこの理想にどれだけ適っているか閲《けみ》するのである。観客がこの規範としての自らのありようを完全に意識するとは思えないが、彼らは劇の進行にしたがってますますこの性格を強めてゆく。ブルータス、キャシアス、あるいはポーシャが自分たちの言葉や行動を照覧するよう神々に乞い願い、心耳に聞こえくる父祖たちの召命に応じてこれに呼びかける時――

ブルータス　神々よ、お裁きください。私が敵に対して悪事をなすでしょうか。
もしないなら、その私が兄弟に対して悪事をなすでしょうか。

（四幕二場三八―九行）

キャシアス　おお、神々よ。私はこんな恥辱に耐えねばならないのか――

（四幕三場四一行）

彼らの訴えは、同時に観客への呼びかけ、自分たちと一体になるようにではなく、観客が漠然と永遠のローマのものと思い描く規範に照らし、その想像上の高みから自分たちを判断し是認するように求める呼びかけである。ブルータスの行動の究極の意義はまさにこの高みから測らねばならない。それは、歴史と劇のアクション、舞台からの呼びかけと観客の歴史的知識の読み込みとのあいだの不断の相互作用を通して虚空に形成される、前一世紀のローマも十六世紀末のイングランドをも超えた地平であり、舞台上のブルータスとシーザーがその人間的な限界にもかかわらず狭い土着のローマから志向し、観客が同様に狭隘なその限界を超えて立つように導かれる地平である。

だが、劇の最終的な意義を論じる前に、われわれは実際の舞台におけるブルータスの行動の軌跡を最後まで辿らねばなるまい。たとえ最終的な意義は舞台そのものの上で測られることはなくとも、その意義は、あくまで、舞台とそこで展開される出来事の進行を見守る観客とのあいだのたゆみない沈黙の対話を通して形成されていくものだからである。事実、舞台上の世界自体、一つのレヴェルだけで把握され判断されるほど単純な世界ではない。先に私はブルータスの想像するローマと現実のローマとの乖離ということを言ったが、実際には二つを截然《せつぜん》と分かつ区分があるわけではない。ブルータスは決して現実のローマの経験に背を向けているわけではなく、彼が聞くローマの父祖たちの声は、たとえそれが時に観念的に聞こえようとも、キャシアスたちの聞くものと全く異なるというわけでもない。そして何よりも、彼の部下たちは、不利な戦況にあって、自分たちの指揮官に対する敬慕の念と彼に倣《なら》ってこれにふさわしい存在になろうとする不断の努力を通して、次第に伝統あるローマ人の態度を身につけてゆく。ブルータスと配下の将たちは互いに相手を気づかい、休むように勧め合う。また、いくぶん感傷的な例を挙げれば、劇の初めではやや間の抜けた居眠りがちの子供としか見えなかったルーシアスまでが、相変わらずの眠気にもかかわらず、主人についていようと努める。キャシアスの死体を見つけたティティニアスの激しい嘆きと、その後を追う彼自身の自害とは、彼らがいかにローマ的英雄の伝統を自らのうちに取り込んできたかを物語っている。

ああ、暮れゆく日よ。
お前がその赤い光に染まって夜へと落ちゆくように、

赤い血に染まってキャシアスの日は落ちたのだ。
ローマの太陽は落ちた、われらの日は暮れたのだ。
雲と夜露と危険とが辺りを包む。われらの行いは済んだのだ。

（五幕三場六〇―六四行）

言いかえれば、人間の解釈を完全に免がれた〈現実の世界〉など初めから存在していない。[10] もちろん、それは、人が世界について全く勝手に空想してよい、あるいは、人が自分の個人的なヴィジョンに従って自由に世界の現実を改変しうる、といったことを意味するものではない。しかし、人の世についての一つの見方が有効とされる最終的な根拠は、その見方が関係する人間の大多数によって受け容れられているという、それ自体薄弱な事実にすぎず、また、ひとりの人間にとって世界の現実とは、世界とそれに対する彼の関与との相関においてのみ成り立つものである。このゆえにこそ、ブルータスとキャシアスに従うローマ人たちは、ローマの武将の鑑に倣って自分たちを成型してゆこうとする努力を通して、世界そのものを変えてゆくのである。[11] キャシアスとティティニアスは、心を動かされたブルータスの言葉が裏書きするように、ローマの武将の世界を完結させる形でその生涯を閉じる。

こんなローマ人がもうふたりと生きていようか。
全てのローマ人のうちで最後の者よ、お別れだ。
ローマが今後、君に適うものを生み出すことなど
ありえないのだ。

（九八―一〇一行）

ブルータスはキャシアスのことを全てのローマ人の中で最後の者と言い、歴史の脈絡の中ではこの評価にもそれ

なりの真実があるかもしれない。しかし、こうして英雄の物語として完成されたキャシアスとティティニアスの生涯は、彼らの父祖たちの生涯がかつてそうあったように、後の世代に学ぶべき新たな模範を提供することになるかもしれない。

そしてブルータス自身、その自害の行為で、まね倣うべき高貴なローマ人の範例として、その生涯を完結する。確かに、この行為そのものは即ローマ的高貴さの例としては受け入れがたいかもしれない。決戦の直前、キャシアスとブルータスは、もし戦いに敗れたらどう振る舞うべきか論じ合う。

キャシアス　もしこの戦いを落としたら、こうしてわれわれが
共に話すのもこれが最後だ。そのとき君はどうするつもりだ。
ブルータス　かつてケイトーが自ら命を断った
その死を非難した折に、私が拠った哲学の教えに従い
身を処すつもりだ。どうしてか分からないが、
とにかく私には、今後に起こることを恐れて、
定められた寿命を勝手に断つのは、
臆病で卑劣なことに思えるのだ。だから、堅忍に身を固め、
高みにあって下界のわれらを統べたまう
神々の御心を待つつもりだ。
キャシアス　　　　　　　　では、戦いに敗れた暁には、
ローマの市街を凱旋に引き回されても
構わないのか。

ブルータス　いや、キャシアス、ちがうんだ。高貴なローマ人よ、
ブルータスが縄に縛られてローマに行こうなどとは思ってくれるな。
ブルータスはもっと気高い心情の持ち主だ。

（五幕一場九七―一一二行）

このなかば中断された議論は、何が起ころうともじっと耐えてゆくのか、それとも自ら命を断つのか、どちらが古典的な哲学の教えに適った高貴なローマ人らしい身の処し方か、という問題に何らかの結論を出すことはない。むしろそれは、二つの選択肢が互いに他方を臆病で卑劣と退けるままで終わってしまう。

この議論の曖昧さのためもあろうが、それ以上に、彼らの生涯全体の曖昧さのゆえに、ブルータスの行為を一方的に気高い行為と断定するのは難しい。キャシアスの死が、味方同士が出会って歓声を挙げるのを早合点したもので、死に方もどこか様《さま》になっていないように、ブルータスの死にも一抹の曖昧さが漂っている――かつてケイトーの自殺を臆病と詰《なじ》った彼が、十分に思慮を尽くすこともないままに、剣に向かって身を突っ伏して自ら命を断ってしまう――。けれども、この行為に対する観客の反応は必ずしも批判的なものではない。確かに、アントニーが彼の死を悼んで言う讃辞は、相手が死んで初めて可能なものかもしれず、多少は割り引いて聞かなければなるまい。

この男は彼らの中で最も高貴なローマ人だった。
彼を除けば、陰謀者たちはみな
偉大なシーザーを妬《ねた》んで行為に走ったのだ。
彼だけが、心から国を思って、
皆のために良かれと、仲間に加わったのだ。

彼の生涯は高潔で、性格は
ほど良い中庸を得て、それは、自然の女神が立ちあがって、
世界に向かって「これこそが人だった」と言うほどだ。
（五幕五場六八―七五行）

けれども、われわれはこの言葉が趣旨において正しいと感じる。実際、他の陰謀者たちは単に「シーザーを妬んで」謀議に加わったのではないかもしれないが、少なくとも彼らは時にはそのような裏の動機を感じさせた。そして、確かにブルータスだけが、「心から国を思って、皆のために良かれと」考えることのために身を献げ、人としての感情を犠牲にしてまでも自らの理想に己を合致させようとする努力によって、その高潔さを証明してきたのである。ブルータスの生涯はまさに、彼に従う者にとって、まねるよう強く鼓舞する模範だったのであり、彼はそういう形で自分の想像するローマを自らの周囲に実現してきたのである。それゆえ、われわれは、彼が死の直前に語る言葉を――シニカルな批評家が時にそう解したがるように――生涯の終わりにあたって己の気を引き立たせるために言う自己欺瞞の例と取る必要はない。(12)

同胞諸君、
生涯を通して、私に対して誠でなかった者が
一人《いちにん》たりともいなかったのは、うれしい限りだ。
この敗北の日に、私はオクテイヴィアスと
アントニーとがこの卑しい勝利で獲得するより、
もっと大きな栄誉を得ることになろう。
（三三―三八行）

確かにこの言葉はいくぶんは彼のいつもの非現実的な認識のし方に染まっているが、しかし、それははるかに強く、彼が自分がそうあらねばならないと考えたとおりに世界を実現してきたその過程を指し示している。

この想像的世界の実現もやはり、主に言語や行為・行動の喚起力、人々に自分の前に置かれた模範をまね、それと合致するよう駆り立て鼓舞する力によって達成されてきた。ブルータスの言動の喚起力ということに関する限り、それは、民衆を沸き立たせた彼やアントニーの演説のものと同質である。しかし、後者にあっては、喚起力のある言葉によって解き放されたエネルギーは一時的で、起こすのと同様霧散させるのも容易で、市民の存在を根本的あるいは永続的に規定することもなければ、彼らにその行動の責任を深い次元で問うこともなかった。これに対して、ローマの武将たちは、自分たちの模範との不断の接触を通して霊感を得ているのであり、彼らの行動のパターンは、自分たちの行ないに対して重い責任を課す形で、はるかに根本的に彼らの存在を規定している。

次の世代を喚起し鼓舞するこの模範的な生の連続こそが、ローマの軍事的共和制の伝統を形づくってきたものである。実際、ブルータスとポーシャが志操と誉れのローマ的理想に達しようという努力を通して自分たちの愛を深めていったように、ブルータスと武将や他の部下たちは、一心同体となってというより、むしろ、おのおの自らの内にその理想を体現しようとする個別の努力を通して、互いに結ばれているように見える。ルシリアスが、ブルータスの影武者として捕らえられた時、そして、ブルータスが死んでいるのを見て、口にする言葉は、このことをよく表わしている。

アントニー　ブルータスはどこだ。
ルシリアス　安全な所に、アントニー、ブルータスは安全だ。
あえてこう誓おう。いかなる敵といえども、高貴なブルータスを生きて捕らえることはあるまい。
神々がそのような恥辱から彼を救い給わんことを。
あなたが彼を見つけるときは、生きてであれ、死んでであれ、
彼はブルータスらしく、自身にふさわしく見出されよう。

（五幕四場一九―二五行）

メッサーラ　ストレートー、おまえの主人はどこだ。
ストレートー　あなたを囚える捕縛を免がれて、メッサーラ。
勝者に出来ることといえば、ただ彼を荼毘に付すことだけだ。
ブルータスだけが自身を捕らえ、
他の誰も彼の死で名を挙げることはないのだから。
ルシリアス　ブルータスはかく見出されるべきだった。礼を言おう、ブルータス、
ルシリアスの言葉の正しさを証明してくれて。

（五幕五場五三―五九行）

ルシリアスにとっては、ブルータス自身にとってそうであるように、ブルータスがローマ的高潔さの理想を体現しているか否かということの方が、その生死よりはるかに重要なのである、彼らは、こうして、不利な戦況の中で、自分たちのローマ的共和制を着実に形づくっていくかに見える。その限りでは、自律した責任ある個人を基礎にした共和的な人間関係の伝統を守るというブルータスの当初の意図は十分果たされたと言えよう。
にもかかわらず、この共和的な人間関係の様式が、政治体制としての共和制が終わらんとするまさにその瞬間に確認されるというところに、われわれは深いアイロニーを感じずにはおれない。ブルータスの前に現われるシーザーの亡霊は、沈黙のうちに、帝政の原理の勝利と皇帝《シーザー》たちの時代の到来を予兆し、共和制を守ろうとするブ

ルータスらの努力の空しさを証明するかのごとくである。それゆえ、彼が死んで内乱が終わった後で、ブルータスの部下たちがオクテイヴィアスの軍に加わる時、彼らの行為は決して裏切りを意味するものではないが、にもかかわらず、それは、広大な帝国を整え、個人とそのおのおのの意志とを非人格的な国家の圧倒的な原理のもとに呑み込んでゆく歴史の抗いがたい進行を、観客に強く印象づけることになる。実際、彼らがブルータスの周囲に実現してきた共和的関係は、あくまで特定の時点におけるローマという限界を超えることはなく、苦境における人々の毅然とした態度を除けば、とくだん印象的にも見えず、一つの社会集団の閉ざされた枠組みを超えて、時の大きな隔たりの彼方から観客に訴えてくることはない。それはただ、自分の文化的、歴史的な限界に抗うブルータスの苛烈な努力の結実としてのみ貴重である。彼の死とともに、ローマ共和制の理想を守ろうとしたブルータスの努力は、彼のかつての部下たちを時に逸《はや》らせる一抹の記憶を除いては、歴史に何の痕跡も残すことなく潰《つい》えてしまい、その記憶も時の経過とともにやがて薄れ去ってゆくだろう。

ブルータスと彼の行動を真に忘却の淵から救うものは、まさに、彼の生の全軌跡に立ち会ってきた観客――あるいはむしろ、そのひとりひとりの心の内部で進行する一つの精神の運動――である。彼らは、ブルータスの言動、とりわけ己が自らの理想を完全に体現しているというその確信に対して、最後まで一定の距離をおいてきた。しかし、その彼らとて自分たちの批判的立場に安穏としていることが許される訳ではない。一切の立場の無謬性を否定するこの批判的立場は、同時にそれ自体の土台を不断に侵蝕し、観客に自身のを含め一切の固定した価値を相対化するよう迫るのである。[13]

先に見たように、シーザーは、自分の名前が含意する帝王像に自らを合致させようとする熾烈な努力を通して、その人間的限界にもかかわらず、帝王にふさわしい身の丈を得ている。同様に、ブルータスも、共和的人間の理想に適おうとする不断の努力によって普遍的な卓越性を得ることになる。彼らの生身の肉体に真に超越的な様相を帯びさせるものは、生来的、文化的に課せられた限界を越えようとするその酷薄な努力であった。けれども、同時に、シーザーが帝王たる不滅の自己を自ら確信したまさにその瞬間に凶刃に倒れたように、ブルータスも、自分の言説に懐疑の目を向けるのをやめて己の無謬性を信じる時、致命的な誤りを犯して、共和制の理想を自ら裏切ってしまうことになる。言いかえれば、生身の自己と理想の自己像とのあいだの距離を測るのを忘れ、自らを完全に時間を超えた存在と確信する時、彼らはすみやかに自分たちの世界に自らの破滅を準備し、同時に、観客から深い共感を得ることのない狭隘で歴史的に隔たった遠景へと退いてしまうのである。(14)

しかし、ふたりの想像上の高みと実際の限定性との距離を観客が意識することは、また、規範的存在としての彼ら自身の不動の高みと、ありふれた等身大の人間というその卑小な現実とのあいだの距離に対する彼らの自覚を必須たらしめる。観客が劇が彼らを引き上げる特権的な高みの虚構性を忘れ、自己のあり方の二つの様相のあいだの距離を測りそこなう時、彼らは即、歴史の狭隘な限界に閉ざされ、劇世界に対する何の深い理解に達することもないままに、完全な文化的孤立のうちに残される。二つのありようのあいだに横たわる距離を測り、狭めようとする努力だけが、観客が、その文化的限界を越えて、永遠のローマ人として規範的役割を帯びることを可能にするのである。(15)

ここでわれわれが今一度確認しておかねばならないことは、舞台上のシーザーとブルータス、そして観客にとっての、志向されかつ決して到達されることのない共通の目標としてのローマとは、偏狭な土着のローマを超えて、ある超越的なもの――個々の文化的規範の狭く偏った枠組みを超えた古典的な普遍の価値――を目指す、人間に遍く具わった憧憬を意味する一つの比喩と化していることである。けれども、シーザーがこの憧憬を絶対的で不滅の自己というきわめて限られた形で具象化していたのに対し、ブルータスはそれをつねに、限りなく拡がる自由で自律した個人の群れとして表象してきた。この表象の様式こそが、彼が実際の振る舞いとしてその理想を十分体現しているとは言いがたいにもかかわらず、観客をしてブルータスを人間的自由の象徴として迎えさせるものである。ここで言う人間の自由とは、何らかの対象化された欲望や情動の充足でもなく、また、必ずしも何らかの外的な束縛からの解放でもない。それは何よりも、そういった表象された欲望や束縛の基底にあってそれらの枠組みをなす、目に見えない文化的規定性からの解放であり、これは、ブルータスがシーザーの暗殺によって果たしうると信じたように、単に何らかの外的な力によって一挙に達しうるものではない。それはただ、異なった文化のあいだ、自己と他者、自己と自己自身のあいだの不断の対話を通してのみ――そして、家族から国家にいたるあらゆる社会的レヴェルにおける、自己の文化的規範の相対性の自覚の深まりを通してのみ――近づかれ、しかも決して完全に到達されることのないものである。そして、これこそが、舞台上のローマと理想のローマ、模範の文化と自己の文化との間の距離をくりかえし問い、測ろうとする観客の内部に進行するものである。この苛烈でたゆみない過程だけが、人をその文化的束縛から解き放ち、時代と場所を異にする文化と人とが――完全に融合した形ではなく、あくまで自律した責任ある一文化・一個人として――互いに結ばれることを可能にするのである。

私たちの内と外には、私たちを行動へと駆り立て、あるいは結集へと呼び招く無数の声が行き交っている。それらは、私たちに新しい状況を切り拓かせ、私たちを変貌させ、私たちの裡に潜む能力を開花させる力である。けれども、私たちの歩みが真に自由で責任ある歩みであるためには、私たちはつねに、一切の呼び声を包んで広がり、その華やかな調べの下に隠された偽りと齟齬を見透す深い沈黙があることに気づかねばならない。全身を耳にして、無数の声の織りなす喧騒と賑わいの向こうに、はるか彼方から送られてくる一つの沈黙の声を聞きわけねばならない。それは人間の普遍的な共和制の呼び声である。

第二章　『ハムレット』における表現と内的真実——その共存在様式をめぐって

二十世紀のシェイクスピア批評を振り返った時、極めて特徴的に思われることの一つは、彼の悲劇のうちで最高の傑作であるという評価の座を『ハムレット』が『リア王』に譲ったということである。王制復古期から十九世紀を通して〈耐えがたい〉作品としてオリジナルな形で上演されることさえまずなかった『リア王』が、二十世紀になって評価されるようになるのは、作品そのものの持つ芸術的、思想的完成度とは別に、二十世紀という時代がまさに『リア王』を受け入れる時代であった、そういう時代的要請もあったと思われる。二つの大戦を経たヨーロッパの人々の眼に、この悲劇が提示する人間の残虐さ・悲惨さが、ありもしない逸話ではなく、人間のありようの本質を衝いた寓話と映ったのは無理からぬところであろう。これに対して、『ハムレット』を取り挙げる批評家たちの多くは、十九世紀ロマン派以来の熱狂的傾倒の伝統を恥じるかのように、その主人公に対する冷ややかな眼差しをもって、新しい時代にふさわしい自らの感性の証しとしたのであった(1)。

けれども、このような文芸批評ないしは思潮における評価とは別に、私たちにとって最も好ましい作品、最も

〈受ける〉悲劇はとなると、これはやはり今も昔と変わることなく『ハムレット』だろう。しかも、『ハムレット』の人気を他の悲劇のそれと比べた時際だって感じられる特色は、『ハムレット』に対する人気が実はほとんどその主人公に対する極めて強い愛着・共感から来ていることであり、それは、他の悲劇に対する私たちの感動が、主人公に対する強い共感を含みながらも、本質的には劇全体が提示する一つの世界観に対する反応であることと明確な対照をなしている。なるほど、私たちは個別な状況において、自分をオセローなりリアなりマクベスなりに喩えることができよう。しかし、それらは多くの場合個々の状況の類似性であって、根本的な次元で私たちが自らを彼らと同一視することはまずない。もちろん、私たちが自分をハムレットに擬する時にも、このような状況の類似性による場合があろう。失恋をすればオフィーリアに振られて狂うハムレットを想い、母親の不貞を知って、ガートルードに喚き散らす彼に自らの無念を託すということもあるかもしれない。孤独で暗鬱な物思いにふける主人公の姿に自らを投影して青春の気取りを満足させるということもあろうし、実際、ハムレット的心境といえば、あれかこれかさんざん迷った末に何も出来ないということに相場が決まっている。けれども、私たちがハムレットに対して持つ共感とは、そのような表面的な類似や思い入れを超えて、あるいはそれらを含み込みながら、より深いところで私たちのひとりひとりがハムレットと繋がっているという感覚、「ハムレットとは自分のことだ」という青くさいせりふを単に薄っぺらな青春の気取りに終わらせない、何かそういった根源的な連帯の絆から生じているように思われる。

本論は、この主人公に対する私たちの共感の質と、それが『ハムレット』という作品の受容全体の中で持つ意味を、できるだけ広いコンテクストの中で考察し、明らかにしようとするものである。

ここで、極めて大雑把にではあるが、『ハムレット』の悲劇性の一つの背景をなすと考えられる、当時の修辞教育によって培われた文化の特質とその意義について概観しておきたい。

十五世紀全体を通して激しい内乱に見舞われたイングランドでは、土地所有に基づく封建貴族階級の疲弊が目立ち、彼らの支配になる堅牢なハイアラーキーを備えた中世的世界は大きく揺らいで、それに代わって、中央集権的な近代国家が絶対君主のもとで次第に形を整えてゆく。こうして政治・文化の中心となった王の宮廷は、ヒューマニスト的教養を備えた新しい人材を積極的に登庸し、ここに、下剋上の流動性の高い、能力中心のヒューマニスト的宮廷文化が形成されてゆくことになる。それは、神という全知の存在をつねに念頭に置く中世の内面的な（あるいはむしろ、内面と表現との間の乖離を前提としない）文化と異なって、己の内面に関知しない他者に対して自らの美質・有能さを印象づけるべく演じられる表面的な演技を重視し、時にはむしろ表現によって内面が決定されてゆくような劇的な文化である。そこでの栄達の主要な手段となるのは、修辞的な言語表現を介しての自己の演出であり、そういった環境にあって、ヒューマニストの教育プランの中で修辞学が中心的な地位を占めるようになるのは自然な成り行きだった。[2] このような文化における個人の典型的な自己実現は、一五六一年のサー・トマス・ホービーによる英訳以前から広く親しまれ、エリザベス朝を通じて多くの類書を出したバルダッサーレ・カスティリオーネの『宮廷人の書』（一五一八）に結晶しているような、宮廷文化の規範を完璧に演じ切る一生涯の自己演出を通してである。[3] 私たちはその一つの傑出した例をサー・フィリップ・シドニーに見ることができよう。文武両道に秀でたこのルネサンス人の文章を辿る時、私たちはその優雅で流麗な文体が、実はそれが他者と自らとに与える効果を周到に計算し尽くした所産であることを、ふと忘れてしまうのである。[4]

しかし、このような宮廷的演技の遂行を通しての自己実現は、エリザベス朝末期の絶対王政の行き詰まりとともに次第に困難なものとなり、それに伴って、修辞的な美文も、自己の十全な実現のための活力ある媒介から、むしろ表現の裏にある人間の内奥の暗闇を隠すかのように、ことさら技巧に富んだそして客観的には幾分こわばった感じさえ与えるユーフィーズムへと転化してゆく。そして、このような言語表現・文体と内容との間の溝が、人格的次元で、自分の外的な役割と自身にとってのあるべき自己との何らかの乖離を反映していることは、『ユーフィーズ』（一五七八―八〇）の著者ジョン・リリーの生涯が如実に示している。[5]

一方、新興のブルジョアジーを主たる社会基盤とする新教徒たちは、そのような現実離れした修辞と異なる、表現が即真実である神の言葉を理想とする平明で簡潔な文体（plain style）を標榜し、それは改めて言うまでもなく一六一一年の『欽定訳聖書』へと結実してゆく。こういった言語観から見れば、過剰に文飾を施した修辞的な美文は真実を蔽う偽りの言葉、極言すれば悪魔の輩の使う言葉である。十六世紀末、英語が古典語に匹敵するまで高められ洗練されてゆく背後で、実はこのような深い言語観の対立が胎動していたのである（尤も、それは、明確な対立としてというよりは、人が自己表現の手段としてどういう文体を採るかという、個人の選択上の緊張として表われようが）。

このような環境の中で育ち、そのドラマトゥルギーの習熟と内容の深化とともに、多様で柔軟な劇的言語を発達させてゆくことによって、逆に〈生まれながらの〉天才と見做されるに至ったシェイクスピアが、実は極めて意識的な修辞の徒であったことは、〈言葉の饗宴〉と評される『恋の骨折り損』など証拠は枚挙に暇がない。私たちは、修辞的表現と人間の内面的本性との関係ということについての興味深い一例を、彼の『ヘンリー四世』二部作の中のフォルスタッフの造型に見ることができよう。「名誉」などという空念仏のために死んでゆくことの愚かさを笑って、実際に赴いた戦場では、戦闘のあいだ死んだふりをして横たわって難を逃れるフォルスタッフは、同じ戦闘で、王子ハルとの一騎打ちに敗れて、自分の戦死よりも敗北が意味する「誇らしい誉れ」の喪失を嘆きながら死んでゆくホットスパーと対照的に並置されることによって、騎士の鑑という修辞的に演出された役割に見事に殉じて逝ったシドニーのパロディをなしているかのようである。しかし、かといって、フォルスタッフが修辞的な虚偽を打破して人間の真実を明らかにする待ち望まれた存在かというと、ことはそう簡単ではない。ある意味でフォルスタッフもホットスパーも共に乗り超えてゆくハルが明確に自覚しているように、この修辞的演出による役割演技こそが、自己の利害に縛られた人間の世界で一定の秩序を維持する力なのであり、その虚飾を批判し否定し去ったところで、後に出てくるのは人間の不定形の欲望と利害の果てしない争いでしかない――。

王座に就いたハルが名乗るヘンリー五世は、こうして、王という修辞的な役割を力の限り演ずることによって、相応の政治的成功を収めることになる。王は、自分の演ずる役割に同化し切れない人間として、内面に深い孤独の影を宿しているが、それを彼は自分の地位に対する代価として引き受け耐えてゆくのである。(6)『ハムレット』が『ヘンリー四世』二部作および『ヘンリー五世』から引き継ぐものは、この表現と内的真実との乖離――それはまた言いかえれば、公人と私人、役割と自己との対立でもあるが――という、修辞的で演劇的な文化とその中での自己の演技・演出が、ひとたび過剰な自意識によって懐疑の対象と化し、その自明性を失った時に、必然的に浮かび上がってくる自らのありように関わる問いに対するより満足のゆく解決への模索だった。

劇の冒頭、暗闇の中で激しい口調で誰何《すいか》を交わすふたりの歩哨は、作品全体のテーマと関わる、一つの基本的な文化的営みを象徴している。誰何はやがて、遠回しな合言葉から相手の身元の確認、そして労をねぎらう言葉へと移ってゆき、それは、場全体の荒寥とした雰囲気と次第に明らかにされる恐るべき事態にも拘わらず、私たちがさまざまなレヴェルで繰り返している、未知なものとの出会いからコミュニケイションの成立へという過程を縮図的に示している。

けれども、二度に亘って歩哨たちの前に現われながら、何も告げずに立ち去る亡霊と彼らとの間には、そのような気持ちの交流は望めない。初めの恐怖とないまぜの詰問にも、二度目の礼を尽くした問いかけにも応えることなく、自らの正体を告げることもできないままに、ただ悲しげな表情で訴えるだけで、鶏鳴に怯えてかき消えてゆくこの未知の存在には、通常な意味での表現する力が奪われており、意思の疎通が不可能であり、そのことが、それだけに歩哨たちの心に深い恐怖の念を掻き立てるのである。亡霊の姿が私たちにまず印象づけるものは、彼のこの表現のそしてそれゆえ伝達の不可能性である。確かに、亡霊が呼びおこす不安と関連してマーセラスが訳を問うデンマークの最近の物々しい軍備については、ホレイショーが合理的な理由を挙げ、そして漆黒の闇もやがてすがすがしい暁に取って代わられるが、その白んでくる朝日の中で、舞台から立ち去った亡霊が、明確な輪郭を次第に失いながら、観客の明るい合理的意識と暗い無意識との狭間に、いわば不可能の淵からコミュニケイションを求めてじっと立っているのである。

暗い城壁での亡霊の沈黙とことさら際立ったコントラストをなすかのように、一幕二場で、王妃以下大勢の伴の者を引き連れて、宮廷の明るい大広間に賑やかに立ち現われるクローディアスは、実に雄弁で饒舌である。彼は、見事な撞着語法《オクシモロン》をちりばめた修辞を駆使して、先王ハムレットに対する哀悼の気持ちから自分の栄《は》えある戴冠と婚礼の喜びへと、人々の関心を巧みに誘導してゆく。

余の大切な兄ハムレットの崩御の記憶は
いまだ生々しく、われわれの心を
悲しみに浸して、王国全体が哀悼の意で
顔を曇らせるのこそふさわしいが、
それでもなお分別が自然な思いに異を唱え、
余は最も賢明な悲しみの念で兄を思い、
同時に、自分たちのことも忘れずにおくことにした。
それゆえ、かつては余の姉で、今では余の妃、
武功めざましいこの国のかすがいともいうべき王妃を
余は、いうなれば打ちひしがれた喜びで、

一方の目に慶賀の念を、もう一方には涙を湛え、
弔いの場には賑わいを添え、婚礼の席では挽歌を奏で、
歓喜と悲嘆を等しく釣り合わせて、
妻に迎えたのだ。そして、このことでは、余は諸君に
自由に意見するよう求めたが、君たちは自らすすんで
賛意を示してくれた。そのすべてに、礼を言うぞ。

（一幕二場一―一六行）

しかし、過剰な雄弁というものは、往々にして、裏に何か別な意図を秘めたうさん臭い虚言として、人の警戒の念を呼びおこすものである。実際ここでも、クローディアスのせりふの表面上の華麗な儀式性の背後に浮かぶものは、実務的な状況処理と利己的な野心の満足感であり、そしてその一方で、ハムレットに対する微妙な遠慮と不安の念である。これに対して、ハムレットの方はどうかといえば、彼は、自分の黒い衣裳と憂鬱な態度をなじるガートルードの「お前についてだけは、どうして父上の死がそんなに特別な風に見えるのです」という問いに対して、激しく切り返す。

見えるですって、お母さん。いや、本当に特別なのです。僕は「見える」など知りません。
いいですか、僕のことをまことに表せるのは、墨染めの覆《おお》いなどではなく、
慣例に従った厳粛な黒い喪服でもなければ、
無理矢理につく大きなため息でも、
目からあふれ出る涙でも、
しょんぼりとうつむいた顔に、

あらゆる悲嘆の徴を添えたものでもないのです。
そういったものは、実際見えるかもしれない。
外面《そとづら》だけ演じることもできますからね。
でも、僕の中には、こういった悲哀の飾りや
衣装にすぎない見せかけを超えたものがあるのです。

（一幕二場七六—八六行）

この言葉が意味するものは、もちろん、一見兄の死を悲しむふりをしつつ、その実嬉々として自分の利益を図るクローディアスや、生前夫に対して底知れない愛情を示し、死の直後には大袈裟なまでの悲しみを表わしながら、今ではもうそんなことなどすっかり忘れてしまったふうであるガートルードらの、ハムレットから見て偽りとも見える表現性、他者の真実と外的表現の乖離に対する批判であるが、同時に、ここでハムレットについてより重要なこととして強調されねばならないことは、自分の表現が他人によって単なる表現、可能性としては真実を指示していない表現と取られることへの彼の憤りである。ハムレットが本来自分の内面の正直な表現として纏《まと》う黒衣は、表現と真実との間に直接的な繋がりを欠いた世界ではそう受け取られない——。自分の内的真実はそれにふさわしい適切な表現を持ちえないのではないかという苛立ちを伴う懐疑の念が、既にこの段階で極めて尖鋭な形で彼の心に胚胎しているのである(7)。

一幕五場でハムレットが亡霊から教えられるものは、まさにこの表現と真実の根本的な乖離の事実である。

ああ、悪党め、悪党め、笑みを浮かべる呪わしい悪党め。
手帳はどこだ。これは書き留めておかないと、
人は笑みを浮かべながら、それでも、悪党でいられる、とな。

少なくとも、デンマークでそうだというのは確かなことだ。

（一幕五場一〇六―九行）

ハムレット以外の誰にも真実を伝えることができず、そのハムレットにさえ自分がいま受けている死後の世界での業罰を語ることを禁じられた亡霊が命じる復讐とは、それゆえ、単に自分の命を奪ったクローディアスを殺し返すことではなく、ことの真相を明らかにし、そうすることによって、象徴的に、乖離してしまった表現と真実とのあいだに直接的な繋がりを取り戻すこと、ハムレット自身の言葉で言えば、外れてしまった世界の箍《たが》をはめ直すことである。

世界の箍が外れしてまったのだ。それをはめ直すために
俺は生まれてきたとは、なんと呪わしい運命であることか。

（一八八―八九行）

今これを、言語あるいはむしろそれを含めた表現一般の意味作用の二通りのあり方、修辞的で究極的には表現とその表現の指示対象とのあいだに直接的な対応関係がない言説と、両者のあいだに直接的な対応関係を持つ言説との間の対立として捉えることができよう(8)。われわれは、日々の営みにおいて、必ずしも二者択一的にどちらかの言説に依拠して生きているというのではなく、自分の身の回りで取り交わされる表現が大筋においては指示対象を表しながら、対象をそのままには指示していない可能性を留保している、あるいはまた別な言い方をすれば、修辞的な戯れと真実に忠実な生まじめさが人それぞれさまざまな程度・様相で複雑に入り混っている、そういった状況の中に生きている。

ハムレットの課題とは、この漠然としてあった指示の枠組みを共同体の核心において破壊してしまったクローディアスを中心とする言説、表現が完全に自己目的的な優位性を獲得しいかなる真実とも無縁である――少なく

ともハムレットにはそう感じられる――そういった極端に修辞的な言説を打ち砕いて、表現が即真実である意味作用の場を築くことに他ならない。

だが、それは決してた易いことではない。他者の表現が真実を指示しない偽りの表現であることを明らかにするのも難しいことだが、それ以上に難しいのは、自分の表現が内的真実を表現しているのを証明することである。

二幕二場で、ポローニアスは、王と王妃を前に置いて、ハムレットがかつてオフィーリアに寄越した恋文を読みあげる。

〔読む〕神々しく、我が魂の聖像ともいうべき、この上なく美々しいオフィーリア――これはいかにも拙い、見苦しい言い方ですな。「美々しい」というのは実に無様な言い方だ。でも、続きをお聞かせいたしましょう。これを、その麗しい真白い胸に、これを、云々。

〔……〕

星が炎であることを疑うがいい、
太陽が動くのを疑うのもいい、
真実とは嘘つきだと疑うのもけっこうだ。
でも、僕が君を愛しているのはけっして疑わないでくれ。
ああ、愛しいオフィーリア、僕は数合せがうまくない。自分のため息を数える術を知らないんだ。でも、僕が君を何にまして、そう、何にもまして愛していることだけは、疑わないで。
さようなら。
この上なく愛しい人よ、この身が自身のものである限り、永久に君のもの、
ハムレット

（二幕二場一〇九―一二四行）

そこに表わされているのは、いくぶん衒学的で、冗漫なポローニアスをすらいささか辟易させる甘ったるい修辞もさることながら、自分の意思の伝達の可能性に対するハムレットのかなりナイーヴな信念である。彼は自分の表現の拙劣さを嘆き、胸の疼きを数えあげる術のないことを訴えるが、そのような嘆きや訴えを成立させているコミュニケイションの可能性については、その時点では彼はさして疑っているようには見えない。己の真実を伝えているという表現そのものの真実性を証明する必要は、そこではとりたてて意識されていないのである。だが、真実と表現との間の乖離を当然視する、宮廷の申し子とも言うべきポローニアスから見れば、そのような誓いの言葉など嘘八百の女衒の言葉、テキ屋の口上に過ぎない（一幕三場一二七―三一行）。はたしてそのような世界にあって自分の伝えることの真実性など証明できるのか。証明自体一つの表現行為であり、それは最初の表現そのものと同じだけの疑念に曝されている――。自らを適切に表現するということは、程度の差こそあれつねに人間の意識につきまとう課題であるが、ハムレットにおいては、それは、自分の内面を正しく表現することはいったい可能なのか、いかにすれば己の真意は正しく伝えられるのか、という修正を伴いつつ、狂おしいオブセッションとなってゆく。

人はあるいはこう言うかもしれない。そんなはずはない、現に、ハムレットは一幕二場の独白で自分の憤りを口にした後で、人の来る気配に、沈黙を守らなければならないと言うし、亡霊との会見の後でも、自分たちのあとを追ってきたホレイショーとマーセラスに対して、決して口外しないよう誓わせるではないか、と。それはまさにその通りである。そしてまた、ハムレットが、少なくとも二幕以降は、劇中の他の誰よりもよく役割を演じ分け、多彩な修辞を駆使して他人を煙に巻いてしまうのも事実である。

けれども、この意識して沈黙しようとすること、役割と修辞によって自己を韜晦《とうかい》しようとすること自体が、実は正しい表現の欠如に対するオブセッションの裏返しなのである。初めにも少し触れたように、表現の問題は、それが発せられる場の状況と不可分に繋がっている。ハムレットの悲しみの表明がその通り悲しみとして伝達されるためには、彼の悲しみの表現をそのまま悲しみとして受け取り、その悲しみを共有する受容者があらかじめ存在しなければならない。言いかえれば、完全なコミュニケイションが成立するためには、伝達の送り手と受け手が価値観・目的意識・表現媒介に対する信頼を完全に同じくする、理想的なコミュニティが前提されなければならない。自分の表現を真実の反映と受け取ってくれる者のない所で真実を表現しようとすることは、真実を外気に晒して風化させ紛い物にすることであり、自らの真実を真実として保とうとすれば、沈黙して自らの中に留めておくしかない。

このように見れば、ハムレットの意識的な沈黙と韜晦、そして間歇的にこれを突き破って激しく繰り広げられる怒号と、またこの言語的次元に対応する身体的表現としての、行動の欠落と不意に訪れる過激な行動は、完全なコミュニケイションとしての表現への希求と、同時にその表現をコミュニケイションとして成立させてくれるコミュニティの喪失の認識とに引き裂かれた人間に残された唯一の表現、いわば表現の不可能性の表現と解されるのである。

尤も、そうは言っても、ハムレットの沈黙と怒号、何を指すとも定かならぬ警句とノンセンス、行動の欠如と過剰との理解を超えた交錯は、単に彼の心的なディレンマの現われとしてのみあるわけではない。それはまた、表面的な整合性だけで成り立っているクローディアスの修辞的世界を揺るがし、その修辞的・儀礼的表面の裡にあるものを暴いてゆく手段でもある。

二幕一場で、ポローニアスのもとに飛びこんでくる怯えたオフィーリアが語る彼女の私室でのハムレットの振る舞いは、彼の狂態の多層的な意味をよく表している。取り乱した様子で入ってくるなり、乱暴にオフィーリアの顔を覗き込んで、深いため息をつくと、肩ごしに相手の方を向いたまま部屋を出てゆくハムレットの態度は、実際さまざまに解釈されよう。かつて自分の気持ちを受け入れてくれるかに見えた相手が、見たところは同じオフィーリアでありながら、今でははっきりとした理由もなく拒もうとするという、クローディアスやガートルードに対するものと同質の表現と真実の乖離に対する失意とも解せようし、一方で、そのような自分の失意・悲しみを表現することの詮の無さ、本質的な伝達の不可能性に対する絶望感も読み取れよう。だが、何よりもその狂態を特色づけているものは、その不可解さである。彼の狂態――偽りであれ真の狂気であれ――、それには何か理由があるはずだ、ひょっとするとハムレットは自分の犯した罪を知っているのか、知らなくても何か気づいたのか、それとも何か別な不満を自分たちに向けているのか、いずれにしても、この不可解な表現の裏にある原因を探らねばならない、というクローディアスの疑念は、拒まれた愛から狂気に至ったというポローニアスの安直な因果関係の分析にも拘わらず、深い蟠《わだかま》りとなって、表層の表現の世界に留まろうとする彼に、自身のを含めて、ことの裏面、内的真実へと目を向けるよう強要してゆくことになる。

三幕一場で、オフィーリアをハムレットに出会わせるよう手筈を調えるポローニアスが何気なく洩らす、表現と内実の乖離についての慨嘆を耳にして、クローディアスは、傍白で、自分の飾った表現の裡に秘められた醜い行為に対する強い呵責の念を口にする。

ポローニアス　人間、こういうことでは責められる点が多々ありますな。
敬虔な顔をして信心深く振る舞いながら、
その裏に悪魔をすら隠しているという例は、
あり余るほどありますから。

クローディアス　〔傍白〕実際、その通りだ。
そのせりふは何と厳しく俺の良心をむち打つことか。

真っ白に厚化粧した娼婦の頬を、上に塗られた
おしろいと比べても、まことしやかに取り繕った
俺の言葉と比べたその行いほどに醜いことはない。
ああ、何と耐えがたい重荷だろう。
（三幕一場四五―五三行）

無論、このような内面性が、劇の当初からクローディアスにあったのだという考え方は、理窟としては成り立つが、人物の外見と背馳する内面の状態は、劇というジャンルの性格上、アクションの中で提示されて初めて観客の意識にのぼるものなので、そう見れば、この傍白は、クローディアスがそこに示された呵責を最初から持っていたか否かに関わりなく、彼の修辞的な言説の崩壊過程を示す言葉として観客に受容されるのである。以下、ハムレットとオフィーリアのやり取りの立ち聞き、劇中劇、そしてそれに続くポローニアス殺害という形で、クローディアスが自分の周りに築いてきた修辞的整合性の世界は、ハムレットの沈黙と叫び、行動の欠如と過剰の狂おしい渦に巻き込まれ、劇中劇の後での絶望的で甲斐のない祈りに見られるように、内面の醜い真実に対する呵責の念が彼の心を大きく占めてゆくことになる。そしてそれは、ポローニアス殺害の中に自身に対する脅威を読み取って、慌ただしくハムレットをイングランドに送り遣った後も、もはや霧散することなく彼の心を捕らえてしまい、そういった心理的破綻とともに、彼の治める宮廷も、劇の初めの儀式性に満ちた明るい場とははるかに隔たった、生気のないうつろな空間へと変質してゆくのである。

だが、このような一面の勝利にも拘わらず、ハムレットが当初めざした世界の修復――表現と真実との完全な一致、完全なコミュニケイションの達成――は、一向に進捗したかに見えない。一例として、三幕一場の「尼寺の場」を考えてみよう。心の込もった優しい言葉で始まるふたりの会話は、ハムレットの激しい罵倒と泣き崩れるオフィーリアの悲嘆の言葉で終わってしまうことになるが、さて、久闊を叙する挨拶の後で、オフィーリア

はいくぶん唐突に、ハムレットがかつて寄越した形見の品を返そうとする。ここでは、最近つれなくなったのは、オフィーリアではなくハムレットの側になっており、劇の前後で観客が与えられる情報と喰い違うことから、批評家たちの細かな論議を呼んできたが、(9) ここに読み取るべきはそういった二者択一的な答えではなく、状況の曖昧さそのものである。実際、われわれの日々の経験においても、それぞれ自分の意識に閉ざされた人間どうしの解釈の齟齬と、そこから生じるさまざまな軋轢は、一概にどちらの所為とも言い難いことが多いが、ここで重要なのは、そういった主観的経験の喰い違いが、ハムレットから見て定かならぬオフィーリアの誠意への疑念、あるいは自分の真意の伝わり難さについての絶望感を呼び醒して、表現と真実の乖離に対する彼の一連の呪詛を引き起こすことである（一〇二―二九行）。しかし、ここでも、それらの呪詛を単に他者の外見と内実との乖離への一般的な批判に終わらせていないのは、彼の言葉が、そういった安定した客観的視点から発されるのでなく、この世ではいかにしても両者は一致し得ないのだという認識に根差している点である。いかに貞節に振る舞おうとも、それはまさに振る舞いであるがゆえに決して真の貞節とは受け取られない、この世ではそれを真に表現することなど不可能なのだという意識である。ここでハムレットがオフィーリアに行けと言う "nunnery"（女子修道院、尼寺）という言葉には、「売春宿」という意味が込められているといったことがよく言われるが、そのせりふを読む限り、少くとも彼自身がそういう裏の意味を込めていたとは考えにくい。彼は、この世間ではどのような表現行為も真実の表現とは受け取られず、単なる修辞的な演技としか見做されない、だから、そういった修辞の世界から隔離されていて、またそのような修辞的な世代の連続を断ち切る聖域である修道院に入れと言う。その修道院が売春宿の意味に取られ、しかもひと度その解釈が教えられると、以後私たちがこの場を読むなり観るなりする時、必ずその意味を想起してしまうとすれば、実際これほど端的に私たちの文化の抜きがたい修辞性、真実の直接的な表現・伝達の不可能性を示すものはあるまい。

しかも、こういうことを喚きたてているハムレットは、あとでオフィーリアが泣き悲しむように、かつてはあらゆる意味で表現の鑑であったのが、今では完全に崩れ去って、あるべき姿を失っている。

ああ、何という高貴な心根がすっかり打ち倒されて。
宮廷人の眼差しと学者の弁舌、武人の剣捌きを併せ持ち、
御国の華、期待の星と謳われて、
流行の鑑にして立ち居振る舞いの範ともされ、
衆目を一斉に集めていたあの方が、今はもう見る影もなく。

（三幕一場一五〇―五四行）

オフィーリアがハムレットが以前持っていたという宮廷人の眼差しも学者の弁舌も武人の剣捌きも、全て社会的にコード化された常套的な――そしてそれ故に有効ではあるが常に一定の限界を持ち、しかも真実を伴わないのではないかという疑念に晒された――自己表現の媒介である。相手の表現を剥ぎ取り、自己の表現媒介を捨て去ることによって、内的な真実を伝え合おうとするハムレットの完全なコミュニケイションへの試みは、逆に、その定式化した表現媒介の欠如ゆえに、単なる狂気の沙汰としか映らない。人と真実を伝え合おうとして、彼はますます伝えることを困難にし、より深い心理的孤立へと追い込まれてゆく。そしてさらに言えば、表現の裏の真実に固執することで、かえってハムレットはその真の自己を見失ってゆくかである。

表現と内実との乖離を当然視し、表現を信ずることのないポローニアスであるが、その彼も、表現と異なった内的真実の実在それ自体を疑うことはない。清らかな愛の誓いの裏には淫らな想いがちゃんとあり、留意すべき外見上の振る舞いとは別に、己に対して真であれば決して他人を裏切ることはない（一幕三場七八―八〇行）、その対象化された内面の自己は確固としてある。召使いのレナルドに息子の悪評をふれさせて、それに対する人

の反応から息子の旅先での行状を探り当てようとする時も、彼の発想は一貫している。

お前が垂らす偽りの餌が真実の鯉を釣り上げるのだ。
そして、こんなふうに遠く先を見通す知恵をもって、
わざわざぐるりと遠回りすることで、
曲がりくねったその先に、まっすぐの道筋を見出すのだ。

（二幕一場六一―六四行）

オフィーリアに対するハムレットの真意を見誤っていたと思い知らされても、そのために彼の信念が揺らぐことなどまるでない。狂気の裏にはやはり失恋という明白な理由がある――。このポローニアスの安易な解釈に首を傾げるクローディアスにしても、狂態という表現の裡にあるはずの、明確に触知しうるであろう何らかの意図・原因の存在までを疑おうとはしない。娼婦の塗りたくった化粧の下にあるあばたの素顔、自分の美辞麗句の陰の醜い行為と呵責の念は、それぞれ実在性を持っており、それらが偽りの表現を背後から支え保証しているのである。

だが、表現と内的真実との乖離に対するナイーヴともいえる衝撃を引き金にして解き放たれたハムレットの懐疑は、けっしてそのような所に止どまることはない。二幕二場の役者たちとの会見に続く独白で、彼は、実体を欠いた役者たちの表現の力に比べて、実体を持ちながらそれを表現することの出来ない自分の不甲斐なさを呪ってみせるが、同時にそこにあるのは、表現に動かされて表現している役者の魂までがその表現に合致してゆくことへの、今更ながらの驚きの念である。

ああ、俺は何という下衆な悪党なんだ。

いやはや何とも恐ろしいことではないか、今ここにいた役者は、
ただの作り物の話の中で、血なまぐさい夢を語って、
そこで考えた内容に魂をまで無理矢理沿わせて、
その働きのために、顔面は蒼白となり、
目には涙を浮かべ、表情は常軌を逸して、
声は割れ、身体の動き全体が、その考えに沿ったものと
なってしまうとは。しかも、要するに、何でもないことのためにだ。
ヘキュバのためだと。
あの男がヘキュバのために泣くとは、いったい
あの男にとってヘキュバが何だと言うんだ、そして、
ヘキュバにとってあの男がだ。

（二幕二場五五〇—六〇行）

単に表現が内実と乖離しているというのではなく、ここでは、虚構の表現が内実に先行し、表現によって内実が作られ、そして、そうして作られた内実が、今度はまたさらに表現を強固にしてゆくのである。そこには、ポローニアスやクローディアスにおけるように、乖離しながらもそれぞれ実在性を持つ表現と真実との間の安定した関係などなく、表現から独立して自律性を持った内的真実など初めから存在していないのである。しかも、その役者と違って実際に悲しみと憤りを表現する理由を持つハムレットが、自らの悲しみを口にする時、今度はその表現が——共感しない他者に向けられている訳ではない、独白という形であるにも拘わらず——役者のせりふよりはるかに無意味な戯言《ざれごと》としか、彼自身にさえ聞こえない。自分の悲しみに共感する他者のいない所では沈黙するしかないが、さりとて、行動し外に向かって表現することもなく、悲しみを内で弄んでいる限り、悲しむ自

己の真実などただの臆病者の繰り言である。ハムレットが初めに表現を超えて自らの内にあるといった真実自体、ここではもう、意識が言葉を使って自らに対して紡ぎ出す、指示対象を欠いた空疎な表現にすぎない。悲しみ憤るべき理由は、その実在性を変えることなく、その理由に相応しい対応を求めて前にもまして彼をせき立てるが、引き受けるべき内なる自己は、それを受け止めるだけの実在性を欠いた言葉の空回りでしかない。

ああ、俺は何という間抜けなんだ。大切な父を
殺された息子の身で、天国と地獄の両方から
復讐するようせかされながら、娼婦のように
思いの丈をくどくど説いて、お引きずりか
下郎のように、悪態をついているだけとは、
何とも立派な振る舞いではないか。えーい、忌々しい。
（五八二―八七行）

思惟・独白する（「思いの丈をくどくど説く」）ことなど娼婦の多弁だと彼は言うが、また思惟されない内的真実など把握すべくもない。他者の内実を伴わない表現の修辞性を罵り、外に向かっての表現が全て修辞的にしか伝達されないことを憤る彼は、ここではさらに進んで、意識そのものの修辞性に脅かされているのである。

行動へ転化することは、このような思考の悪循環を断ち切るものだろうが、その可能性は表現としての行動に向けられた自意識によってあらかじめ否定されている。三幕一場の独白にいう必然的に死を伴う行動とは、この狂おしい意識を放擲《ほうてき》する最後に残された手段であるが、その死の行動ですら、その後に来るのは、やはり行動の前と同じく、孤独な魂がひとり廻らす悪夢に過ぎないという想いによって、萎え凋んでしまう――。そこまで考えてゆく時、自己の意識とは、そしてそれゆえに自己を取り巻く世界とは、奈落に浮かぶ荒蓼たる岬（二幕二場

二九九行）であり、抜け出しようのない牢獄である。

ハムレット　デンマークは牢獄だ。

ローゼンクランツ　それなら、世界も牢獄ということになります。

ハムレット　立派な牢獄だ。その中に多くの独房や監視房や土牢があるのだが、デンマークはその内でも最悪の牢だ。

ローゼンクランツ　私たちにはそうは思えませんが、殿下。

ハムレット　それなら、お前たちにはそうじゃないということだ。何事もよいも悪いもない、考えがそうさせるのだ。俺にとってはここが牢獄なのだ。

ローゼンクランツ　それは殿下のお志の所為ではないでしょうか。高きを目指す御気性にはあまりに狭く感じられて。

ハムレット　馬鹿を言え。俺は木の実の殻に閉じ込められても、自らは無窮の国の王とも思うことだって出来る。悪夢を見るということさえなければな。（二四三―五六行）

一幕でハムレットが衝撃ともに知った世界の破綻、表現と真実との乖離など、彼が入ってしまったこの意識の牢屋から見れば、はるかに平穏な事態である。自己の裡に彼が見出すのは、指示されるのであれ、乖離するのであれ、何らかの形で表現と関わる真実などではなく、ただ向けるべき明確な対象を欠いた激情と、見方によってどうとでも変わってゆく捉えどころのない想念だけである。

俺はそこそこ正直だが、それでも、自分を責めることは山ほどあって、母親が俺など産まなければよかったのにと思うくらいだ。俺はとても傲慢で、執念深く、野心も強くて、身の周りに抱える悪事の多さときたら、一つ一つ考えていることも、全容を想像することも、実際に行動に移すことも、出来ないほどだ。

（三幕一場一二一―二六行）

ハムレット　あそこの駱駝のようなかたちをした雲が見えるか。
ポローニアス　なるほど、本当に駱駝のように見えますな。
ハムレット　いや、むしろイタチのようかな。
ポローニアス　丸い感じがイタチの背のようで。
ハムレット　鯨のようでもあるな。
ポローニアス　本当に鯨にそっくりで。
ハムレット　〔……〕
〔傍白〕我慢の限界まで、馬鹿にしやがる。

（三幕二場三七六―八四行）

ポローニアスにしてもローゼンクランツとギルデンスターンにしても、決して悪意の人間ではなく、凡庸で世間知だけに長《た》けているとはいえ、彼らなりに愛すべき存在とも見え、常識的な道徳観から見て、その死が厳しすぎるという感は否めまい。にも拘わらず、劇の論理として、私たちが彼らの死を殆ど当然の事と考えてしまうのは、彼らが、ハムレットの底のない内側という、彼らのような種類の人間が決して入ってゆくことができず、また入ってはならない所に不遠慮に探りを入れ、ついてゆこうとするその浅はかな不遜さのために、この奈落に落ちてゆくからである。自分は囚われているというハムレットの意識を野心の不満としか解さず、真実の捉えがたさを言う彼の言葉を狂人の戯言《たわごと》として受け流すしかない彼らは、ホレイショーが自分の合理的な哲学から踏み出すことがないように、自分たちの領分である表面的な日常経験の世界に留まっておくべきだったのである。

ともあれ、こうしてハムレットは、一方でクローディアスの罪科を確認して、その修辞的表現を窮地に追いこみ、ガートルードの良心を目覚めさせることに成功しながら、自分自身、外的には、言語の上でも行動の上でも適切な表現を失ってゆき、また内的にも、修辞的な言葉に囚われた意識とその向うの漠とした拡がりしか見出せず、そこには、彼にとって支えとなるような真実など何一つ存在しないのである。

二幕から四幕四場でイングランドに送られてゆくまでの、劇のアクションの次元におけるハムレットは、部分的な成果にも拘わらず、全体としては、自らの不甲斐なさの意識に追いつめられてゆくだけであって、その限りでは、そこには、彼の心の袋小路を打破して行動へと転化させるものは全くない。

しかも、この船旅から偶然に帰ってくるハムレットには、旅を契機として、自分の運命に対する一つの深い自覚が生まれていて、神の摂理といったものをすら受け入れるようになっており、彼の姿にはもはやかつての苦しみを想わせるものはない。とすれば、ハムレットの新しい認識は、観客がその形成に全く与り知らない、批評家たちが時に言うように、劇的には何の必然性もない「機械に乗った神」(deus ex machina) ということになってしまう。そしてそうすると、適切な表現の不可能性に端を発する彼の苦しみは、観客から見て、劇の結末とは何の関わりもない徒労であったことになりかねない——。

しかし、果たしてそうだろうか。振り返ってみると、確かに、ハムレットは劇のアクションを通して、自らの内面の真実を表現する方法を求めて苦しみ、そしてその過程で真実の内的自己そのものを見失ってゆくが、そのハムレットが実は劇のあいだ一貫して表現し続けてきたものがあった。それは、まさにこの真実を伝えたいというハムレットの望みそのものであり、それを彼は、アクションの中の人物にではなく、観客である私たち自身に伝えていたのである。

では、ハムレットと私たち観客との関係とは何か、あるいは少し別な言い方をすれば、ハムレットにとって観客とはいったい如何なる存在であろうか。それは、時には彼が登場しない時・所に居合わせて、劇中の人物である彼自身よりもその置かれた状況を弁え、しかも同時にまた、劇中の他のいかなる人物よりもハムレットの内面に通じ、彼を理解する者である。ホレイショーが、ハムレットの無二の友としてしばしば彼の傍らにありながら、本質的には理性の域を決して踏み出すことなく、それを超えてゆこうとするハムレットを出来る限り押し止どめようとするのに対し、観客は、ハムレットの激しい表現とその過激な行動に時には戸惑いながら、なおも深い共感をもって彼の言動を見守り、適切な表現の欠如を訴える彼の独白にじっと耳を傾け、アクションの次元においては孤立して自分の殻に閉じこもってゆく彼を、幾重にもなって取り巻き包み込んでいる存在である。

そして、挫折に終わる自分の表現と比べて、他者に感じられる状況と自己の必要に適った表現——幸運も不運も平静に受け入れるホレイショーの態度、要求に応じてどんな役どころでも即座に演じて見せる役者の技量、些細なことでも名誉が懸かっているとなれば死も顧みないフォーティンブラスの一行の無謀さ——をハムレットが羨み、そうありたいと願いながら叶わない自らの不甲斐なさを罵る時も、その苦しみの誠実さゆえに、他のどの人物にもまして彼を是認し、彼自身よりもさらによく彼を理解する存在である。あるいは、より厳密に言えば、そのようなハムレットと観客との関係は、劇の初めから与件的前提として与えられているものではなく、劇のアクションの進行に従って、そして、ハムレットの伝達の不可能性に対する自意識とそれに由来する孤独と焦躁の念が深まってゆくのに連れて、逆に確立されてゆくものである。

確かに、おのおのの個性を差し控え、常識を弁えたふつうの人間として判断し反応することが前提されている観客が、ハムレットの個々の言動の全てに対して共感することなどあるべくもなく、むしろ、反撥し、主人公に対して持つはずの自然な感情移入を阻まれることの方が多いというのが実情かもしれない。(10)けれども、意識の表層におけるそういった共感と反撥のリズムの下で、反撥することによって抑えられた観客のより深層における

(今仮りにそう呼んでおくとすれば)共感への志向性が、極めて不完全な形で分節化されたハムレットの言動と、それに対する苦渋に満ちた省察としての独白を通して伝わってくる、表現の背後にあって、分節の檻をすりぬけて真にことを伝えようとする彼の根源的な伝達への志向性としだいに強く共鳴し始め、より完全なコミュニケイションを求めて抗う彼の狂おしいまでの身振りが、遂には、座席に腰かけあるいは土間に立って、彼の言動をじっと見聞きしている観客自身の心的な身振りとなってゆく。「ハムレットとは自分のことだ」という言葉は、具体的な例としてはいかに対象化された類似性に根拠づけられていようとも、究極的にはこの対象化以前の、そういった対象化・分節化を拒む、ハムレットと私たちのより完全なコミュニケイションへの抗いの同一性を指すものである。

アクションの次元においては、適切な表現を欠き伝達することに挫折するハムレットは、こうして、その表現を求める苦しみとコミュニケイションの挫折とを体現することによって、そして、劇の約束事として他の誰に対して表現されたものでもないことになっていて、それゆえ他者に対する表現としての自意識と懐疑の対象となることのない独白という媒介を通して、その苦しみを訴えることによって、逆に観客との間に深い共存在の場コミュニティを確立してゆくのであり、その意味において、コミュニケイションに成功するのである。彼が伝える真実とは、結局のところ、一つの対象化された悲しみ、一つの犯罪の事実ではなく、まさに伝えようとする意志そのものであった。そして、この伝えようとすることを伝えるためにこそ、彼は、アクションの次元において、伝えることの不可能性に苦しみ、その苦しみを生き通さねばならなかったのである。

しかも、ハムレットは、そういった独白という形で劇化される自らの思考にさえ自意識と懐疑を向けてその基盤を危くしてゆくが、その苦しみもまた、思考の手段でありかつ素材である言語によって分節化された意識が取り行う、分節化されずに潜在的領域に取り残された全体の自己の把握、真の自己とのコミュニケイションへの試みとして、他者との間にコミュニケイションを求める彼の志向性と根を一にするものなのである。同様に、ハムレットの抗いの身振りに対する観客の共鳴・同一化もまた、より大いなる自己との出会い、自らにいまだ顕われていないあるべき自己の実現を求める彼ら自身の抗いでもあるのである。

実際、個別の歴史を背負い、個別の利害によって動かされ、個別の意識と肉体とに閉ざされた私たちが、その個別性の枠組みを超えて、完全な意味において他者とコミュニケイトする、あるいは、言語の分節化機能によって捕えられている意識が、そこから排除された自己の全体を照らし出し、それを自らの獲得された領域の内に組み込むことなど、もとより不可能なことであり、その限りでは、ハムレットが求めたものは、劇のアクションにおいては、初めから挫折するしかなかったのである。

けれども、私たちの周りには、日常に経験される不完全なコミュニケイションのレヴェルの奥底に、いわば潜在的にではあるがしかしある普遍性を持った共存在の限りない拡がりがあるのであって、私たちのコミュニケイションの営みとは、この潜在的なコミュニティを顕在化させようとする試みに他ならないのである。[11] コミュニティの実現化としての個々の表現行為が必然的に伴う懐疑と不満・挫折を贖《あがな》って、なおも私たちを彼方から表現へと招き誘なうもの、それが、この劇が観客として顕在化させてきた普遍的な〈私たち〉である。そして、表現の挫折と懐疑に苦しみながら、なおかつこの不完全な表現を通して自らの個別性の向うに共存在の場へとくり返し超出してゆこうと、そしてそうすることによって、個別化された自らをより豊かな存在として実現してゆこうとするもの、それこそが、ハムレットという舞台上の一人物に託された、私たちひとりひとりの根源的な力としてのコミュニケイションへの意志である。

一つの共同体において、表現が真実を伝えるものではなく、真実を蔽い隠すものとなってしまった時に、表現を奪われた王の子として登場するハムレットが果たさなければならなかったものは、表現が真実を伝えるものであるというその〈本来〉のあり方を取り戻すことであった。彼は、日常的経験のレヴェルに呼応する劇のアクションの次元で、表現することの挫折をあらゆる意味で味わうことによって、そういった日常的経験の下に埋もれ隠されてしまった普遍的な共同体という真実を、私たちに伝えることに成功するのである。

四幕四場におけるハムレットの船出は、アクションの論理的な因果関係を追う観客の合理的意識から見れば、行動に失敗して不用意に相手に警戒の念を起こさせた結果としての、本国から遠く隔った異郷の島とそこに待つ処刑に向けての出立である。しかし、これまで述べてきたように、明確に意識しないままにハムレットとの間に共存在の力強い絆を結び合わせてきた観客、とりわけ一六〇〇年前後のロンドンでこれを見ていた元の観客の、いわば前意識から見られる時、彼のこのイングランドへの旅立ちは、同時に現に今自分たちがそこに在り、そして常に自分たちを育んできた故郷《ふるさと》の地への帰還であり、その死への船出は、同時にまた、閉ざされたコスモスから の、暗い海が象徴する、あるゆる生命とコスモスがそこより生じまたそこへ帰ってゆく能産的カオスとしての共存在の拡がりへの還帰ででもある。

それゆえ、今一度相応の有効性を発揮するクローディアスを中心とする表現の世界での挿話——それは、いうなれば表現の世界における復讐、少なくとも実際の行為がなされるまでは、親の仇を殺し返すことだけが関心事となる復讐の物語である——を狭んで、ハムレットがデンマークの宮廷へ帰ってくる時、彼は、単に本国と彼方の島とを隔てる物理的な海と肉体的な死の危険から帰ってくるのではなく、現象の経験の下に垣間現われる普遍的な共存在から、その絆を携えて帰ってくるのである。言いかえれば、ハムレットは、イングランドに向かった船旅から帰ってくるだけでなく、一幕以降表層の世界から深層の世界へと降り下っていったその旅から、再び表層の明るみの世界へと戻ってくるのである。一幕から四幕四場までの私たちの劇経験の軌跡をこの五幕から振り返ってみると、それは、ハムレットと私たちとの共同による真実を求める遍歴だったのであり、アクションの次元における行動の頓座としての流罪は、私達の意識の奥底の経験のレヴェルでは、〈こと既に成って〉の旅立ちだったのである。そう見れば、ハムレットが海上で一つの変貌を遂げて帰ってくるということは、私たちの与り知らぬことではなく、私たちとハムレットが四幕四場までに既に達成していたことを客観的な認識のレヴェルに移すための、一つの形象化に過ぎないのである。

もちろん、そうはいっても、ハムレットが戻ってくるデンマークの宮廷は、やはり変わることのない修辞的な表現の世界であり、そこでの一つ一つの表現が当てにならないのは如何ともしがたい。ハムレットの和解の申し出に応じるレイアーティーズの言葉はただのポーズに過ぎないし、そう言えば、相手に対する無礼な振る舞いを自分の狂気の所為とするハムレットの弁明の言葉も、表面的な論旨を追う限り、全く責任逃がれのでたらめでしかない。(ここで、ハムレットが何を詫びているのか、誤ってポローニアスを殺してしまったことをか、それとも墓場でレイアーティーズを侮辱したことか、必ずしも定かではないが、直接には後の方を指し、含みとしては前のことにも言い及んでいると取るのが妥当であろう。彼が墓場でレイアーティーズの前に飛び出してゆくのは、相手のあまりに大袈裟な悲しみの表現のためである。自分の個別な悲しみが他人によってそのまま共有されることなどありえないという反省——そこにこそハムレットの悲劇の出発点があったのだが——を全く欠いたレイアーティーズの言葉は、彼自身にとってその悲しみがいかに真情であったにせよ、伝達の不可能性に苦しんできたハムレットと観客にとっては耐えがたく苛立たしい、皮相的でおめでたい、そしてそれゆえに真実味を欠いたものに聞こえたのである。)

しかし、表現が、根柢において共存在によって支えられ、その真実を伝えようとするものである時、その表現はいかにも輝かしい。たとえ十分に伝わらなくとも、またその説明が表面的には事実と異なっていても、レイアーティーズに詫び、彼と和解したいというハムレットの気持ち自体は、もはや表現としての懐疑の対象となることはない。レイアーティーズの過剰に修辞的な表現に対する彼の怒りは、一時的なもので収まってしまう。内実を伴わないオズリックの宮廷的な表現も、風刺と揶揄の対象となることはあっても、狂おしい憤りを引きおこすことはない。それらが、日常的経験の世界における表現の様式なのであり、ハムレットは、ここではもう、自己の表現の妥当性を測り、他者の表現を判断する究極的な根拠を、そういった経験される次元には置いていないのである。彼は最後に再び宮廷人の眼差し、学者の弁舌、武人の剣捌きを取り戻してゆくが、そういった表現に光彩を与えているものは、決して単に表現それ自体の素晴らしさではなく、私たち観客とハムレットとの間に確認された力強い共存在の絆なのである。ハムレットが最後に果たすクローディアスに対する復讐は、ことの成り行きで偶然に果たす仮りそめの復讐であり、その限りではあくまで不完全な表現行為である。ガートルードやレイアーティーズと最終的に和解するのも、フォーティンブラスに政権を譲りホレイショーに後事を託すのも、全て慌ただしい仮りそめの和解、仮りそめの委譲・委託であり、不完全な行為でしかない。しかし、そういった仮りそめの出来事、不完全な行為を、なおも観客が、単なる偶発事ではない、必然的な出来事、十分な行為として受容するとすれば、それは観客が、今まで述べてきた劇経験を経ることによって、個別の偶然を普遍的な出来事と見做すハムレットの直観を明確に意識しないままに共有し、彼が述べる運命論的覚悟を彼に託すと同時に、自身もまたそれを引き受けるに至っているからに他ならない。

剣試合の前に、胸の痛みとして感じられる虫の知らせを口にして、ホレイショーから試合を思い止どまるように勧められて、ハムレットは半ば自らを諭すかのように説く。

虫の知らせなど気にすることはない。雀が一羽落ちるのにも特別な摂理が働いているのだ。それが今だというなら、先にはないということだ。先にないなら、今ということだろうし、今でなくても、先にはあるということだ。用意が出来ているということが全てなのだ。人は自分が後に残していくもののことなど何一つ関知しないのだから、時が来れば去って行くことなど、どうだというのだ。なるようになればいい。

（五幕二場二二〇—二二四行）

それは、決定的な恐るべきもの、しかも決して逃れることができず、また逃がれてはならない、あるべくしてあるものが待ち構えているという、自らの運命の告知であり、その受容である。雀が一羽落ちるというようなごく些細で偶然としか見えないことですら、実は摂理によって定められた必然であると彼が言う時、それは客観的な事実としてそうだというのではなく、ハムレットが直観的にそう認識したということである。個々の出来事はあくまで偶然の相貌を帯びて不意に訪れる。しかし、それは、起こったまさにその瞬間に、主体によって必然として受け止められ、主体の全責任をもって対処されなければならない。彼がここで運命に身を委ねてゆこうとするのは、そのような主体的な意味においてであって、全てを諦めた受身的な宿命への忍従、あるいは放っておけば良いように収まろうといった類いの皮相的な予定調和観からでは決してない。その個別の限定された主体が取る行動の不完全さを償うものとして、彼が「神の御業（divinity）」という時、それは意識的に分節化された概念としてはキリスト教的な神を指していよう。

われわれの深い謀《はかりごと》がつまずく一方で、むしろ、無分別な振る舞いが
身の助けになることがあるものだ。そのことからもわかるように、
われわれがいかに荒削りのまま放り出そうとも、神の御業のおかげで、
われわれの思いはきちんと成就するのだ。
（八―一一行）

しかし、その対象化された概念を根柢において支えているのは、そのような特定の宗教の教義ではなく、個にあっては不完全な行動でしかないものをなおも完全で十全なものたらしめている、個を超えた必然性の悟得である。[12]
先の引用の二二〇行目以下の「それ（it）」は明確に示されてはいないが、それが〈死〉を指すことに異論はあるまい。だが、それに続く一節にはテクスト上の問題があって、第二・四つ折版（Q_2）と第一・二つ折版（F_1）とでは次のごとく変わる。

Q2 : since no man of ought he leaues, knowes…
F1 : since no man ha's ought of what he leaues.

つまり、第二・四つ折版では「人は死ねば、それ以後の生の世界について何も関知しない、あるいは、死んで離れる世界について元から何も知らない、だから早く死ぬことなど何でもない」となるが、第一・二つ折版では「死んで離れる世界の何も元から持っている訳ではない、だから……」となる。私は後で触れるように第一・二つ折版の読みをより好むが、どちらの読みを取るにしても、それはさして大きい差ではない。いずれにしても、そこに表されているのは、生の世界に対する執着からの根柢における解放である。死がいつ訪れようとも、たとえそれが早い日のものであったとしても、それを厭《いと》うことはない、それならそうあれかしとする、このせりふに盛られたハムレットの死生観が醸成される過程を追うことによって、彼の説く運命の必然性の意味を確認しておきたい。

先にも少し見たが、三幕一場の"To be, or not to be…"の独白は、自殺すべきか否かという議論と解されることが多いが、必ずしもそうではなくて、問われているのはむしろ、死を賭してでも――あるいは死を必然的に伴う形で――行動を起こすか、それとも世の不正・災いにじっと耐えて生きてゆくのか、精神にとってどちらが望ましいかということであろう。ここで注目したい点は、ハムレットが挙げる世の災いの具体的な例が、全て人間関係における挫折・不正の例であり、言いかえれば、主観的に見て人と人との間の共同体的なあり方を裏切るものばかりだということである。

圧制者の不正、傲慢な人物による侮蔑、

はねつけられた恋の痛み、法の手続きの遅れ、
公職にある者の思い上がり、優秀な人物が
堪え忍ばなければならないろくでなしからのひどい仕打ち……。

（三幕一場七〇―七三行）

このような忌まわしい関係をいっさい断ち切れるとすれば、それこそ願ってもない結末であるが、しかし、その後に来るのが孤独な魂が死の眠りの中で見る夢の連続であると思えば、その恐ろしさに行動もためらわれる――。ここで言及される夢について興味深いことは、夢に見る内容そのものについてはハムレット自身わからないとしており、明確にされることはないが、そうして死んでじっと眠っている孤独な魂が見るとされる夢と、現にひとり孤独な物思いに耽っているハムレット自身の夢想との間に感じられる等質性である。孤独な意識に閉ざされて、他者との間に自由なコミュニケイションが不可能であることを思い悩むハムレットの目に映る死後の世界とは、生きている現在のと同じ苦しみ、しかも未知であるだけにより恐ろしい苦しみの連続であった訳である。

そしてまた、四幕三場でポローニアスの死体の在処《ありか》を訊うクローディアスに応ずるハムレットが描く死のイメージ――政治的な蛆虫どもが死体に群がり集う宴――は、まさにハムレットの見たデンマークの宮廷の姿である。

クローディアス　さあ、ハムレット、ポローニアスはどこだ。
ハムレット　食事中だ。
クローディアス　食事中だと、どこでだ。
ハムレット　喰っているところではなくて、喰われているんだ。政務に関わる蛆虫の一団が、寄ってたかって、あの男を喰っているんだ。喰うか喰われるかということでは、蛆虫こそ究極の王だからな。われわれが他のあらゆる生き物を太らせるのはわれわれを太らせるためで、そのわれわれがわれわれ自身を太らせ

るのは、蛆虫に喰わせるためだ。太った王も痩せた乞食も、違った料理にすぎなくて、盛られる皿は別々だが、同じ一つのテーブルに出されるというわけだ。以上、おしまい。

クローディアス　ああ、何ということを。

ハムレット　人は王を喰った蛆を餌に釣りをして、その蛆を食った魚を食うこともあるわけだ。

クローディアス　いったいどういう意味だ。

ハムレット　いや、要するに、王のご一行が乞食のはらわたをいかに行幸つかまつるか、お教えしただけですよ。

（四幕三場一六―三一行）

王の死体が蛆虫に喰われ、それが次に釣り餌となって魚に呑まれ、その魚が今度は乞食の腹に収まるという時、その有為転変は、クローディアスによって重用されるローゼンクランツやギルデンスターンが、用が済めばその引立ても寵愛も全て絞り出される海綿である（四幕二場一一―二〇行）、喰いつ喰われつの生の状況とそのまま重なっている。

五幕一場の「墓場の場」で、ハムレットは、一見右のイメージとよく似た死生観を述べる。それは、墓掘りが掘り出す髑髏を眺めながら言う、大王アレクサンダーの死体が土と化して、それから酒樽の栓が作られるという理《ことわり》である。だが、ともに人間が死後辿る変遷を描きながら、ポローニアスの死体をめぐって交わされた対話における死が相い争う生の忠実な反映であるのに対し、ここでの死は一切を無に帰してゆくものである。全世界を征覇すべく帝国建設の夢に燃えたアレクサンダーもシーザーも、死ねばその骸《むくろ》は土と化し、あるいは酒樽の栓となり、あるいは泥に捏ねられてあばら屋のすき間風を塞ぐことになる。

そのように考えることは、（決してその中で現《うつつ》を抜かしているというのではないが、理性的である意識の領域がつねにそうであるという意味において）あくまで〈生の世界〉の住人であるホレイショーにとっては、「あまりに穿《うが》って考えすぎて」危険なことである。しかし、オフィーリアを弔う一行の登場によって中断されるハムレットの思索の先に感じられるものは、ホレイショーが案ずるような皮相的なニヒリズムではない。死が全てを無に帰する生の営みは、だから何の意味もないのではなく、絶対的な無から生じまたその無へと帰ってゆく道程であるがゆえに、逆に無限に豊かである。アレクサンダーやシーザーの夢は、実際の結果としては全くの零《ゼロ》であるかもしれない。しかし、絶対的な虚無を前にして生の営みを見れば、その儚い束の間の抗いは、グロテスクで滑稽であり、悲しく、またそれだけにいっそう美しく愛おしい――。

かわいそうに、ヨーリックじゃないか。ホレーショー、俺はこの男を知ってるんだ。思いもよらないようなことを言って、人を笑わせる才能は無尽蔵だった。数え切れないほど、こいつの背に負ぶってもらったものだが、今では、考えるだにおぞましい。見ていると吐き気がしてくる。ここに俺が何度もキスした唇がぶら下がっていたんだからな。食卓についた一同をドッと沸かせた、あのおどけ話はどこに行った、跳んだりはねたりの軽業も、陽気な歌も、ひねりの利いた冗談も、みんなどこへ行ってしまった。このむき出しの笑い顔を自分で虚仮《こけ》にするような軽口の一つもないのか。ここまであごが外れれば、それも無理か。その格好で、ご婦人の私室に伺って、どんなにぶ厚く化粧をされても、最後はこのザマですよと申し上げて、笑いを取ってくるんだ。

（五幕一場一八四―九五行）

ハムレットの思索から伝わってくる、死によって照らし出された、究極的に解体・解消されることのない限りなく豊かな多義性という生の相を、劇のアクションの上でいくぶん繊細に描いてみせるのはオフィーリアの発狂と死である。（実際、右の引用の最後の文でご婦人と訳した“my lady”という言葉は、言うまでもなく女性一般の意味で特定の人物を指すものではないが、「尼寺の場」におけるハムレットのオフィーリアに対する女性の化粧に関する悪態と、この場に先立つ彼女の死の報せを通して、私たちがここにオフィーリアの姿を重ね合わせるというのが自然だろう。）劇の初めから明確な性格設定を欠いた彼女は、もともとどこか曖昧な存在であるが、その発狂と死は、彼女に付きまとっていた曖昧さを解消させるのでなく、より顕在化した形で示すのである。狂ったオフィーリアは一方で同情を呼ぶものであり、その猥雑さゆえに好奇の対象である。彼女はまたその狂態ゆえに薄気味悪く、狂態を通して表わされる真情ゆえに私たちと深い共感で結ばれた存在である。さらにまた、花に包まれた美しさで、現実から遊離した夢幻の世界の美しさを垣間見せると同時に、その狂気を引き起こした現実の世界の苛酷さを改めて認識させるものである。彼女の死は自殺とも事故死とも決めがたく、忌み嫌われる大罪人でありながら、純潔のまま死んでいった可憐な乙女である。そして最後に私たちの脳裏を一瞬よぎる、鏡の前でされこうべの方を振り向いて笑っている白く塗りたくったオフィーリア――。

全ての人間の至りつく墓場から顧みる時、多義的で統一された原理に還元されないオフィーリアのこの姿は、さながら、私たちにとっての生の燦めき、捉えがたく私たちの指の間をすりぬけて自在に変幻してゆきながら、つねに私たちの傍らにあって、倦み疲れた私たちの前にふと表われ、手を差し伸べて、掻き消えてゆく生の粋の化身である。自らの生をこう自覚的に振り返る時、自分の仮りそめに預かった生（私が五幕二場二一九行で第一・二つ折り版の読みの方が良いと考えるのは、この意味でである）は、その潜在的な大いなる豊かさを、自己の個別性の相のもとにあたう限り実現してゆかねばならないものであると同時に、また同じ理由から、それがいつ果てようとも、十分な完成たりうるものであり、その後には本質的に何の未練も恐れも不安もあろうはずがない。死はいつ訪れるか知れない。しかし、生の一刻一刻を自らの生の完成への歩みとして生きてきた者には、それが訪れた瞬間こそが最もふさわしい瞬間である。ハムレットがホレイショーに自らのものとして語り、観客が意識しないままに引き受けている、死を前にした覚悟とはそのようなものであると、私は思う。

その時、死は、一幕二場でクローディアスが生の原理を代弁して述べたように、生の世界から出来るだけ排除され速やかに忘れ去られるべきものでも、またハムレットが独白で思い描いたような孤独で閉ざされた魂の悪夢でもなく、私たちの生を根柢において支え、私たちの仮りそめの生が、その一歩一歩の道程において銘記すべき到達点、そして、いずれは時満ちて私たちがその仮りそめに預かった生を返し、そこへ帰ってゆく本源的な故郷《ふるさと》の地という真の姿を顕らかにするのである。(13) ハムレットが個々の行動の不完全さを補うものとして言った「神の御業（divinity）」とは、究極的にはこの死の共存在性である。

城内の明るい宴席から隔った暗い胸壁を徘徊する亡霊、もの寂しい街道を辿って暗闇から陽気なさざめきとともに訪れる落ちぶれたさすらいの役者たち、荒れ狂う北海の波間から不意に現われて一行に襲いかかる海賊船——、ハムレットに次の行動の契機を与え、彼の新しい認識を助ける者は、全て限定された共同体コスモスの秩序から締め出（excommunicate）されたカオスの世界の住人たちであり、劇のアクションを通して感じられるものは、彼らに対して過大なまでに開かれたハムレットの態度、彼らとの生き生きとした交わりである。限定された共同体が一つの危機に陥った時、その共同体の本来の主宰者であるハムレットを共同体の枠外へと呼び出し、共存在の力を新たに付与し、再び共同体の中へ送り返すこれらカオスの力は、また、生の規範によって縛られ、日々の経験によって硬直してしまった観客の表層の合理的な意識の下に轟く無意識の力でもある。

冒頭、生の明るみと対照される暗闇の中に、共同体の秩序と合理的意識を脅かす亡霊として現われるこのカオスの力は、その共同体の主宰者たるハムレットと観客の意識とが、自らカオスの内に降り下り、そこに、遍《あまね》く開かれた共存在の拡がりを見いだした時、一つの全く別な相貌を呈することになる。死にゆくハムレットを膝に抱いて、ホレイショーは静かに祈る。

お休みなさい、王子様、
天使たちの一行が、歌ってあなたを安息へと導きますよう。
（五幕二場三五九—六〇行）

エルシノアの宮廷という小さな光を取り巻いて黒々と拡がる闇を一瞬吹き払って現われる、昇天する魂を迎える天使たちの輝かしい合唱という具象化されたイメージを、その源で息づかせているものは、自己の生を一つの運命として生き、それを成熟させ、時満ちて死んでいったハムレットを、今一度自らの内に迎えいれるカオスとしての死の力強いうねりとその究極的な調和である。

『ハムレット』が最初に舞台に掛けられた一六〇〇年前後、国家共同体としてのイングランドは、政治的にも社会的にも極めて閉塞した状況下にあった。そういった状況が一つの芝居の興業によって変わろうはずもなく、まして、共同体の大部分の成員が上演に立ち会う訳でもないエリザベス朝の商業劇場で、そのようなことは想定することと自体奇妙かもしれない。けれども、この作品は、政体という限定された共同体の復活をミメティックに描くのでなく、限定された共同体の状態のいかんに関わりなく、観客ひとりひとりの中にありかつその外に限りなく拡がる普遍的な共同体を、内面のドラマとして蘇生させる、まさにその意味において、悲劇本来の課題である〈共同体の復活〉を見事に成し遂げていると思われる。

劇の結末に入ってきて、デンマークの新しい王となるフォーティンブラスも、その前歴を別にすれば、あくまで〈生の原理〉の推進者であるという点で、クローディアスと何ら変わるものではない。累々と横たわる王たちの死体を前にして彼が語る言葉は、先王ハムレットの死を悼みながら、それを過去のこととして速やかに葬り去ったクローディアスの言葉と同工異曲である。

　　ああ、おごれる死よ、
これほど多くの君侯を、わずか一撃で、こんなに血まみれにして
撃ちたおしてしまうとは、お前の永劫の庵では

いったいどんな宴が始まろうとしているのか。
〔……〕
私としては、悲しみの念もあるが、自分の幸運は大切にしたいと思う。
この王国については、私が継承すべき確かな根拠がある。
今ここに来合わせたことで、その主張も円滑に進められよう。

（三六四―九〇行）

彼の治める世界も、クローディアスの統治と本質的に変わるものではあるまいし、又それを咎める必要ももはやないだろう。政治という表現の世界は常にそうだったのである。同様に、ホレイショーが彼に伝えるハムレットの物語とは、アクションの次元における表面的な因果律に統べられた事の顛末でしかなく、また、眼前の死を片づけて、生の原理を取り戻そうと急ぐフォーティンブラスも、それ以上のことを問おうとは望むまい。真にハムレットの悲劇――彼の耐え難い苦しみと、その悲しくも輝かしい最期――を伝えるものは、彼と苦しみを共にし、彼とともに共存在の絆を見出し、そして今芝居が跳ねて劇場を去ろうとしている無名の観客のひとりひとりが、見たところ何ら変わることのない経験の世界の中を、死に向かって踏み出してゆく生の歩みそのものである。

第三章　『オセロー』――共犯の構図

『オセロー』という作品には、一種ぬぐいがたい苛立たしさがつきまとっている。巧みな反面、隙だらけとも見える策略にやすやすとはまった主人公が、伸ばせばすぐにでも手の届きそうな真相への鍵をくりかえし把みそこねて、いわれのない嫉妬から見るにたえない狂態をさらけ出し、あげくの果てに、罪のない新妻を扼殺してしまう。オセローばかりではない。これといった理由もなくオセローを破滅させようとやみくもに策を練り、それを正当化するために捏造した理由に自ら感化されて嫉妬と憎悪を募らせるイアーゴーはもとより、さして立派で推すに足るとも見えないキャシオーを一見して不機嫌とわかるオセローに向かってしつこく弁護して相手を苦しめるデズデモーナ、ふたりの不和の一因が自分が拾って夫に渡したハンカチにあることを知りながら、何くわぬ顔でデズデモーナを慰めるエミーリアなど、他の人物たちの言動にも、同様の不快さは随所に指摘できる。しかも、そういったプロットや人物が与える苛立たしさは、観客の期待を裏切り、その不満を募らせるような小さい出来事の積み重ね――結婚の幸福をかみしめる暇《いとま》も許されない慌ただしい出航、目的地のキプロスに着くとすでに霧散していた敵の艦隊、そして、そこでの初めてのふたりだけの静かな夜と平和を祝う祭りを台無しにする無粋な乱闘騒ぎ――が生みだすアクションのリズムによってさらに強められている。

だが、『オセロー』を読み、観、それについて反芻する私たちに執拗にまといつく苛立たしさ・もどかしさは、単にそういった劇のプロットやリズムあるいは人物の行動の次元にとどまらず、むしろ、それを拠り所として、より深い主題的意義を帯びて私たちに迫りより、その心理的安定を脅かしているように思われる。それは、さながら、オセローの背後から忍びより、わずか数語を重ねるうちに彼を惑乱へと駆り立てるイアーゴーの方法を作品そのものが内に具えているかのごとくである。それゆえ、作品の世界を読み解こうとする私たちも、これを避けるのではなく、むしろその不快さと積極的に対峙し、必要とあればその中にどこまでも沈潜してゆかねばなるまい。そして、それを果たした時、私たちは、批評家たちが以前から気づいてきた『オセロー』のいま一つの際だった特質、不快さの背後に見え隠れする、不可思議な濃密さを具えたその官能性の由来を知ることになるだろう。

さて、『オセロー』における中心的な主題の一つに、姦通という問題が挙げられるが、デズデモーナは実際に夫を裏切るわけではないから、正確には、姦通への不安、自分の妻を寝取られることへの夫の側の不安というべきだろう。妻を寝取られることへの不安というのは、近代ヨーロッパ文化の一つの大きな底流をなすといっても過言ではない、きわめて重要な問題であるが、そのような不安を生みだし、それを持続的に継起させているものは何か、といった本格的な比較文化的考察は、もとより筆者の手に余る問題である。最終的にはそのような広い視野での考察が不可欠で実りあるものであろうことは疑わないが、ここではもう少し関心を絞って、『オセロー』が初演された当時のイングランドの社会的・文化的状況において姦通不安というものが関心を引いた脈絡と、そして、その中でこの作品が生みだされ受容されていった意味を考えてみたい。

妻の不貞を素材とする話そのものは中世以来多く見られ、チョーサーの『カンタベリー物語』の中にもいくつか拾うことが出来るが、それらは多くの場合、寝取られた夫の間抜けぶりをはたから笑う体のものである。もちろんここにも、そういった形で自分の内にある不安を外化して、それを払いのけようとする心理的防衛の動きを見ることは出来ようが、そこにはまだそれ以上の関心の深化――それが必ずしもいい意味でないことは言うまでもない――は認められない。だが、シェイクスピアが『オセロー』の戯曲を書いていた十七世紀初頭について見ると、事情は一変する。この時期、ロンドンの舞台では〈家庭悲劇（domestic tragedy）〉の広範な流行が見られ、『オセロー』もまたそういった流行にのって書かれた作品であるというのは文学史の初歩的な知識であろう。そして、これもまた周知のように、家庭悲劇というのは多くの場合、市民層の家庭を舞台にしているが、実はその殆どが、自分の妻ないしは許嫁を奪われる、あるいは、奪われるのではないかという不安にさいなまれるということを主題にしているのである。チョーサーが作品を書いていた十四世紀末には笑い話であったものが、十七世紀初頭には深刻きわまりない悲劇の主題となってくる。しかも、それはこの時期にとりたてて集中する形で書かれているのである。このような流行を支え必然たらしめた文化的強迫とは、いったい何だったのか、そして、これらの家庭悲劇はその強迫をどのように分節化し掘り下げ、そうすることによって時代を刻印し――反映し変貌させ――ていったのか。そういった問いを念頭において、『オセロー』という作品を考えてゆくことにしよう。

ところで、シェイクスピア研究において、十九世紀的な性格批評が軽視されるようになって、すでに久しい。舞台上に仮構される人物に現実の人間と同じような性格的評価や倫理的判断を向けることの無理は、それ自体としては殆ど自明とも見え、殊更にそれをあげつらう必要は必ずしもないのかもしれないが、しかしその一方で、私たちは、舞台上の人物についてであれ、現実の人間についてであれ、その振る舞いの背後に、かなり漠然としたものであるにせよ、一定の統御された人格を仮定しているものであり、他方、そういった人格を評価するためには、私たちはその表現された言動に依拠するしかないという点では、現実の人間でも虚構の中に表された人物でもさしたる変わりはない。このように考えれば、私たちが劇の人物の言動に対して反応している時にも、そういった個々の言動がその都度要請する微妙な――時には劇的な――修正を含みつつも、やはりそこには、現実の人間の場合と同様、ある一貫性を持った人間的〈性格〉への反応が働いていると言わざるをえない。問題はむしろ、そういった性格の描写そのものを劇の究極の目的であるかのように考え、劇に対する観客の全的な経験からそれだけを切り離して、時には人物の表現されてもいない来歴を事細かに推定したり、あるいは、反応がつねに反応者自身の〈性格〉との相互作用の中でしか起こりえないものであることを閑却して、反応者としての観客や批評家自身をそういった時空から隔離して、いわば特権的な判断者に仕立てあげてしまう、その方法論的誤謬にあったと言うべきだろう。やや抽象的な前置きが長くなったが、劇の全的な経験が、特定の人物に対する反応に限られるものではなく、むしろ、それを超えた次元で営まれるのは言うまでもないが、にもかかわらず、私たちが、常にある具体性を帯びた〈人間〉として劇の人物に反応し、そのことが劇経験の基底をなすということの、取りあえずの根拠としたい(1)。

では、作品の主人公であるオセローは、いったいどのような人物として私たちの前に立ち現われるのだろうか。舞台に彼が登場する以前に、私たちは、イアーゴーがブラバンショーに対して行なうオセローとデズデモーナの駆け落ちについての告げ口や、それに和するロダリーゴーの言葉から、一定のオセロー像を持つようになってゆく。

イアーゴー　今も今ちょうど今、老いぼれた黒い牡羊が、
お宅の白い牝羊とつるんでますぜ。
〔……〕
あんたのためを思ってこうして来てあげてるのに、俺たちをごろつき呼ばわりしてるようじゃ、あんたの大事なお嬢さんにバーバリ産の馬が乗っかることになりますぜ。孫にはヒンヒン鳴かれるわ、身内には

競争馬、縁者には驢馬とくらあ。
〔……〕
ロダリーゴー　どんなことでも責任は負いましょう。だけど一つお伺いしたいのですが、
一体全体、お宅の麗しいお嬢様が、こんな草木も眠る
丑三つ時に、あろうことか、流しの下郎、
手さえあげれば誰でも乗せるゴンドラ曳きに連れられて、
色狂いのムーア人のいやらしい抱っこの中に収まったのは、
どうもそうお見受けするのですが、やっぱり、あなた様の意にかなった、
その深謀遠慮の同意をもってのことでございましょうか。
（一幕一場八八—一二六行）

ここでは、オセローとデズデモーナが結ばれることは、人倫に背いた、獣姦にも等しい行為とされ、ムーア人であることがすなわち好色であることと同一視されるのである。いうなれば、ヴェニスという白人社会における人間の理想の対極が全て、異邦の有色人種であるオセローに投影されているのである。わずか数行の、しかもその発言が一般的判断の根拠となるとは言いがたいイアーゴーとロダリーゴーの言葉からそのような結論を引き出すのは、あまりに安易で危険であろうが、そういった視点は、ふたりの駆け落ちの事実を知らされたブラバンショーによって、すぐに裏書きされることになる。

ああ、血の反逆だ。
世の父親たるもの、今後は、自分の娘の見かけの振る舞いで、
その心を信用したりしてはならんぞ。若さと純潔という

この上ない大事な資産が使い潰される、何かそういった
魔術のたぐいでもあるのではないか。

（一六九—七三行）

自分の娘がオセローと一緒になることなど普通にはありえないこと、自分の血に対する反逆であり、それくらいなら、これまで自分の家に近づくことすら禁じていた間抜けのロダリーゴーとでも結婚させておく方がましだった、というのである。事実、一幕三場で、ヴェニスの要人を前にして、ふたりの結婚の無効を訴える彼の言葉は、先に引いたイアーゴーの視点とそのまま重なっている。

またとないほど内気な娘、
おのれの挙措ですら自らに恥じらうほどにしとやかで
物静かだった彼女《あれ》が、自然の理《ことわり》も、
年の釣り合いも、国も、家の面目も、一切合切投げ出して、
正視するだに恐れたものと恋に落ちようなどとは——。
完全無欠なるものが、自然のあらゆる掟に背いて
道を誤り、腹黒い地獄の企みを思い知ることになる、
いやそんなこともあろうなどと、わけ知り顔で
認めるとすれば、それは間違った判断、この上なくねじくれた
判断というものです。それゆえ、もう一度誓って言うが、
血を狂わせる何か恐ろしい調合薬か、
呪文を吹き込んだ媚薬を使って、そやつが彼女《あれ》を

たぶらかしたに相違ありません。
（一幕三場九四—一〇六行）

実際、ブラバンショーはこの後しばらくして悲しみのあまり死んでしまったということが、劇の終わりの方で伝えられるから、このような憤りはけっして一時的な反応ではなく、彼の——そして、おそらくは、彼を取り巻くヴェニス社会の、そしてまた、つまるところは、シェイクスピアが劇を書いていた当時のイングランド社会の——恒常的な視点であったと思われる。なるほど、ここでは大公はじめヴェニスの要人たちは、オセローとデズデモーナの言い分を容れて、ブラバンショーの訴えを退けるが、それは、彼のシニカルな指摘を俟つまでもなく、ヴェニス領キプロスの急を前にして、オセローの軍人としての評価がその個人的なスキャンダルに対して人の目をつぶらせたにすぎない。

オセローが己を主張し、自己の存在とその振る舞いが正当なものであると証明しなければならないのは、このような——偏見というにはあまりに当然視された——視点に対してだったのである。とはいえ、彼が舞台の上で展開してみせる言動は、このような必要に応えるに足り、二幕三場でキプロス総督モンターノーの言葉にある「高貴なムーア人」という評価を十分に裏づけるものである。実際の彼の言葉からそのことを確認していこう。

ブラバンショーの一行が追ってくるから早く逃げるようにと注進するイアーゴーに対して、オセローはさして心を動かされた風もなく言う。

オセロー　　　　したいようにさせればいい。
私が公国に対して果たしてきた功績の数々が、
彼の訴えなど退けてしまう。まだ知られていないことだが、
自慢するのが名誉だと知っていれば

公言するところだが、私とてこの身と命、
王座にあった者らから受け継いでおり、私の功も、
いま私がこうして至ったような権勢にけっしてひけを
取らないはずだ。というのも、いいかね、イアーゴー、
私があのすばらしいデズデモーナを愛しているということがなければ、
何物にも縛られないこの自由な身の上を
煩わしい制約に取って替えることなど、
たとえ海にも比すべき大きな値打ちのものを与えられようとも、
お断りだ。だが、あそこに松明《たいまつ》がやってくるぞ。何だ、あれは。

イアーゴー　たたき起こされた親父さんとその連れですよ。
あなたはちょっと入っていて下さい。

オセロー　いや、逃げ隠れなど出来ない。
私の振る舞い、私の地位、怯《ひる》むを知らぬ私のこの無欠の魂が、
私を正しくあるがままに弁じてくれよう。

（一幕二場一七—三二行）

また、現われて切りかかるブラバンショーの一行に悠然と言い放つ一言は、以前からオセロー的名句として、特に有名である。

輝く剣をお収めなさい、夜露で錆びよう。（五九行）

そして、ヴェニスの要人たちを前にして、ブラバンショーの非難を論駁してゆく、あのよどみない弁明も忘れてはなるまい。

並びなく偉大にして、思慮深く尊敬すべき皆さま、
いや高貴にして世評高く善良なる我があるじの方々、
私がここなる老人の娘を連れ出したこと、
それは隠れもなき真実です。真実、私は彼女と結婚しました。
私の咎《とが》のきっ先・核心はこの点までは否むべくもありませんが、
しかし、それ以上でもありません。我ながら、口先はいたって不調法で、
和やかに交わすべきうまいせりふにも恵まれておりません。
それというのも、この両の腕《かいな》が七歳の力を得てよりこの方、
無駄に過ごした九カ月ばかりを別にして、その誇るに足る
おこないはもっぱら幕舎のならぶ戦場でなし、だから、
この大きな世界について、私の話せることといえば、
戦闘や干戈の勲功にまつわること以外には、これといってなく、
そういう次第で、我が身を弁明するに際しても、
飾ることばもありません。が、ともかく、皆さまの寛大なお許らいに甘えて、
私の恋の次第を包み隠さず、嘘偽りのないように、
どんな媚薬、どんな魔術、どんな呪文、
どんな恐ろしい魔法を使って——というのが

私にかけられた嫌疑なのですから――私が彼の娘を得たかお話ししましょう。

（一幕三場七六―九四行）

自らを野卑で口下手だとしながら、完璧なまでに彫琢された均整の取れた表現で、ことのいきさつを語ってゆく、さながら言葉の自己運動的展開とも聞こえるその言いまわし――。そこに表わされているのは、〈ありのままの自分〉に対するゆるぎない確信に裏づけられた謙遜と、そして、それにもかかわらず自ずと発露してくる深い自負の念である。

他者の否定的な言辞や視線を前にしながらいささかも動じることのなかったオセローの自己同一性は、では、イアーゴーがごくわずかに吹き込むデズデモーナの貞節についての疑念に、何故かくもたやすく崩れ去ることになるのか。そして、この豹変を、観客あるいは読者が、特に不自然とも思わないで受け入れてしまうのは何故なのか。実際、後半のオセローの狂乱ぶりがあまりに強烈なので、私たちはそれが劇の大部分を占めているかのような印象を持ちがちであるが、現実にイアーゴーがオセローにデズデモーナとキャシオーの仲があやしいと告げ口するのは、三幕三場も少し入ったあたり、すでに劇全体の半分近くにまで進んだころである。劇のアクションの前半部を通して誰よりも自分を抑えることの出来る人間として描かれてきた人物が、突如一切の節度を忘れてしまい、しかも、それがさして奇妙とも見えない――。それは、一つには、『オセロー』という作品はイアーゴーによるオセローへの密告と後者の嫉妬・惑乱の劇だということを、私たちがあらかじめ漠然と知っている、あるいは、そうでなくても、劇の前半でイアーゴーが独白でそのことをくりかえし口にして観客にそういった予備知識を与えているということもあるが、しかし、ただ単にそれだけではなくて、むしろ、オセローの言動そのものの中に、彼の破局的急変を観客に予感させ、さらにそれを内心期待させるものがあるのではないだろうか。そう思って、彼のせりふのいくつかをもう一度振り返ってみよう。

先に引いた一幕二場一七―三二行のせりふで、オセローは、もし自慢するのが名誉になるなら言うが、自分も王の血筋を引いているのだと語る。つまり、自分の出自もデズデモーナの家柄に負けないということだろう。もちろん、それを嘘だと思う必要はあるまい。しかし、そういうことをあえて口にしなければならない、自身にそう言い聞かせて――エリオット風に言えば――自らを景気づけしなければならないところに、オセローがおそらく自身にさえ隠しているのであろう異人としての疎外感・不安が一瞬顔を覗かせているのである。

ここでのオセローの心理をもう少し広い視野に置いて考えてみよう。人がある文化の中で生きてゆくためには、彼は文化がその成員に対して課すさまざまな規範に従って行動しなければならない。これは単に外面的な振る舞い、意識的に選択された行動に限定されるものではなく、自身を文化の中に安定した形で定位させるためには、人はその文化の規範を己のうちに深く内化させ、それを当然で疑う余地のないものとして血肉化させ、これに服することを自分の存在の基盤としなければならない。もちろん、自分の生まれ育った文化がその成員に課す規範は、幼少時から明確に意識されることもなしに不断に教え込まれる結果、別の選択肢などありえない当然なものと見なされるようになり、それが複数の規範のあいだの葛藤という形で意識されることは比較的まれであるが、その場合でも、家庭から国家にいたるまでさまざまに下位区分されたその複数のレヴェルにわたる文化集団間の規範上の食い違いが、規範の恣意性とその煩わしさを意識させることはしばしばあるはずである。ましてや、自分がそれまで従ってきた規範と多くの点で異質な規範を具えた文化に入るとき、それが人に強いる緊張は当然はるかに大きいものとなる。こうして、オセローがヴェニスという社会の中に自身を――単なる傭兵としてではなく、社会の利害と自身の利害とが一致する完全な成員として――定位させるためには、彼は、少なくとも原理の上では、自分が出自してきたムーア人の文化的規範とそれに依拠したこれまでの自己同一性を意識そのもののレヴェルで捨て去って、ヴェニスの文化的規範を内に取り込み、それに準拠してゆかなければならない。つまり、オセローは、ヴェニスという文化、「もともと異教徒であった有色人」という異質なものを原理的には否定し排除しようとする文化の中で、その文化的規範に従って、自己を措定しようとするのであり、構築されたアイデンティティは、それ自身の中に同時に己を排除する原理を組み込んでしまっていることになる。(2)そう見れば、彼が王族という自分の出身に言及することも、出自してきた文化に対する誇らかな帰属意識の表明としてあるのではなく、表面的にはヴェニス社会の身分上のハイアラーキーに対抗しているようで、内的には、そういったハイアラーキーに服する形でこれを取り込み、それに即した、極めて意識的で脆い自己確認の営為・試みとしてなされているのである。

最後に引用したことばにほぼ続くかたちで、オセローは、自分がデズデモーナに求婚したいきさつを明かしてゆく。

彼女の父は私のことが気に入って、しばしば家に招いて、
いつも私の生涯の物語、私の経てきた戦いや攻防、
有為転変の数々を、一年一年順序だてて
聞かせてくれと所望しました。
それで私は、私がまだ年端もゆかない子供だった頃から、彼が話すように言った
その瞬間に至るまで、何一つ言い落とすことなく、話して聞かせました。
その中で、私は、身の毛もよだつ恐ろしい事件や、
海や平原でめぐりあった聞く人の心を動かさずにはおかないような出来事、
陥落寸前の城から間一髪で逃がれたこと、
あるいは、傲慢な敵に捕らわれて、
奴隷に売られ、またそこから救い出された次第を語り、

そういったことに加えて、私がしてきた旅の話もして、
その際訪れた巨大な洞窟や茫漠とした砂漠、
切り立つ断崖や岩場に、
頂が天にも触れる高い山のことも忘れませんでした。
こういうものが私が自分の話を始めるきっかけ、思いを通じ合わせるなれそめでした。
そして互いに食いあう人食い土人
――食人種とも申しますが――、それに頭が肩の下に
生えている人種のことも話題にしました。デズデモーナは
こういうことを熱心に聞きたがりました。
けれども、いつも家事があって席をはずさねばならず、
その度に、彼女はできるだけ急いでことを済ませて戻ってくると、
むさぼるように私の話に聞き入るのです。そういう様子を見て、
私はいちど自由になる頃あいを見計らって、彼女から、
彼女がそれまで飛び飛びに半ばは耳にしてきたが、
まとまった形では聞いていない私の冒険を
全て通して語ってほしいという切なる願いを
引き出しました。私は引き受けて、
若い頃にこうむったひどい難儀の
話をした折などは、たびたび涙を
絞らせました。私の話が終わると、

彼女は私の苦難に対し数えきれないほどのため息をもらして、
本当に不思議だ、とても信じられないくらい不思議だ、
お気の毒に、たまらないほどお気の毒に、と感じ入って申します。
そして、聞かなければよかったと言い、でも、もし男に生まれたら、
自分もそんな男になりたかったと願いを語り、そして、礼を言って、
もし私に彼女を愛する友があるなら、その人にどういうふうに
私の話をするか教えてあげさえすれば、それで求愛の言葉になるでしょうと
指図するのです。これを潮《しお》に、私は想いのたけを明かしたのです。
彼女は私がこうむった危険の数々ゆえに私を愛し、
私は彼女がそれらに向けた思いやりゆえに彼女を愛した。
ただこれだけが私の用いた魔術です。
さあ、ここに当の女性がやって来ます。嘘かまことか、本人のことばで確かめてください。

（一幕三場一二八―七〇行）

私たちがここで特に注目したいのは、彼が自分の生を一つの物語として表象しようとすること、彼自身のことばを借りれば、「私の生涯の物語」として把握しようとすることである。まず第一に、オセローは、ここで、結婚までの顛末を一つの物語にして、聴き手に語っている。そして第二には、いうまでもなく、その顛末記の中では、彼はブラバンショーやデズデモーナに自分の経てきた冒険の数々を語り聞かせることによって、相手の好意・愛情をかち得たとされている。こういったふたつのレヴェルにおいて、オセローは、自分の来歴を一つの物語として提示しているわけである。もちろん、これらの例は、ともに相手の希望や状況の必要からそうしている

のであるが、同時に、その語り口は、自己の半生を完結した〈物語〉として把握することへの彼自身の強い内的必要を暗示している。単に物語として自己を脚色し把握するというのではなく、それぞれの物語の結末に強く感じられる完結性、完了性が問題なのである。これは、オセローが自分の生を完了の相で把握しようとすること、いわば有為転変の後に訪れるべき幸福・静謐さという観点で捉えようとしていることを示唆しているのである。この完結し完了した物語としての自己への要求は、実際、後で見るように、劇の中の重要な局面において、オセローが必ずと言ってよいほどに表す傾向なのである。

完結への志向というオセローのあり方は、しかし一方で、彼のせりふの実際の内容に見られる激しい流動性、静止した結末に至るまでの刻々の現在における多彩な変転と著しい対照をなしている。オセローがこれまで経てきた戦闘や苦難の数々、捕らえられて奴隷に売り飛ばされ、またそこから救い出されたといった経緯が示すのは、苛烈なまでの流動性であり、デズデモーナを魅了したのも、まさにそのような激しい流動性の中に置かれたオセローの姿だったのである。

今まで激しい有為転変にさらされてきたがゆえに、そういった流動性に一応の区切りをつけて、あるいは、そこまで言わなくとも、転変の多い外での生活を支えるために、それから仕切られた安らぎを保証するものとして、静謐な家庭を持ちたいと願うオセローと、反対に、これまで恵まれた家庭の奥で大切に育てられてきて、今まさに新たな自己実現を求めて、激しい流動性を体現していると見えたオセローに身を委ねてゆこうとするデズデモーナ――。駆け落ちというそれ自体強い流動性を感じさせる行動において一致したふたりの振る舞いは、しかし、こうして見ると、一面では全く逆のヴェクトルによって支えられていたのではないかと思われる。

このようなふたりの志向性の違いが、一瞬だが明瞭に示されるのは、キプロスで再会した際のふたりの会話においてである。嵐の中をようやく島にたどり着いたオセローが、先に着いていたデズデモーナを見て、喜びのあまり口にする言葉と、それに対する返答であるが、

オセロー　ああ、我が麗しの戦士よ。

デズデモーナ　　　　　　　　　　　　私の愛しいオセロー。

オセロー　お前が私より先にここにこうしているのを見るのは、
喜びであると同時に同じくらい驚きでもある。ああ、私の魂の喜びよ。
嵐の後にはつねにこのような安らかな静けさが来るとするなら、
死をも目覚めさせるほどにまで、風よ、起こって、
苦しみ喘ぐ船体を山なす波にオリンポスの高さにまでも
昇らしめ、再び天から地獄への深さにも
突き落とすがいい。もし今が死ぬ時だったら、
それこそまさに至福の時というものだ。私の魂の幸福は、
それほどにまで極まったから、これに似た喜びが
今後またと来ようなど、人間の運命においては
とてもあり得ぬこととしか思えないのだ。

デズデモーナ　　　　　　　　　　私たちが一日一日
日を重ねてゆきますのとそっくり同じく、私たちの愛と喜びも
いや増しにふえていくしかありませんよう。

オセロー　　　　　　　　　　　その願いに天の加護があらんことを。

（二幕一場一八二―九五行）

それぞれ、その時の喜びを言い表しているのだと言えばそれまでであるが、オセローの言葉が、現在の完了性への強い希求、現在が変わることへのきわめて強い不安・恐れを感じさせるのに対し、デズデモーナは、むしろ、現在が未来に向かって伸び育っていくことを願っているのである。

このような時間把握における両者の齟齬は、また、より広い世界認識、世界の中に自己を位置づけ、世界と自己とを関連させる関係把握そのものにおけるふたりの違いを暗示している。

そういった差は、先のせりふの中でふたりがそれぞれ用いる人称の違いに象徴的に表れている。これもそれ自体としては些細な例であるが、その背後には、両者の認識の相違がまごう方なく浮かび上がってくるように思われるのである。ここで、オセローが「私の魂の喜び」「私の魂の幸福」と単数の一人称を用いるのに対し、デズデモーナの方は「私たちの愛と喜び」と複数形で言い表している。これは何も、その時のオセローが妻思いではなかったとか、そういうレヴェルの問題ではなく、むしろ、自律し完結している――として自らに把握された――オセローの自己世界にあっては、デズデモーナでさえが、いわば対象化され、自己にとっての喜ばしい世界を構成するための一条件と化してしまっているのである。

オセローのこのような見方・反応の仕方の背後には、いったいどのような家庭観、夫婦観が横たわっているのか、そして、それがイアーゴーの言葉に対して全く免疫性を持たなかったのは、どういう弱点を秘めていたからなのか。ここでもまた私たちは、オセローの見方が、単に彼の個人的な見解としてあるのではなく、より広い文化的規範と相い照らすがゆえに、観客に対して強い説得力・喚起力を持ったということを忘れてはなるまい。

ここでもう一度、『オセロー』を初めとする家庭悲劇が一六〇〇年頃に書かれたことの意味を考えてみよう。

改めて断るまでもなく、この時期、つまり、十六世紀の中頃から十七世紀の中頃までは、歴史的に言って、中世における貴族階級から近代のブルジョアジーに社会の支配階層が移行する過渡期であったとされている。その問題自体については、後でもう少し詳しく見るが、このことと影響しあう形で、多くの社会的変化が見られるが、そのうちとりわけ大きな現象の一つは、それまでの何世代もが一つ屋根の下で同居する大家族から、親子二世代だけがいっしょに住む核家族へと、家の基本形態が変わるということである。むろん、都市の市民層の多くは従来から核家族的形態を取っていた、あるいは貴族の屋敷においては以後も大家族的形態が根強く残った等、さまざまな反論や留保が可能でありまた正当でもあろうが、社会において支配的である階層の人々が〈家族〉というものに関して持ったイメージに基本的な変化があったということ自体は否定しがたいように思われる。(3)

貴族的な大家族から市民的な核家族へ――、この家族の基本形態の変化もまた、多くの事態を伴っているが、その一つに、家庭における女性の発言力の相対的上昇ということが挙げられる。このような社会的変化を裏づけるものとして、ここでも文芸のジャンルの変遷を辿るのが有効であろう。中世文学の中心的な主題の一つとして私たちの頭にまず浮かぶのは、宮廷愛というものであろう。これは、言うまでもなく、既婚でしかも封建領主の妻であるのを一般とする深窓の貴婦人に愛を捧げ、その女性の美徳を称揚し、相手にふさわしい存在になるために、騎士が試練となるさまざまな冒険を求めて諸国を遍歴し、最後に一夜だけその女性と結ばれるという、やはり一種の姦通を主題とするものである。そして、主人公である騎士は、対象となる女性を時には非現実的なまでに理想化・美化し、これに絶対的な忠誠をもって仕えるのを一般とするわけである。これだけ見ると、中世において女性の地位はたいへん高く時に崇拝の対象ですらあったような印象を受けがちであるが、実際には、こういった主題の発生自体が、結婚が自由な恋愛に基づくのでなく、家の都合で家父長間で取り決められるのが通例であった当時の慣行を反映していること、あるいは、現実離れした理想化が往々にして規範を強制する力を帯びるということなどからも分かるように、これは殆ど完全に男性の視点から書かれており、そこには一貫して男性原理が貫かれている。中世の大家族的で家父長的色彩の濃い家にあっては、女性が一個の独立した個人として認められることは殆どなかったとされているが、それは、その上に成り立つ文芸においても、忠実に守られているのである。(4)

もちろん、家父長的な発想は、十六、十七世紀はおろか、現在に至るまで残存することになり、女性を男性の資産の一つと見做す見方もいろいろ形を変えて残っている。しかしその一方で、核家族化した家庭においては、夫が家庭内のさまざまな問題に直面したとき、成人した相談相手として一番身近に持ったのは、いうまでもなく妻であり、ふたりの関係は支配関係からむしろ対等な協同関係に近いものへと変わってゆく。しかし、対等な協同関係という言葉が何か調和的なものを示唆するとすれば、それは速やかに訂正されるべきであろう。むしろ、夫はそこで初めて、妻というのが単なる自分の資産ではなく、自分とは全く別の内面を具えた〈他者〉であるということを意識するようになる。つまり、言いかえれば、男性は、一方で女性を資産として支配することを要求されながら、同時にそれの内面が自分の支配の及びえないところであることを思い知らされることになるのである。

実際、このことは男性の自己同一化に強い衝撃を与えることになる。中世における姦通を素材に用いたもう一つの物語形式に、「堅忍の鑑のグリッセルダ」をはじめとする女性に対する一連の教訓説話が挙げられる。これは、いうまでもなく、夫の身勝手な振る舞いにじっと耐えて最後に報われる貞節な女性の話であるが、しかし、逆に、妻の奔放な振る舞いをひたすら耐え忍んで最後に報われる男の話などまず考えられない。つまり、いわば家庭において支配される側の妻の方は、それがいかに耐えがたいものであるにせよ、夫の浮気によって自分の地位——家庭における自分のアイデンティティ——が揺さぶられるということは実はあまりない、少なくとも、なかった。これに対して、夫の方は妻の裏切りに対して極めて弱い、その表面的な関係とは逆に、自分のアイデンティティの存立に関して、妻に対してたいへんに依存的な存在なのである。これは何も体裁や世間体といったレヴェルにとどまるものではなく、そういった文化的規範は、先に見たとおり、必然的に内面化されているから、その破綻は、ずっと深いレヴェルで自己の存立を脅かすのである。

それでも、女性に一個の独立した人格が想定されていなかった時代には、まだ潜在的な不安にとどまって、グリッセルダの教訓ばなしを説くか、妻を寝取られたまぬけな夫を笑い話にしたてていればことたりたものが、十六、十七世紀の頃になると、はるかに実質的な脅威となって、男性の意識の表面に浮上してくることになる。いやむしろ、女性がその内面など顧慮されることのない資産にとどまっていた時代には、実際に不義・密通があったとしても、それによって夫の側の自己性が揺るがされる度合いは、後の時代よりはるかに小さかったのではないだろうか。不可視の内面を具えた不安の対象を、なおも資産として支配しなければならないという文化的強迫こそが、そういった〈支配〉が破綻した時、それに依拠していた自己性を一気に破局に追いやるというのは、十分に考えられることである。

デズデモーナの不義という疑惑に対してオセローがあれほどにまで無防備であったというのは、一つには、このような脈絡において理解されなければならない。そこでは、デズデモーナは、オセローにとって、二重の意味において〈他者〉として現われる。一つは、夫である自分の支配に服すように装いながら、全く支配の及ばない暗黒の領域を裡に秘めた脅威的女性として。そして二つめには、自己存立の根拠としてその規範に服することを要求しながら、本質的に自分の生来の規範とは異なり、それゆえ自分の十全な理解・体得を拒み、自分を排除しているように見える異質な文化的規範を背景に持った存在として。それぞれにおいて脅威的なこれら二つの他者性は、ここでは、しかし、さらに一つの位相上のねじれを加えられることによって、その相乗的な破壊性をいっそう高めているように思われる。第一の点では、デズデモーナが体現する他者性は、オセローを規範に与する側におき、デズデモーナを否定的に標づけるのに対し、第二の弁別は、逆に、デズデモーナを規範の側におき、オセローを文化的に有標化する形で働く[5]。一般に、妻に「裏切られる」ことによって、文化の中での自己性を損なわれた夫は、「裏切った」妻と姦夫を文化的規範を犯した悪魔的存在として断罪し、これに否定的評価を投影・外化することによって、妻を独占・支配できなかったことから来る否定的な自己評価から目を逸らし、いわば事態となれ合うことによって、自己性の回復を図ろうとする。しかし、デズデモーナの裏切りという「事実」に直面したオセローには、そのような逃げ道は許されていない。不義の証拠を見せろと迫るオセローに、イアーゴーは、その無知を笑うかのように説いてゆく。

イアーゴー　私は郷《くに》の気質をよく知っています。
ヴェニスの女は、自分の夫には見せるのを恥じらう腹も、
神には平気でさらすのです。連中の良心の最たるものとは、
やらずに済ませることではなくて、知られずに秘めておくことなのです。

オセロー　そこまで言うのか。

（三幕三場二〇一―五行）

イアーゴーがオセローの裡に暴く異人性は、もちろん、このような、文化――自分ではその規範を完璧に身に着けてきたはずの異教の文化――への無知にとどまるものではない。夫を裏切ることがいかに自然に悖《もと》るか、思わず口走るオセローに、イアーゴーは畳みかけるように説いてゆく。

オセロー　しかしまた、自然がこうも道から踏みはずれようとは。

イアーゴー　ええ、そこが肝腎な点なんです。つまり、こういっちゃ何ですが、
郷《くに》も肌の色もおんなじで身分の上でも釣り合った、
あらゆる点で自然の理に適った、たんとあった
結婚の申し出がお気に召さないなんて。
ぺっ、こういう気の持ちようには、何かとてつもなく醜く
あさましい理不尽さ、自然に背く心根が感じられます。

いや、お赦しください。奥さんのあら探しをするような
立場じゃなかったです。でもやっぱり、ひょっとして、
奥さんのお気持ちももっとまともに見る目を取り戻して、
あなたを同郷の人たちの見目・かたちとひき比べて、もしかしたら、
これはしまったと思うことにもなるでしょう。

（二二七—三八行）

夫を裏切ることが自然に悖るというオセローの論理を逆手にとって、イアーゴーは切り返す、郷も肌の色も身分も違うふたりの結婚こそ自然に悖るものであり、デズデモーナはいつかもっとまともな判断を取り戻して、オセローとヴェニスの男を比べて happily（「もしかしたら」、だがまた「幸いにも」）後悔することになるだろう——。いうなれば、イアーゴーは、デズデモーナがキャシオーと密通することの方がはるかに理に適っていると説くのである。オセローがそこで見るのは、むしろ、裏切られた自分こそが排除されるべき存在であり、デズデモーナの裏切りは逆に文化的に評価されるべき行為だったという視点である。つまり、オセローには、寝取られた夫たちが犯された自己同一性を立て直すために通常取る手立て、文化的規範の悪魔的侵犯者としての妻の断罪は、本質的なレヴェルでは許されておらず、むしろ、その論理こそが、彼を拋擲《ほうてき》されるべき存在として標づけるのである。彼が妻に向ける呪詛と罵りは、全て自身に向かって還流し、その存在の基盤を洗ってゆく。

異人でありながら、なおも文化内的にそのアイデンティティを確立しようとし、そのために、妻に対する家父長的支配への必要がいっそうの緊急性を帯びていたオセローにとって、それゆえ、デズデモーナの不義は即、軍人としてのその一切の輝かしい経歴の終焉であり、自己そのものの終わりである。

ああ、今やもう永遠に、

安らかな心ともおさらばだ。さらば、喜びよ。
羽根飾りを戴く軍勢とも、野心を美徳に変える
大きな戦争ともお別れだ。ああ、さらばだ。
〔……〕
さらば、オセローの勤めはもうないのだ。
（三四七―五七行）

オセローが自分の名を穢されたというとき、その「名」とは、けっして単なる他者による評価や世評でもなく――第一、この時点で、他の人々はデズデモーナの「不貞」を知らない――、また単に実体化されたオセローの内的名誉というのでもなく、他者の評価・視線の内化を通して、オセローの裡に広げられた関係性によって織りなされた自己性――あるいはむしろ、より正確には、関係性と表裏一体である自己性、ないしは、関係性すなわち他者と己の統一体としての世界の中で、自己として見られ型どられたもの――である。それゆえ、名を穢されたというオセローの恥辱感は、より深く、自己のいたたまれなさ、身の置きどころのなさとして、彼を責め苛み、激しい自己破壊――というよりも、ここでもまた、自己と相手、さらにはその両者を包んでいる世界そのものの破壊――への衝動を喚起・噴出させるのである。

かつては純潔の女神ディアーナのかんばせのごとくに
白かった俺の名が、今ではこの俺の顔と同様、
媒けてまっくろだ。縄か、ナイフか、毒か、
火か、さもなければ、息の根を止める水の流れでもありさえすれば、
こんなことに耐えてなどいるものか。何とか一気に決着をつけたいものだ。(6)
（三八六―九〇行）

もちろん、「こんなことに耐えてなどいるものか」という言葉に込められた殺意は、直接には、自分の名を穢したデズデモーナとキャシオーという他者に向けられていよう。しかし、オセローがその恥辱と憎悪の念を募らせてゆく時、その言葉とイメジャリーに込められた破壊性は、自己と他者とを分かつ境界の意識を越え出て、さながら、自己とデズデモーナを含む世界そのものの焼尽、一切の滅却衝動へと変じてゆくようである。

キャシオーが寝ぼけてイアーゴーをデズデモーナと勘違いして抱きつき密通について口走ったと聞かされて、「あいつをばらばらに引き裂いてやる」（四三一行）と逆上したオセローは、さらに、デズデモーナへの自分の最初の贈り物であったハンカチをキャシオーが使っていたと聞かされて、憑かれたようにまくしたてる。(7)

ああ、あの売女が四万の命を持っていたらよいものを。
一つぐらいでは、俺の復讐には、あまりにお粗末で物たらん。
今はもう全て本当だとわかったぞ。ほら、見ろ、イアーゴー。
馬鹿げた愛など、このとおり、天に投げつけてやる。
はい、さようならだ。
さあ、暗黒の復讐よ、その虚ろなねぐらから立ち出でよ。
そして、愛よ、お前の方は、その王冠と心の王座を
暴虐の憎しみに引き渡すのだ。胸よ、幾千のコブラの舌を
隠して膨らむのだ。

〔……〕

北海の氷のように冷たい流れ、

とどめを知らぬ勢いが、戻る引き潮を覚えることなど
絶えてなく、プロポントスとヘレスポントの
海峡にたどり着くまで、ひたすら走りつづけるように、
血に染まった俺の思いも、何一つ余さない
貪欲な復讐がそれを呑みつくすまで、そのすさまじい足取りで、
けっして振り向くことなく、つつましい愛に引き戻されることも
けっしてないぞ。大理石のごとく硬く輝く
あの天に賭けて、聖なる契りは必ずや守るものとして、
さあここに誓ってみせよう。

（四四二―六二行）

そして、さらに四幕一場で、デズデモーナと寝たことをキャシオーが話していたと聞かされて、完全に我を忘れてしまう。

あれと寝た、いや、のせられただけかもしれないだと。のせられたというんなら、要するに嘘をついてるってことか。あれと寝た……。ちくしょう、むかむかする。ハンカチか。――白状しただと。ハンカチをな。白状させて、ご苦労だったと首を吊ってやるか、まず首を吊って、それから白状させてやるか。考えただけで身体が震える。はたから指示がないかぎり、自然がこんな暗い激情に与することはないんだ。こんなに俺を震わせるのは言葉じゃない、ぺっ、鼻だ、耳だ、唇だ。こんなことがあるものか。白状しただと。ハンカチを。――ああ、悪魔め。

〔卒倒する〕

（四幕一場三五―四三行）

ここではもはや、自己の解体は言葉の統語論的制御をさえ途切れさせ、感覚——嗅覚、聴覚、触覚——は、全てばらばらになってそれぞれ勝手に自己に襲いかかり、これを震憾させるのである。

以後、オセローは、その復讐という行為を通して、損なわれ失われた自己性を取り戻そうとするのだが、それについて見る前に、私たちは、劇のもうひとりのプロタゴニスト、観客にとってはオセロー以上に親しい存在であるイアーゴーについて見ておかなくてはなるまい。

イアーゴーに関しては、中世劇以来のヴァイスとの関わりがよく指摘される。彼が悪事を企むその動機の不分明さということが、人間の裡に潜む悪への普遍的傾向を表すこのアレゴリカルな存在を髣髴させるのであろう。実際、さまざまに観客に話しかけて、彼らとの間に一種の共犯関係を作りあげてゆくことなど、両者の間には類似する点が少なくない。しかし、シェイクスピアがそのような伝統の中で戯曲を書いていたにせよ、彼はけっして中世的な寓意劇を書いていたわけではなく、逆に、自分の動機を明確に把握できない犯罪者の内面を描くことによって、彼は最初の本格的な近代劇を作りだしたという方が、まだしも真実に近かったのではないだろうか。

なるほど、確かにイアーゴーは自分の企みとその動機について極めて多弁であり、しかもそれらが真の動機たりえているか疑問であるが——しかし、それをいうなら、人は自分の行動の動機など、はたしてどれだけ明確に自覚しうるものだろうか——、それでも、語られる彼の動機説明と実際の振る舞いを通して、私たちは、おぼろげではあるにせよ、彼自身にも十分知られていないようなその「動機」と、それを動機たらしめている文化的強迫とを感知することが出来るように思われる。

さて、イアーゴーの動機説明は、劇の冒頭から始まる。オセローとデズデモーナの結婚で、自分の出る幕のなくなったロダリーゴーが、オセローを出し抜いて彼女と自分との間を取りもってくれると約束したじゃないかと迫るのに、イアーゴーは、自分が実際にオセローを憎んでいるその理由をとうとうと弁じたてる。

イアーゴー　　　　　　　　　俺をあいつの副官にしてくれるようにと、
この町のお偉方が三人も、わざわざ何度も
あいつに頭を下げてくれたんだ。人間の誠に賭けて、
俺だって自分の値打ちは分かっている。そのくらいなって当然なんだ。
ところが、やつは、己の思いあがりと目論見に目が眩んで、
おどろおどろしい戦争の用語を振りまわし、
もったいぶった理屈をこねて、人の頼みをないがしろにし、
要するに、
その人たちの口添えをパーにしてしまいやがった。言いぶんが奮ってやがる。
「実のところ、もう副官は決めています」
で、いったい誰だって言うんだ。
驚いたねえ、あの頭でっかちの算盤打ち、
フィレンツェ人のマイケル・キャシオーって奴よ。
美人のかみさんにほとんど棺桶に引っぱりこまれて、
実際に戦場で軍を率いたことなどまるでなし、
隊伍の組み方なんて、そこらの針子とおんなじで、
本で覚えたなまかじりの知識以外は何にもない。
それぐらいなら、よいよいの元老だって

立派に言えるっつーの。実践抜きの単なるたわごと、
それがあいつの戦歴の一切ってわけさ。それなのに、ええ、あいつが選ばれて、
ロードス島やキプロス島、そのほか、キリスト教の国でも、
異教の地でも、到るところで、その優秀さは
あの男の目ん玉がしっかり見てきたこの俺は、
願いましては足し算なり引き算なりの
番頭ふぜいの陰に隠れて立ち往生、と来る。
あいつはもうじき副官になり、それでもって、
俺の方は、やれありがたや、ムーアの閣下の旗持ちってわけ。

ロダリーゴー　それくらいなら、奴の首吊り役人にでもなりたいね。

イアーゴー　仕方ないさ。宮仕えの悲しさで、
昇進なんて、手紙と情実で決まって、
昔みたいに、一番目の跡目はみんな二番目が継ぐ、
そんな歳の序列にはいかんのよ。ええ、これで判断してくれ、
この俺に、何が悲しくって、ムーアの奴を
愛する義理などあろうかい。

（一幕一場八―四〇行）

ここで、イアーゴーは、キャシオーが実際の戦闘の経験など全くない、要するに机上の学問を積んだだけの人間でありながら、実際に戦争で多くの実績を積んできた自分をさしおいて、副官に選ばれたことで、オセローに恨みを持っているというのだが、このせりふの初めのところでは、彼は昇進の根拠になるのが、実践的な実力では

なく、官僚的な知識であり、そういったところでは、自分の真価は評価されないのだと怒り、その一方で、後の方では、現在は、昇進はコネや情実で決まり、以前のように、年功序列とはいかないのだと嘆いてみせる。そして、そこでは、彼自身お偉方の口利きで昇進を図ったという、せりふの前半における説明は全く顧みられていないのである。こういった矛盾は、おそらく人の間では広範に見られるものであろう。誰しも、自分が得意とする分野では実力による評価を求め、自分が不利になると、年功序列的な評価を求めたがる。そして、自分の昇進に人が口添えしてくれるのは正当な評価と見なし、他人についてそういうことがあると不公平だと憤るものなのである。つまり、自分が他者より優位に立てることでは、人と人との間に、その能力差に応じた上下関係があることを要求し、逆に、自分が劣っていることでは、人が皆そういった能力の別なく同じ水準に置かれるのを希望しがちである。このような自己正当化——あるいはむしろ、自己の優遇的位置づけ——の契機は、人が、一個の生体として、しばしば敵意あるものとして現われる環境世界にあって、その世界に拮抗する自己を対自・対他の両面にわたって措定し維持してゆくうえで不可欠な手立てであろう。しかし、本来は自己保存のための健全な本能的機能であるものが、言語化を経た人間にあっては、過剰な意味を帯びて、深い破壊性を秘めた怨嗟、ルサンチマンへと変質してゆき、こうして蓄積された怨嗟は、時には、本来その契機・目的であったはずの自己保存をさえ無視して噴出することになるのである。人間が文化の中で生きてゆく限り、不可避的に産み出される怨嗟、そこに私たちはイアーゴーの悪意の源泉を、取りあえず見ておきたいと思う。

だが、そのように文化の中に普遍に存在する怨嗟に、一つの時代が、イアーゴーという凝縮された表現を与え、それを時代を越えた人物像にまで膨らませた、その文化的強迫は何だったのか。そのような問いに答えるには、私たちは、ここでもまた、作品が書かれたその歴史的脈絡に帰ってゆかねばなるまい。先にも少し触れたように、この時期、イングランドは社会構造のうえで大きい変化を来たしている。テューダー朝の絶対王政とは、いうまでもなく、百年戦争によって疲弊した封建貴族階級といまだ十分に成熟していなかったブルジョアジーとの間隙を縫うかたちで成立したものである。もとよりその経済的・行政的基盤はけっして盤石なものではなく、ふたつの脅威的な勢力のあいだの微妙な均衡――そこにはまた宗教上の対立などの問題が複雑に絡むことになるのだが――の上に立つことによって、かろうじてその存続が図られえたというのがおおむねの実態である。ところが、この二つの勢力のあいだの社会的・経済的発言力のバランスは、十六世紀が経過するうちに、次第にブルジョアジーに優位に傾いてゆき、貴族階級の出身者の中にも、都市を中心とする交易や植民などの経済活動に携わる中で中産階級的なエートスを身につけることで、むしろこの新しい階級に意識を帰属させてゆくものが少なからずあった。また、この時期は、中等ならびに高等教育の面で大幅な拡充がなされ、その内容も、それまで教育を担う中核の一つであった修道院が解体されたこともあって、多くはそこから出自しながらも、より世俗的な実践を重視するヒューマニストたちの主張を大幅に取り入れた――当時の意味での――実学へと変わっていく。そして、こういった教育背景を持った人々は、この頃ようやく整備されつつあった官僚機構や宮廷・司法の世界に流入してゆき、ここでも、家柄や血統を根拠にそういう地位を伝統的に独占してきた貴族階級をしだいに凌駕してゆく。そこにまた、囲い込みなどに典型的に見られる農村の共同体的性格の衰微と都市への人口の集中、核家族化、宗教改革――とりわけ、プロテスタントによる、共同でとり行なわれる形式ばった儀式に対する忌避と信仰における個人の内面の重視――といったさまざまな要素が密接に絡みあって、それまでの時代とは比較にならない流動性を具えた、実力中心の、そして個人がその地縁や血縁の絆から引き離された、社会環境を生みだしてゆく(8)。

それにもかかわらず、この時期、さまざまなテクストの中で、あるべき社会の姿として描かれた世界像とは、圧倒的に、強固な階層秩序を具え、そのなかでそれぞれ固定された位置を持った人々が互いに主観的に協力・協調しあうという中世以来のものであった。それは、当然、〈現実〉の世界としてそれを生きた人々に立ち現われた状況と大きく異なっていたであろうが、まさに異なっているがゆえに、とりわけ現実の状況に不満を募らせる層、たとえば貴族や故郷の家を追われた貧民たちには、回復されるべき本来の社会の姿として強い現実性をおびて訴えかけるものがあったと考えられる。クリストファー・マーロウの『エドワード二世』のなかで、王の異常な寵愛をうけて成り上がったゲイヴストンに対して貴族たちが示す執拗な怨念・憎悪は、このような脈絡のなかにおいて初めてその現実性が実感されるものだろう(9)。

しかし、そのような状況に対する違和感は、けっして旧来の秩序に執着しそれに回帰することを願う側に限られるものではなく、むしろ、そこに新たに己の地歩を確保していこうとする者たちの方が、自分たちを迎える異質な文化的規範に対してつねに意識的な適応を迫られ、自分が分け入った世界の中に己にふさわしい〈自然な〉場を築きあげたいという願望と、その裏返しとして、それが果たせないことへの不安と挫折感を内に募らせてゆく度合いがはるかに強かったということは、十分に考えられることである(10)。また、自分には許された上昇が貴重であるためには、同じものが他の人間には許されてはならないのであり、それゆえ、成り上がり者の方が、よりいっそう社会の流動性に対して拒否反応を示しがちであるというのも、けっしてこの時代に限った現象ではあるまい。爵位を持った貴族の出でないにもかかわらず、そのずば抜けた行政手腕ゆえに、エリザベスの第一の腹心の地位にのし上がったウィリアム・セシルが、由緒ある貴族の名家とのありもしない縁戚関係を探し求めて、家系図を埋めるのに夢中になって、息子のロバートを辟易させたという逸話は、人一倍合理的感覚に長けた人物にまつわるものだけに、とりわけ印象的である。

しかも、『オセロー』が初演されたと考えられる一六〇四年は、いうまでもなく、スコットランド王ジェイムズ六世がイングランド王の地位を受け継ぎ、多くのスコットランド人の家臣を伴ってロンドンに移ってきた翌年にあたる。総じて貧しく、自分たちから見て野卑な作法と低劣な趣味・素養しか持たない新しい支配者層に対する、ロンドン市民の揶揄の念と鬱屈した反感が、前述したような違和感をさらに高めるように作用したことは想像に難くない(11)。

このように見てくると、私たちは、オセローを捕らえる異邦人としての不安や疎外感、そしてイアーゴーを駆りたてる昇進の夢の挫折に端を発する怨恨は、けっして、それぞれ別個の、そして彼らの個人的な来歴と性格に固有な感情としてあるのではなく、旧勢力と成り上がり者の別なく、一六〇〇年代のイングランドの人々を広くかつ深く覆っていた怨嗟、自己措定にまつわる文化的強迫一般の尖鋭化された表現としてあるのがわかる。

問題は、この作品の場合、このような社会的レヴェルにおける怨嗟とその具体的な端緒・表象としての嫉妬が、家庭レヴェルの病理である姦通への不安とそれに起因する嫉妬や妄想と分かちがたく結びついているということである。

実際、私たちは先にオセローに見られる妻を寝取られることへの不安というものが、彼の場合異邦人としての特殊性・増幅はあるにせよ、男性の自己定位においてはある普遍性を持った病理であると言ったが、まるでそれを裏書きするかのように、イアーゴーも同様の嫉妬妄想を——オセローに先だって——膨らませてゆく。一幕三場の最後の独白の中に早くもそのことへの言及が見られる。

俺はムーアの奴が憎い。
それに、世間じゃ、奴が俺のシーツの中で
俺の代役を勤めたなんていう話もある。ほんとかどうかは知らないが。
でも俺は、こんなことは、ただ疑っただけでも、
確かなことみたいに仕返ししてやるんだ。
(一幕三場三八六―九〇行)

しかし、そこではまだ、自分がオセローを憎むことを正当化するための根拠として、後から付け加えられた観があったのが、次の二幕一場では、それは、はるかに現実感を帯びた妄想として、彼の心理的安定を脅かすようになっている。

俺だってデズデモーナが好きだ。
何も根っからのすけべえ根性からというんじゃない。もっとも、
罪の大きさときたら、まあ似たようなもんだろうが。
ほんとの理由は、一つには、俺の復讐の足しにするためさ。
なぜって、俺は色狂いのムーアの奴が俺の寝床に
飛び込んだんじゃないかと疑ってるんだ。その思いが、
まるで毒薬みたいに俺の内臓に食い込んで、妻には妻で
しっぺを返して、おあいこにしてやるか、それができなきゃ、
少なくとも、あいつを普通の判断力では
治しようもないほど激しい嫉妬の中に
突き落としてやるまでは、どうしても気が収まらないし、
収まりたくもないんだ。

（二幕一場二九一―三〇二行）

ここに、私たちは、イアーゴーの言辞が――そしてそれを言うなら、程度の差こそあれ、言語一般がつねに――帯びているある種の魔力を思わずにはおれない。劇の冒頭以来、彼の言葉とそれによって喚起されるイメージは、その生々しい感化力をもって、それを聞くものの裡に、ほとんど無の中から原色に彩られた現実感覚を構築させてゆく。娘のグロテスクな閨の様子を聞かされて、ブラバンショーは思わず叫ぶ。

おい、誰か、火をつけろ。

松明をよこせ。手代のものをみんな集めるんだ。
この事件は俺の夢と一脈通じている。
本当じゃないかと思うと、はやもう気がふさぐ。
おい、光だ、光を持ってこい。

（一幕一場一四〇―四四行）

単なる事実――それが本当であれ嘘であれ――の伝達を超えて、その喚起力に自ら淫しているかのようなイアーゴーの言葉であるが、しかし、それは、言葉を聞く他人の現実感覚を犯すと同時に、それを語る彼自身をしっかりと捕らえて離そうとしないのである。それは単に言葉の生々しい現実感というレヴェルにとどまらず、言葉と自己の関係、そして言葉によって己の裡に構成される妄想の性格そのものと深く関わり、それを方向づけているのである。

オセローとイアーゴーを被害者と加害者の別なく捕らえる、妻を寝取られたという妄想――、言語と人とのどのような関わりが、何ゆえに、そのような妄想を生じさせるのか、そして、それを囲む文化的条件とは何なのか。そういう問題を考えてゆくには、私たちはまず、社会的な変動という巨視的な次元の問題が、それを生きたひとりひとりの人間に、どのような心理的適応ならびに緊張を強いることになったのか、そこではまた、いかなる様式の主体構成が可能で――不可避で――あったのか、そして、そういった特定の歴史的状況によって方向づけられる主体のありようがあらわにすることになる、人が社会的に自己を定位させる際に直面する普遍的な課題とは、いったいどのようなものなのか、さらに深いレヴェルで一つ一つ検討してゆかねばなるまい。

流動する社会的状況の中で、血縁・地縁の絆から引き離され、自分の来歴に与り知らない未知の他者たちに囲まれた人間は、自分を迎える――潜在的には多くの敵意を込めた――世界で己の場を築くために、必然的にある一つの行動様式を身につけてゆく。それは、自己の有能さを他者に訴えるべくあるいは状況にかなうよう細心の注意をもって取りおこなう不断の演技・自己演出である。そこでは当然、人は自分のうちの何を他者に見せ、何を隠すのかということに、極めて意識的で敏感たらざるを得ない[12]。そのような条件の下では、自己は、もはや確固たる不動のものとして感得されうることはなく、自身にとって違和的な文化的規範に添うようにその都度その都度ふるまう自分という、行動の軌跡が虚空に描き出す、いわば歪んで砕けた鏡に映る仮象でしかありえない。逆に、状況に対して違和的であることそのものが、人の固有な内面を育みそれを保証するという議論は十分成り立つが、しかし、その場合にも——あるいは、その場合の方がよりいっそう——自己は疑問の余地のない当然なものとして恒常的に存するのではなく、己を否定し呑みこもうとする他者あるいは状況から不断に奪い返され、言語的に再構築されることによって、かろうじて保持されていることになる。つまり、自己は、その一瞬一瞬において、自身によって、言語を介して所有が主張され〈再〉確認されることによって、成り立っているものなのである。

このことはまた、少し視点を変えて、そういった歴史的特殊性を離れて、次のように言いかえることも出来よう。私たちは、一般に自己というものを一つの実体を持ったかけがえのない存在と考えている。しかし、そのように実体視されている自己というものの局面を一つ一つ吟味してゆくと、それらは全て、他者との関係において捉えられたものにすぎないことがわかる。人は生まれたとき以来、両親や兄弟を初めとする他者からの呼び掛けや応答あるいは視線をいわば鏡として、その反映を通して自己のイメージを次第に固着させ、自己像を作りあげてきている。もちろん、そういった反映が、とりわけ幼少時において一定程度反復されることによって、周囲から期待される反応の仕方を条件づけ、それをその人間の行動スタイルとして定着させてゆくことはあるにせよ、いわば〈もの〉として実体化されるような自己というものは本質的に存在しえず、他者の反応が全く異質な世界では、当然、私たちの自己は、実体であるかのように仮構されたその枠組みを失ってしまうはずである。この場合、〈他者〉というのは、必ずしも現に目の前にいる人間、あるいは現在深く関わりあっている人間というふうに限定される必要はなく、かつて自分にそういうイメージを返した者たち、記憶の中に生きつづける者たち、将来そういうイメージを与えるだろうと思い描かれる者たち、そういった全てを含めての他者であり、その総体がある一つの〈主体〉にとっての世界を構成しており、そういった無数の〈他者〉が返してくる、あるいは返してくると信じられる映像が内化されることによって、一つの〈自己〉イメージが構成されている。

もちろんこういった構造自体は時代を超えてつねに存在するものである。しかし、主体がそれを取り巻くそれ自体安定した社会の中に安定した形で定位されており、両者のあいだに重大な齟齬が生じないかぎり、自己の虚構性が明確に意識されることはなく、したがって、そこでは、自己をそれなりの実体を伴う存在と認めることに特に不都合はない。恒常的な関係性の網が主体をやはり恒常的存在として——内的にも外的にも——不断に保証しつづけるからである。

しかし、私たちが考察の対象としている歴史的時代は、先に見たように、一口に言って、人が、多くの当然視された関係性に守られ埋没した自己から、そういった関係性から切り離され、他者と違和的であることを意識するよう強いられるという点で、孤立し固有性を帯びた自己へと、変貌を迫られた時代である。

一方では、他の何物にも置き換えられることのない内的自己を所有するよう文化的に要請されながら、しかもそれでいて、そういった一貫し安定した自己像を支えてくれる関係性の稀薄化ないしは喪失という事態のなかで、主体は激しく動揺し、自己を定位する根拠を求めて空しくあがく。その時、それ自体流動し拡散へと向かう存在としての自己がつねに違和的に現われる世界から不断に自己を勝ち取ってゆくための戦いは、必然的に凄惨の度を増さざるを得ない。そして、それにつれて、脆弱な自己が、その仮構の手段として用いる、言語による不断の差異化、他者と自己の不断の弁別と、その目的であり最終的帰着である自己正当化も、当然加熱・空転し、ついには、内的独白も含めたその言葉は、それによってその存続が保証されるべき自己の制御を超えて、ひたすら暴走しはじめることになる。言葉は、ひと度おびたその弾みによって、それを向ける世界から妄想的にその憤懣のための素材を取りこみ、そのことはさらに自己の存立を危うくし、そして、それがまた、これに対抗しようとする言語的差異化の暴走を促す。自分の昇進の夢の挫折ということを端緒にしてイアーゴーが突き入れられる抑えがたい嫉妬・妄想とは、このような不断の差異化を通しての自己定立の様式が陥る悪循環の危機的状態といえよう。

実際、自身にとっての自己が、言語を介在させることによって間接的に再構成されつづける疎外された存在としてしかありえないのと同様に、その自己を包む世界も、直接無媒介的にあるのではなく、あくまで、自己の言語的解釈のフィルターを通して表象されたものでしかない。その媒介としての言語が、自己が社会の中に自らを定位するに際して直面する不安によって一定の方向性を与えられて、しかも、その自己の制御をこえて暴走するとき、当然、その言語はそれ自体で自律的に世界の〈現実〉を映し出し創り出してゆく。それが客観的にはいかに妥当性を欠いた妄想にすぎなくとも――だが、実際の人間関係において、どこまでが客観的事実で、どこまでが単なる空想ないしは妄想なのか、それはけっして容易に決められるものではない――、その人間の空転する言説の内的文法を踏まえたものである限り、それははるかに生々しい〈現実〉として現われるはずである。

イアーゴーの言葉は、こうして、それを聞く者たちのうちに、彼らの不安・怨嗟にそって肉づけされた〈現実〉を創りだしてゆきながら、同時に、彼自身の現実感覚を深く浸蝕し、彼を、その犠牲者たちと同様に、やみがたい破壊的行動へと駆りたててゆくのである。そこまでゆく時、イアーゴーの言葉と振る舞いは、もはやある一つの出来事や憤懣を特定の動機として持つことはなく、いわば、文化の中での自己定立が不可避的に産み出しつづける怨嗟そのものの集約的表現として、それ自身の生命を持って、観客の裡に潜む怨嗟まで自らの内に結集させて、それらとのあいだに隠微な共犯関係を結びつつ、その破壊性を高めてゆくのである。

オセローとイアーゴーを共に捕らえ、そして、十七世紀初頭の〈家庭悲劇〉の成立要件を形成した――というこ とはまた、当時の時代思潮として、人々の意識を深く浸蝕していた――文化的強迫とは、まさに、このような意味での、社会的にゆるぎなく定位された実体としての自己、とりわけ、それが私的なレヴェルでもっとも鮮明に現れ、かつそれを支えるよすがとなるはずの、家庭における夫としての自己というありようが、必然的に裡に抱えこんだ空白と、それを埋めようとする虚しくしかも止どめようのない努力なのである。

だが、オセローがそのような不安を、完結し完了した自己というイメージの中に自分をはめ込むことによって隠蔽しようとしたのに対し、イアーゴーの方は、他人を同じ強迫、同じ不遇・嫉妬へと追いこんでゆくことにそのはけ口を求めようとする。オセローにデズデモーナの不義を疑わせるのは、少なくとも部分的には、イアーゴー自身が、妻のエミーリアとオセローの仲を疑っているからであり、そして、彼はまた、自分の蒙った昇進の夢の挫折という経験を、自分の夢を奪ったキャシオーに味わわせようとする。だが、ことは、このような殆ど自明の例だけではない。イアーゴーは、ロダリーゴーを言いくるめるとき、自分と相手とは同じ境遇に置かれており、それゆえに仲間ではないかといった言葉をしきりに繰り返す。劇の冒頭のやり取りにもそれは見られるが、一幕三場の終わりのふたりの会話にある、

何度も言ってきたし、くりかえし言うが、俺はムーアの奴が憎いんだ。俺がこう思うのは深いわけがあってのことだし、あんたの方にだってそれに劣らぬ理由がある。奴に対する復讐では一致団結といこう。あんたがあいつのかみさんを寝取ることができたら、それで自身いい思いができるんだし、俺の溜飲も下がるってもんだ、（一幕三場三六四—六九行）

という、復讐における連帯感情は、怨嗟の共有を通しての繋がりと人々の劣位での平準化というイアーゴー的人間関係を典型的に例示している。

実際、デズデモーナの不義を確信して、ものごとに動じない自己というそれまでの姿勢を保てなくなって以後、

オセローも、イアーゴーとの間に奇妙な連帯感をいだくようになってゆく。三幕三場、デズデモーナへの報復を誓うオセローに、イアーゴーも協力することを誓約し、さらにオセローがこれに報いることを約束する。

オセロー　　　　　　　大理石のごとく輝くあの天にかけて、
聖なる契りは必ずや守るものとして、
さあここに誓ってみせよう。

イアーゴー　　　　もう少しそのまま跪ていてください。
天に絶えることなく輝く星辰よ、
われらを包む大元よ、照覧あれ。ここにイアーゴーは、
その知力と手と心の働きの一切を、てひどい仕打ちを受けた
オセローのために捧げましょう。たといどんなに
むごい行ないといえど、オセローの命とあらば、
このイアーゴー、違《たが》うことなく従いましょう。

オセロー　　　　　　　　　　　　　その愛を受けよう。
口先だけの謝意でではなく、気前よくもろてを広げて、いただこう。
そして、即刻、その言葉の真意を確かめさせていただこう。
三日以内にキャシオーは死んだという
報せを持って来るんだ。

イアーゴー　友人ではありますが、あの男の死はもう確かです。お指図どおりいたします。
でも、奥さまの方は、せめてお命だけは……。

オセロー　呪われてしまえ、色狂いのいたち女め。地獄に突き落としてやる。
さあ、しばらくひとりにしておいてくれ。こもって、
あの天使づらの悪魔に、なんぞてっとり早い始末のつけ方を
考えてやらねばならん。これからはお前が俺の副官だ。
イアーゴー　永遠に忠実な家来としてお仕えします。(13)　　（三幕三場四六〇—八〇行）

もちろん、イアーゴーが示すこのような共感を単なる偽りとして退けるのはたやすいことであり、実際、観客の視点からは、それは疑問の余地のない事実として了解されている。けれども、見方を変えると、まさに、そのような偽りの形でしか共感が成立しえない、自然な共感が利己的な打算によって不断に浸蝕され変質してゆかざるをえないというところにこそ、この作品に固有な悲劇性、あるいは悲劇としての特異さがあるように思われるのである。

いったいに、不断の差異化を通して自己を定立させ維持している世界において、それぞれ別個に立てられた複数の自己が真に根本的に共感しあうことなど、もとより不可能なものであろう。そこでの共感は、イアーゴーとロダリーゴーとのあいだのように、つねに自分の欲望の挫折からくる怨嗟の共有という要因と介してしか成り立ちえない。同様に、オセローとイアーゴーとのあいだの共感についても、それは、オセローにあっては、あくまで彼個人の苦しみ、彼ひとりの恥辱でしかなく、イアーゴーにあっては、いうまでもなく、少なくとも彼の意識の上では——この一見奇妙な保留の真意は後で明らかになるはずである——単なる偽装にすぎない。ふたりの共感を支えるのは、相手の苦しみの無償の共有と、それに対するやはり無償でそれゆえ詮のない謝意（vain thanks）ではなく、はっきりとかたちになる証しであり、昇進などの社会的利得なのである。

共感のこのような変質・倭小化は、ある意味で、自己と他者とを対象化、手段化することで成り立つ社会が必

然的に抱える病理であろう。複数の人間がある共通の目的の遂行のために結ばれる時、その目的の遂行ないしはそれへの協力の代価として供与される物品や便宜——あるいはそのことに対する期待——が、本来自発的で無償であるはずの両者の関係のうちに不断に割って入り、関係が密になればなるほど、逆にそれだけ自己を孤立させ、ますます深く己の利害とその挫折への怨嗟に絡めこんでゆくことになる。

このような議論を辿ってきて、人はあるいはこう考えるかもしれない。それはそうかもしれないが、しかし、まさにそういったイアーゴー的人間関係の対極にあるのがデズデモーナであり、彼女の無償の共感性とその聖化の中にこそ、この劇の最終的な意義があるのではないか、と。事実、こういった議論は、多少の異同こそあれ、古くから飽くことなく繰り返されてきたものである。これは確かにきわめて魅力的な議論であり、容易に反論しがたい力を帯びている。実際、シェイクスピア自身、表面的な意図としては、そのような形で作品を構想していたのかもしれないとさえ思えるほどである。しかし、実は、このような見方を許す——あるいはむしろ、そのような見方を許しながら、同時に、その見方にひそむ陥穽をかすかに、だが紛うかたなく、意識させる——ところにこそ、この劇が帯びる拭いがたい不快さの秘密があると思われるのである。そして、同時にまた、この劇のいささか歪んだ〈意義〉も、初めに述べたとおり、この不快さを直視することを通してしか浮かび上がらないはずである。だから、先に、イアーゴーの悪意を支える文化的強迫、あるいは、グリッセルダ的貞女像の裏にある男性の性的不安の広がりを見てきた私たちは、ここでも、このような贖罪山羊的なイアーゴー観とそれと表裏をなす貞女デズデモーナの聖化という解釈が、一つのイデオロギーとして生み出される、その文化的契機に十分な警戒を怠ってはなるまい。

だが、結論を急ぐ前に、私たちはもう少し詳細にデズデモーナの言動とその周辺を辿って、それが、一般に対極視されるイアーゴーの言動と、劇の中でどうのように関わりあうのか検討してゆかねばなるまい。手始めに、先に引用した、自分とデズデモーナが結婚するに至った経緯を述べたオセローの言葉を思い返してみよう（一幕三場一二八―七〇行）。聞かなければよかったと思うオセローの苦難の数々になおも抗いがたく惹かれてゆき、自分も男だったらそういう人間になりたかったと願い、そして、彼が蒙った苦難ゆえにオセローを愛し、その愛を完遂するためには一切の世間的顧慮を無視して、異邦人との駆け落ちに走ったというデズデモーナの振る舞いには、「無償の共感性」といった言葉が連想させるなにか聖母的な慈しみとでもいうべき概念にはとても収まりきらない、ほとんど狂熱に近いような激情が感じられる。そして、彼女のこの（とりあえずそう呼んでおくとすれば）激しい感情を秘めた共感性は、その慎ましやかな挙措・物腰と不可思議な対照をなしつつ、劇の随所で顔を出している。

三幕三場で、自分の失態を取りなしてくれと泣きこんできたキャシオーに対して、デズデモーナは熱っぽい口調で請け合ってみせる。

いいこと、
お力になると約束したからには、最後の項目に至るまで
きっと果たしてみせましょう。あの人が休めないほどうるさく迫って、
素直に従うまで眠らさないで、我慢できなくなるまで言い続けます。
あの人の寝室は学校となり、食卓は懺悔の台になりましょう。
主人がするあらゆることに、キャシオーの嘆願を
差し挟むことにします。だから、キャシオー、元気を出して。
あなたの弁護人は、あなたの訴えを反古にするくらいなら、
むしろ死ぬ覚悟なんですから。

（三幕三場二〇―二八行）

相手の嘆願を通すためには、自分の命を賭けるという彼女のこの言葉は、皮肉にも、実際そのとおりに実現されることになるのだが、それにしても、たとえ、頼んでいる相手が自分たちの結婚に際して便宜を図ってくれた恩人であるからにせよ、このせりふに込められたほとばしるような共感、自分の正しいと思うことはあくまで通そうとする強固な意志力は、単なる修辞的な強調というにはあまりに過剰なものに思われる。事実、デズデモーナの決意は単に言葉の上だけのものではなく、その実行が無理な状況の中で、執拗なまでに——そして、観客の視点から見ても、かなり不快な程度にまで——行動に移されるのである。

このやり取りのすぐ後で、デズデモーナはオセローへのキャシオーの取りなしを開始する。そして、彼が悲しみに沈んだ様子で立ち去るのを見て、自分もキャシオーと苦しみを共にするとまで言って、いろいろ口実を設けてことを先に伸ばそうとするオセローに、刻限を決めてキャシオーの弁明を聞くよううるさく迫る。もちろんここでは、オセローはまだ妻の不貞を疑っているわけではないから、ふたりのやり取りはいくぶんふざけた調子でなされているとも取れるが、それにしても、軍規や治安といった本来自分などの干渉すべきでない分野にまでも口を挟む彼女の態度は、意地の悪い見方をすれば、ずいぶん差し出がましいと言われても仕方あるまい。そして、こういった差し出がましさは、オセローが彼女の貞節を信じなくなった時、その破壊性を一気に露呈する。

自分が愛の形見として、最初に贈ったハンカチを今でも持っているならここに出せと激しく迫るオセローに対し、デズデモーナの態度は、相手の真意を知らないからとはいえ、いかにも取り繕ったようで、居直っているとさえ映る。

デズデモーナ　失ったわけじゃありません。でも、もし失ったとして、それでどうだっていうんです。
オセロー　何だと。

デズデモーナ　失ってないって言ってるんです。

オセロー　じゃあ出せ。見せてみろ。

デズデモーナ　そりゃ出来てよ。でも、今はする気はありません。

こんなの、私の訴えをはぐらかすためのお芝居でしょ。

お願いですから、もう一度キャシオーを側においてあげてくださいまし。

オセロー　あのハンカチを出すんだ。悪い予感がするぞ。

デズデモーナ　もうやめて。

あれ以上有能な人っていないなくってよ。

オセロー　ハンカチだ。

デズデモーナ　お願い、キャシオーの話をして。

オセロー　ハンカチだ。

デスデモーナ　今までずっと、あなたに目を

かけられることに自分の幸福があると信じて、

危険をともにしてきた人を――

オセロー　ハンカチだ。

デズデモーナ　ほんとに、ひどい人ね。

オセロー　くそっ。

〔出てゆく〕

（三幕四場八三―九八行）

観客にとって、デズデモーナの態度が、一種うとましく感じられるのは、単にそれが差し出がましいというの

みならず、彼女が弁護しようとするキャシオーが、観客から見て、それほど熱心に弁じてやるに値いするようにはとても見えないこともある。右のやり取りの直後、イアーゴーに連れられて入ってきたキャシオーは、挨拶もそこそこに、まるでデズデモーナの取りなしがはかばかしく進まないことをなじるかのように、嘆願を繰り返す。

デズデモーナ　あら、こんにちは、キャシオー。どうかなさったの。
キャシオー　奥さま、先だってのお願いでまた参りました。どうか後生ですから、
　奥さまの高徳のお力ぞえを賜って、この私を、今一度、
　生かしてください。そして、私が心に負う勤めの一切をもって
　心底敬愛しておりますあの方から、再びお目をかけていただけるように
　お取り計らいください。もうこれ以上待てません。
　もしも私の犯しました罪科がそれほど取り返しようのないもので、
　これまでの精勤も、いま現在の後悔も、
　今後に期する研鑽も、もはや私をして
　あの方のお目に適うよう引き立てることが出来ないというのでしたら、
　せめてそうと知るだけでも救いというものです。
　そしたら、私も無理矢理あきらめの衣に身をくるんで、
　運命の喜捨を求めてどこか別の道を
　取りもできます。
（一〇九―一二二行）

そして、デズデモーナが申し訳なさげにオセローの我あらぬ態度を語るのにも、イアーゴーやエミーリアが心配

げにそれに唱和するのにも、何の関心も示さず、とにかくもう一度取りなそうと請けあうデズデモーナの言葉に礼を言うだけである。しかも、そうやって、他の三人が立ち去った後に登場した娼婦のビアンカが言い寄るのに、気軽に応じる彼の様子は、ひたすら我が身の不幸をかこつといったふうだったそれまでの態度と対照して、いかにもちぐはぐで軽薄な印象を与えるのである。

実際、オセローがデズデモーナの不義を最終的に確信し、彼女を殺すことを決意するのは、イアーゴーの企みで、キャシオーがビアンカのことを軽薄な調子で笑い話にして語るのを物陰から見ていて、デズデモーナとの関係を話していると勘違いしたことによるが、この場面は、単にそうやって劇のアクションを推し進めるという作劇上の機能をはるかにこえて、深い主題的意味を帯びているように思われる。

イアーゴー　やあ、副官、調子はどうだい。

キャシオー　そんな称号で呼ばれると、ますます調子が狂っちまうね。

なにしろ、そいつをなくして、身も切られる思いなんだから。

イアーゴー　デズデモーナの奥さんによく頼んでおくことだ。それで万事大丈夫ってもんさ。

それにつけても、この嘆願、ビアンカの権限で決まるようなもんなら、

一気にことが運んだだろうにな。

キャシオー　ああ、あの馬鹿おんな。

オセロー　ほら、もう笑ってやがる。

イアーゴー　あんなに男に首ったけの女はお目にかかったことがないな。

キャシオー　とんだお笑い草さ。ほんとにぞっこん惚れられちまったらしいや。

オセロー　今度はしらばっくれて、笑ってごまかしてやがる。

イアーゴー　もう聞いてるかい、キャシオー。

オセロー　　　　　　　　　　　　　　　いまもっと話せと

せっついてるんだな。いいぞ、いいぞ、その調子だ。

イアーゴー　あの女が、あんたは自分と結婚するんだと触れ歩いてるっていうぜ。

ほんとにそんなつもりなのかい。

キャシオー　　　　　　　　ハッハッハッ。

オセロー　勝ち誇っているのか、ローマ人め、え、勝ち誇っているのか。

キャシオー　俺があいつと結婚するだって。ええ、売女だぜ。いくら何でも、そこまで見損なわんでくれ。

そんなの馬鹿げてるって思わないかい、ハッハッハッ。

オセロー　ああ、笑え、笑え、勝つやつが笑うんだ。

イアーゴー　でもさ、みんなが言ってるぜ、君はあいつと結婚するって。

キャシオー　頼むからほんとのことを言ってくれ。

イアーゴー　嘘なもんか。

オセロー　俺を出しぬいたというのか。よーし。

キャシオー　これはみな、あの尻軽女が勝手に触れ歩いてるだけのことだよ。何もこっちが約束したわけじゃない、あいつが我が身かわいさうぬぼれて、俺があいつと結婚するなんて信じこんでいるだけさ。

オセロー　イアーゴーがこっちに合図してる。話を始めたんだな。

キャシオー　今もあいつといたんだ。やたらどこにでも追いかけてきやがる。この前なんかも、海辺の土手でヴェニスの連中と話をしてたら、このお引きずりがやってくるんだ。この手に賭けて誓って言うが、こうやって俺の首にかじりついて――

オセロー　まるで、「ああ、私のキャシオー」と叫んでるってふうだ。しぐさから見てそういうことだろう。

キャシオー　こんなふうにぶら下がって、しなだれて泣きにかかる。そうやって呼びに来て引ったてやがるんだ、ハッハッハッ。

オセロー　今度はあいつがきゃつを俺の部屋に引き込んださまを話しているんだ。おのれの得意満面の鼻づらは見えるが、そいつをほうり投げて食わしてくれる犬が見あたらんわい。

キャシオー　いや、もうあいつとは手を切らにゃいかん。

（四幕一場一〇三―四四行）

ふたりのやりとりは、意識の上ではもちろん純粋にビアンカを対象にしたものであるが、観客からは、その様子を物陰でうかがうオセローと（尤も、彼はふたりの会話のいちいちの内容までは分かっていないと取るべきだが）それを意識して話をしているイアーゴーの観点が重ね合わされることになり、結婚の対象としてなど考えるだに馬鹿げている娼婦という観念の中に、時にデズデモーナのイメージが混在してくることは如何ともしがたい。貞潔の鑑として聖化されることになるデズデモーナと、誰にでも身をまかせるとして真面目な考慮の対象にさえならない街の女ビアンカ――、文化的規範による階層化において両極に位置し、舞台上でもけっして場を共にすることのないふたりの女性は、しかし、観客の意識の中では微妙に姿を交錯させ、いわば相手を自分のドッペルゲンガーとして立てることで、ひいては、そういった文化的規範そのものの虚構性を暴いてゆくことにもなりかねない。

それは単に、妻の貞節を信じられなくなったオセローが、デズデモーナのことをくりかえし娼婦呼ばわりするというにとどまらない。先にも少し触れたように、脆い自己性を確保するという必要に基づいた、自分にだけ貞節に尽くすべしという夫の側の要求が、それを裏切られた際に、その対極にある娼婦像を惹起するというのは、さして難しい理屈ではない。そういった貞節な妻という観念自体が、排除されるべきものの具現としての娼婦像をつねにそれ自身の裡に含み持つ以上、それは、潜在的不安として恒常的に夫の主体性を脅かし、いつ何時でも顕在化する可能性を秘めているのである。

デズデモーナとビアンカのあいだには、しかし、もう少し具体的な類似性が暗示されているように思われる（たとえそれが、最終的には、やはり文化の中での女性一般の議論に帰されることになろうとも）。まず第一に、ふたりともたいへん情熱的な女性として性格づけされており、一方は表面的には慎ましやかでもう一方はあけすけであるという違いはあるにせよ、共に自分が愛した男性との結婚を――当時の文化的状況においてはかなり異例なことに――自ら主動的に画策する（した）ように描かれている。また、ふたりはそれぞれ、文化的に見て明らかに不自然な程度にまで、他者に共感的である。デズデモーナがオセローに惹かれたのは、彼がこうむった筆舌に尽くしがたい苦難の数々ゆえであったし、また、キャシオーのためにオセローの不興をも顧みず、執拗に弁護するのは先に見たとおりである。一方、ビアンカの方も、後に引く例にも示されるように、その人のよさを随所に表している。

そして、結局はこれと通底していることであるが、ふたりはまた、その態度が、文化的規範に照らして、時にたいへん差し出がましいという点でも共通している。デズデモーナのキャシオー弁護は、軍人としての規範に即した夫の行動に個人的な情で口うるさく干渉することになり、ビアンカも、キャシオーが職務や陳情に忙しくて自分の許にしばらく顔を見せないと、相手の都合を無視してなじっててこずらせ、彼が人と話しているところへ出ていって泣きついたりする。このような態度は、当然、時に周囲の困惑や苛立ち、怒りを買い、自身の破滅や難儀を招くことにもなる。デズデモーナはオセローに自分の貞節を疑わせる種をまき、ビアンカは、あまりにうるさくつきまとって、結局、自分を疎んじるきっかけを相手に与えてしまう。彼女はまた、キャシオーがロダリーゴーに切りつけられた騒ぎの現場に飛び出していって、傷ついた恋人に泣きついて、あらぬ疑いをかけられ、エミーリアから口汚く罵られる羽目になる。差し出がましいという点では、このエミーリアも同様で、終幕で、「黙っていろ。……利口になって、家に帰るんだ」と制止するイアーゴーを振り切って、ハンカチの経緯を語ることで我が身を犠牲にしてまで――イアーゴーに刺し殺されるのである――ことの真相を明らかにする。

このような例のほとんどが、おのおのの社会的な立場や役割を重視し、何よりもこれを優先しようとする文化的規範に従えば、当を得ない振る舞いと見なされ、少なくとも規範に従って行動しようとする劇の中の――そしてまた、外の――男たちからは批判的に扱われることになる（そして、規範を侵犯しているはずのイアーゴーが、実際にはいかに規範に縛られているかは先に見たとおりである）。

しかし、エミーリアの例に見られるように、ふだんは、たとえいかに善意の持ち主であろうとも、規範にきわめて忠実な存在（彼女の男性批判も、主婦としての娼婦への敵意も、結局は文化的規範を補完するものでしかない）も含めて、これらの女性たちは、そういった小賢しい文化的規範を超えたところに、自分の行動の根本的規準をおいているように思われる。そして、それ自体の視点に立って見るとき、この無分別なほどの共感性、利害を度外視した自分の振る舞いの正しさへの確信は、文化の中での自己定位という保身的動機が見え隠れする、規範に準拠した男たちの「適切な」振る舞いよりも、はるかに輝いて感じられるのである。[14]

ほとんど無償で自己犠牲的とも見える愛や共感、あるいは当為――、しかし、そういった弁別とそしてまた分別を欠いた愛とは、独占への意志によって貫徹された男性の性的な不安と想像力の中では、まさに忌避すべき娼婦的愛と化すものであろう。弁別し選別することによって自己を定立させ世界を秩序だてようとする文化的原理の中では、このような無償の愛や共感は、必然的に破綻し、うさんくさく場違いな差し出がましさへと転化してゆかざるを得ない。

このような、対象を十分に選ぼうともしない無償の共感というものこそ、まさにオセロー的自己、綿密に構成され不断に更新されながら、逆にそうであるがゆえに、完結し完了したものとなることを必要とする自己の対極にあるものであり、それを根柢から脅かすとして、徹底的に圧殺されねばならないのである。

実際、劇のあとで振りかえった時、デズデモーナという女性は、どこか生気を欠いた、たいへん受動的な人物という印象を与えがちである。少なくとも劇の前半における実際のデズデモーナが、内実においてきわめて主体的で自己主張の強い面を具えた人物として設定されていたことを考えれば、一見奇妙な話であるが、それは、結局のところ、完結し静止した状態に自己とその自己を構成する周囲の存在を閉じ込めておこうとするオセロー的原理の中に、彼女がどうしようもなく封じ込められてゆくからである。

四幕三場、オセローによるデズデモーナ扼殺に先立つ場で、デズデモーナは、先に寝室に入って、後に来るオセローを待ちながら、口ずさむ。

哀れな娘が、いちじくの木のかたわらに座ってため息をついていた。
歌ってちょうだい、青柳、さあ、歌うのよ、
手を胸にあて、頭を膝にあずけて、
柳よ、柳、歌ってちょうだい、
娘のそばには澄んだ小川が流れ、その悲しみをつぶやいた、
柳よ、柳、歌ってちょうだい、
しょっぱい涙が娘の頬からこぼれ落ち、石を溶かした……。

（四幕三場四〇—四六行）

『ハムレット』のオフィーリア発狂を髣髴させる場面であるが、それと比べても、いかにも感傷的で弱々しいという印象を拭えない。もちろん、それはこの場面の効果が芝居として失敗だというのではなく、本来しんの強い女性であるはずのデズデモーナに、このような悲哀にひたされたバラッドに歌われる傷心の娘と自分を重ね合わすよう強いてゆく、オセローの狂乱とその背後にある男性の不安のすさまじさを、陰画的に浮かび上がらせるも

のであろう。
この歌の直前、デズデモーナとエミーリアは何気なく言葉を交わす。

デズデモーナ　このロドヴィコって人は、すてきな方ね。
エミーリア　とってもハンサムですしね。
デズデモーナ　話し方もいい感じだし。
エミーリア　あの方の下唇に一触れできるためなら、パレスティナまではだしで歩いていってもいいと言った奥方も、ヴェニスにはいたくらいなんですよ。
（三五―三九行）

これを、時になされるように、デズデモーナの蓮っ葉さの証明と取るのはいくぶん酷なように思われるが、しかし、かといって、ここでデズデモーナはただ客観的に人物評をしただけで、そこには何の個人的感情も混じっていないと取るとすれば、それもやはり不自然という誹《そし》りを免れるまい[15]。結婚相手として父が希望したような、そして、文化的規範に照らしてはるかに妥当であったろう、同郷で遠縁にも当たる男性を見て、そういった配慮を全て投げ打ってきたはずの自分の今の惨めなさまを思い、もしそういう結婚をしていればと、ふと心が動いたというのは、解釈としてさほど的をはずれてはいまい。それは別に蓮っ葉さのしるしでも何でもなく、人間のごく自然な感情の流れというものである。むしろ、そういった、人として、時々刻々訪れる感情の流れの中で、自分の選択が一つの責任として維持されるところに貞節という観念が成立するはずであり、そういった感情の動きのないところでは、それを断念することなどもとよりないはずである。そう見れば、このやり取りは、デズデモーナの内にある人間としての感情の起伏を暗示し、そういったいわば普通の人間が、なおも自分を手にかけた夫を最後まで愛し続けたということの貴重さを浮かび上がらせるための伏線として置かれていると取るべきであろう。

しかし、にもかかわらず、私たちはここでのデズデモーナの感情の向かう方向が、まさにイアーゴーがオセローに説いて聞かせたふたりの結婚の行く末（「奥さんのお気持ちももっとまともに見る目を取り戻して、あなたを同郷の人たちの見目・かたちとひき比べて、もしかしたら、これはしまったと思うことにもなるでしょう」）とぴたりと一致するところにある種の感慨を禁じえない。それは、むしろ、オセローのデズデモーナに対する狂おしい娼婦呼ばわりとそれが内包する文化的強迫こそが、より自由で根源的なものとしてあったはずのデズデモーナの共感性に一定の方向を与え、そして同時に、そうして方向づけられた共感性が断念すべき感情であることを想起させるかのようである。こうして、観客の目には、本来はるかに激しく力強い存在であったデズデモーナは、文化的規範の中に幾重にも絡み込まれ、息苦しく生気を奪いさる〈貞女〉という観念の中にはめられてゆく。

デズデモーナ　　　　　　　　男の人っていうのは……。
ねえ、エミーリア、教えてちょうだい。そんなひどい具合に
夫を裏切るような女の人がいるなんて、あなたほんとにそう思う。
エミーリア　たぶん何人かはいるでしょうね。
デズデモーナ　世界を全部やるって言われたら、あなたもそんなことをするつもりなの。
エミーリア　あら、奥さまはなさらないんですか。
デズデモーナ　　　　　　　　しませんとも。このお月さまに誓ってね。

（五九—六五行）

以下延々五〇行にも及び、最後に「男が浮気を楽しみたがるんなら、女だっておんなじだ」というエミーリアの長広舌を引きだすことになる、姦通の是非についてのこのやり取りは、確かに表面的には「デズデモーナの無

垢と理想主義とエミーリアの世間知に長けたシニシズムと現実主義の差を明らかにする」[16]ものであろう。しかし、ここで議論をしかけ、いろいろな例を引き合いに出して執拗に話をのばすのは、明らかにデズデモーナの側である。見ようによれば、ここでデズデモーナは、自分の裡にきざした心の揺れを、エミーリアを相手に口に出して明確に否定してみせることによって自身を納得させようとし、しかもその一方で、そういった思いをエミーリアに言わせることで、代理的に発散しているとも取れる。

このように言うからといって、オセローの豹変に対するデズデモーナの悲しみの深さ、あるいは、終幕で自分を手にかけた夫を赦そうとするその愛のひたむきさを否定しようというのではない。だが、そういった感情を一方的に聖化・称揚することは、作品に対する私たちの理解をきわめて平板なものにしかねない。それがどのような代償を払うことによって成り立っているのか、あるいは、それがどういった文化的強迫に答えようとするものなのか——、ここで問われるべきなのは、まさにそういった点であるはずである。

オセローがデズデモーナを殺すのは、劇の表面的な論理としては、彼が妄想的に確信するデズデモーナの不義に対する罰ないしは復讐としてであることは言うまでもないが、劇の帯びるより深層の論理では、その第一の意義は、貞節な妻という、それ以上もはや変わりようのないイメージに彼女が固定されるということである。デズデモーナが死んで、時すでに遅くなって初めて、彼女の身の潔白が証明されるというのは、確かにやり場のない劇的アイロニーであると言えるが、見方を変えれば、デズデモーナが刻々とうつろい変化する肉体と心を持った生きた存在でありつづけるかぎり、彼女がオセローにとって——そしてまた、観客である私たちにとって——完全に無垢の存在であることは不可能なのである。つまり、デズデモーナは、まさに死ぬことによって、初めてその完全な無垢性を獲得するのである。

ここに、私たちは、オセローにおける、というよりはむしろ、人間に普遍的に見られる〈他者〉との関わりが持つ本質的な逆説を見ることが出来よう。それぞれ個別の内的拡がり——個別の利害と、過去から未来にわたる個別の脈絡――を持った人間同士の関わりは、そこにつねに裏切りの契機を孕んでいる。その意味で、他者との関わりにおいてのみ自己を実現し実感できる人間は、自己を実現し実感しようとするまさにその契機において、つねに自己喪失の危機に直面しているのである。しかし、そのように自己を脅かす生きた他者を一つの観念に固定することは、自己と他者の関わりの生命そのものを絶つことなのであり、そうすることで完結された自己は、その完結性に満たされた存在たりえることはなく、逆に、自己定立の根拠を欠いた空虚な存在へと化してしまう。[17]

しかも、そのような喪失の契機となるのは、主観的に「裏切り」と感じられるような他者との関係に限らない。オセローに扼殺をためらわせるデズデモーナの魅力そのものが、逆に、自律しているはずの彼の自己性を脅かし、それに魅了されることが意味する相手への傾倒・没入に対する恐れが、反動的に、彼にデズデモーナ殺しへの決意を固めさせる。雪よりも白く彫像の石膏のように滑らかな（その冷たく硬質なイメージに注目されたい）肌をしたデズデモーナが、なおも熱い血を通わせる女であるという考えそのものがオセローを震撼させるのである。

それが道理というものだ。けれども、あれの血を流すことはすまい。
また、雪より白く、彫像のアラバスターのごとく
滑らかな彼女の肌を傷つけることもすまい。

（五幕二場三―五行）

生きたデズデモーナとの絆が自律し完結したものとしてのオセローの自己同一性を根拠づけ、しかもそれでいて、彼女の帯びる生々しい官能性が、彼のその完結した自己性を脅かす――。デズデモーナの〈不義〉が極度に拡大した形で映し出すとはいえ、根本において、オセローにとっては、相手が自分を裏切ろうと裏切るまいと、デズデモーナとの関わりそのものが、既に自己の無化に直面させる危機を孕んでいたのである。

オセローの復讐願望は、社会的・文化的レヴェルにおいて、復讐することによって自分の穢された「名」を回

復したいという希求と、名を穢されたことの恥辱の念が駆りたてる一切を焼き尽くしたいという衝動とに分極していたように、官能的レヴェルにおいても、デズデモーナがその官能性を自分以外の人間に向けたことへの断罪と、デズデモーナの官能性そのものを抹殺したいという衝迫とに分かたれたままである。

その「裏切り」を聞かされることによって、彼の想像の中でやみがたく肥大していったデズデモーナの官能性は、今やそれを口にすることさえ——そうすることで、その圧倒的な大きさの前におかれた自己の極小性、無化に直面させるがゆえに——はばかられる禁忌となっている。

デズデモーナ じゃあ、キャシオーはそれ〔ハンカチ〕を拾ったのです。私が彼にあげたことなど絶対にありません。あの人を呼びにやって、本当のことを告白する機会をあげてください。

オセロー やつは白状したぞ。

デズデモーナ 何をですか。

オセロー つまり、お前を使ったことだ。

デズデモーナ どうやって。道に背いてってことですか。

オセロー ああ。

（六六—七〇行）

だが、それは、まさにそうやって肥大化し彼の自己性を圧倒するがゆえに、直視されることも名づけられることもなしに、葬られねばならない。

それが道理、それが道理なのだ、わが魂よ。
だがそれの名を口にすることは赦してくれ、清らかな星たちよ。
それが道理なのだ。

（一―三行）

こうして、オセローは、最後にデズデモーナの無垢を知る――というよりも、すぐれた意味において、その無垢を得る――が、それは、文字どおり、生きたデズデモーナを失うことによってであり、その生きたデズデモーナとの関わりを通して実現され実感されていた生きた自己の喪失という事態には、いささかの変化もない。もちろん、主体にとっての世界を構成する生きた他者とは、先に見たように、必ずしも物理的な意味において生きている必要はないが、オセローの場合、自分が、自らの意図的な行為によって、デズデモーナとの生きた交わり――相手と自分とを生き生きさせていた交わり――を断ったのだという自覚を孕んでいるだけに、彼の裡に巣食う空白感を、デズデモーナの証された貞節で埋めることなど、もとより不可能なことである。いやむしろ、自身にとってその貞節が何ものにも替えがたい至宝（そう、そこでも妻を現わす比喩〈真珠〉のなんと冷たく硬質なことか）であったという考え自体が、それを自分は己が手で打ち砕いたのだという自覚を抉り出し、彼の存在の核心を食いやぶるのである。

最後に彼は再び、物語化された自己に同一化することによって、自己を完結させようとする。

私は国に対して若干の貢献をしてきたが、それは既によく知られたことだから、
今はもう触れるまい。ただ、これらの不幸な行ないを
本国に伝える際には、どうかお願いだから、手紙の中では
私のことを全てあるがままに語ってもらいたい。何一つ棒引きにせず、

また悪意から一部を隠すのも控えてもらいたい。そうすれば、あなたがたが語ることになるのは、
利口にではなくあまりに深く愛した男、
容易に嫉妬に駆られることはなかったが、ひと度たばかられるや、
極限にまで取り乱した男、その手が、
野蛮なインド人のやるように、おのが種族全体より
もっと尊い真珠を投げ捨ててしまった男、その悲しみに押しひしがれた眼が、
かつて泣きくれたためしもないのに、
アラビアの木々が傷を癒す樹液を滴らせるように
瀕《ひん》に涙をこぼした男のことであるはずだ。このことをきちんと記して、
その上で、こう書き加えていただきたい。かつて、アレッポの町で、
悪意に満ちたターバン姿のトルコ人が
ヴェニスの人間を殴って国をあしざまに罵ったとき、
私はその割礼を施した犬めの喉元をつかみ、
このとおり、打ちすえた、と。

〔我が身を刺す〕
（五幕二場三三九―五六行）

それは、劇の初めにおいて彼がしてみせた、自分の帰属した社会の文化的規範への忠誠を通して自己を定立させようとする企ての、最後の試みである。だが、自己を完結させようとする意志は、同時にそうやって完結した自分の物語が他者に伝え聞かれ認知されたいという他者依存的な欲求によって自ら裏切られている。そして、もともとの定立の試みが、潜在的には自分を排除しようとする文化的規範を裡に取り込むことによって、常に自己

否定・自己破綻の脅威を内包していたように、オセローは、ここでも、ヴェニス人を殴って国家を侮辱したトルコ人を打ちすえた自分を再演することで、一方でヴェニスの文化に同一化しながら、同時に、そうやって打ちすえられ国家の名のもとに抹殺される異教徒と自らを同一化させることで、自らの構築された自己の破綻をはからずも露呈させてしまっている。その意味で、オセローが求めた、物語として完結した自己という像は、まさにその死による文字どおりの完結の瞬間に至るまで、達成不可能なものでしかない。それは単に他者との外的な関わりのゆえに不可能となるというのではなく、自己を構成しているその仕方と要素そのものが孕む遠心性・背反性によって不可能なのである。

オセローが集約的に体現している自律した自己という虚構のこのような脆さ、その本質的な成立不可能性を、デズデモーナとイアーゴーは相乗的に暴きたててきたのである。[18] 実際、私たちは、表面的な善悪の規準では対極に立つふたりの間に、そういった相違をこえた、ある共通した志向性を認めることができるのはないかと思われる。最後にその問題に焦点を当てることによって、社会における自己定位が孕む不安についてのこのいささか長きにわたった議論に終止符を打つことにしよう。ふたりに共通する志向性とは、今までにも触れてきたように、他者との共感、他者との深い繋がりへの希求である。イアーゴーにおける他者との繋がりへの希求などというのは、いくぶん奇態に聞こえるかもしれない。事実、彼が具体的にそういったことを口にする時、それはつねに相手を陥れるという企みのための手段であった。しかし、そこでさらに、なぜイアーゴーは他者を陥れようとするのか、何故そうせずにはおれないのか問う時、私たちは、彼の自己構築もまた、オセローのそれと同様、他者の存在に深く依拠したものであることを想起せずにはおれない。

それは単に、例えば初期の『リチャード三世』の主人公において既に見られた、自己を実感するためには己に自己像を映し返してくれる鏡としての他者の存在が不可欠であるという唯我論的必要にとどまらない。むしろそういった必要（とその挫折）から出発しながら、より深く、イアーゴーは他者との一体化への必要へと駆り立てられてゆくのである。彼は、自分と相手が共有する怨嗟をくりかえし強調することによって、ロダリーゴーとの間に強固な連帯感を作り出し、同様に、自分の讒言《ざんげん》によって苦しむオセローに対して心底からの忠誠を誓い、突然の不遇に苦慮するキャシオーや夫の豹変に戸惑うデズデモーナに対しても、誰よりも親身に相談に応じてみせる。だが、そういった彼の振る舞いは、単なる意識的レヴェルにおいては、自分には初めから明確に嘘であることが自覚されている以上、他人から親切で正直者であると評価されること自体が、それほど実質的な自己像を映し返してくれるわけはない。肝腎なのは、そういった野心の挫折に端を発する彼の復讐欲が、つねに自分が苦境に追いやった他者に、自分を相談相手として選び、自分にその苦衷を打ち明け、いわばその人間の最も弱い部分をさらけ出すように仕向けて、そうすることによって、相手との間に一種の絆を作り出してゆくという形を取るというその様式である。それは単に、そういった方策が復讐を円滑に進める上で好都合だといった便宜上の考慮をこえて、彼の裡にひそむ他者との歪んだ共生への強迫的志向性を感じさせる。もちろん、彼のそういった共生への志向性は、意識上はあくまで他者に対する復讐のための加虐的な嗜好となっている。しかし、そのいわば自己の存立をも危うくしかねない――そしてイアーゴーの場合は、実際に己の身の破滅を招く――加虐性の背後に、私たちはさらに、いわば、人間を一個一個隔てる個別性の仕切りを超えて、さながら他者と自己がその外壁をなくして、血にまみれてでも、自己・他己の別なく一体化しようとする、そういったほとんどディオニソス的といってよいような合一への夢が育まれているのを感じるのである。

　それゆえにこそ、彼は、他人に自分が蒙ったのと同じ苦しみ、同じ挫折感を味わわせようとするのである。彼が意図して他者に苦しみを与えようとするのも、その苦しみにいっしゅ感情移入することによって、他者に仮託する形で追体験される、苦しみにあえぐ自己のありようの強迫的反復に戦慄に似た快感を覚えるからだろう。実際、そのような形での他者への〈共感〉――苦しむ他者への実感的感情移入――がない限り、加虐の快感などもとよりありえないはずである。そして、その快感の極みにあっては、もはや、自己と他者とは、それぞれ個別の意志を具えた別々の個体としてあるのではなく、苦しめる者と苦しむ者という布置を成り立たせるための項にすぎず、そこでは、布置そのものが一つの専制的な意志を帯びて、それぞれの項と化した人間を駆り立てるのである。

確かに、このようなありようとデズデモーナのそれとを同一視するというのは、いささか冒瀆的な印象を免れない。けれども、今、文化的な規範に基づく正邪や好悪の価値判断から離れて見れば、私たちは、やはりそこに両者を繋ぐ糸を確実にたぐることが出来るのではないだろうか。

デズデモーナがオセローに魅せられたのは、先に見たように、彼が物語って聞かせたその苛酷な苦難にさらされた姿を通してであった。聞かなければよかったと思うほど激しい苦しみを伴う相手の生の物語になおも抗いがたく惹かれてゆき、叶うものなら自身そういう男になりたかったと願い、また自分が正しいと思えば愛する夫の不興と逆上をも顧みずに人を取りなそうとするデズデモーナの振る舞いのうちに、私たちは、表面的には慎み深いその挙措の背後で息づく、イアーゴーのそれにも劣らぬ激しい苦しむ他者との根源的一体化への志向性を感じ取ってきたのである。

実際、デズデモーナは、くりかえし、文化的規範――それは、人の振る舞いを抑制する障壁でありながら、また一方で、往々にして人を危険から守る防壁でもある――の埒外に出て、文字どおりにも比喩的にも、死と接するところにすすんで身を置こうとするかのような印象を与える。父の憤りを買って、その後見と庇護を投げ打って、ヴェニスの文化が異人として否定的に標づける初老の男と駆け落ちし、夫が新婚早々戦陣に出向くとなると、自分も危険を顧みずに共に戦地に向かって嵐の海に出てゆく――。デズデモーナ本人にも観客にも明確に意識されることはなくとも、オセローとの結婚は、こういった死と喪失の危険に縁どられるがゆえに、彼女にとってひとしお貴重でかけがえのない絆となっているのである。

こういった、自他の枠組みを否定するような激しい自己と他者の一体化への志向性こそ、オセローの構築された自己を最も脅かすものであったのは、先に見たとおりである。しかしその一方で、私たちは、オセロー自身の中にも、実は同様な志向性が潜んでいたと考えることが出来るのではないだろうか。いやむしろ、そういった志向性が潜んでいるがゆえに、彼はなおいっそう完結した自己という虚構にこだわり執着するとも言える。彼がデズデモーナと駆け落ちしたということ自体、ヴェニスの文化の精華を我がものにして自己構築の最後の仕上げをするという意味合いを持ったとも取れる反面、それが、イアーゴーが後に指摘することになるように、文化的規範の重大な侵犯を意味することとは、自身そういった規範を血肉化させようと努めてきただけに、いっそうよく自覚できていたはずである。オセロー自身の意識の上では、そういった志向とは無縁なものとして取り行なわれたと見られる駆け落ちは、行動の形態と奥に潜む動機の両面において、やはり、デズデモーナの場合と同様、文化的規範を破るような激しいカオス的一体化への夢を秘めていたと言えるだろう。キプロスでデズデモーナと再開した際に彼が口走る、現在こそが至福であり、今後もはやこんな喜びはありえないのではないかという危惧・不安は、一方で、未来への恐れ、現状への固執という方向性を持ちながら、同時に、艱難と文化的白眼の中で獲得され、しかもすぐにも崩れ去らんという危険を孕むがゆえに、いっそう募る至福の現在へのいとおしみ、その刹那に一気に燃焼しつくすことへの破滅的な意志・憧憬を裏に秘めている。皮肉にも、彼の裡にあるカオス的な志向性は、デズデモーナとの結婚生活についての期待が彼から見て破綻した時に、一気に噴き出すことになるが、そこでの彼が、自分が構築してきた自己同一性の枠組みを失って、自己とその自己を包む世界そのものを呑み込み焼き尽くすような洪水・炎として表象される激情に捕らわれてゆき、その一方でイアーゴーとの間に奇妙な連帯感を培ってゆくのも、前に見たとおりである。

先にも断ったとおり、三人をそれぞれ個別に捕らえるこういった志向性を、文化の中の価値規準に照らして個別に評価することは可能であるが、そういった価値判断をこえたところで三人が育む夢、むしろ悪夢に近い夢に共通する一つの性格を見据えることの方が、ここではより重要であろう。このような志向性は、近年、いろいろな分野からさまざまに光が当てられているが、代表的な例として、精神病理学者の木村敏がそういったありようを説明することばを引いておくことにしよう。

われわれの世界で、過剰としてのエクスタシー、「荒ぶる直接性」がもっとも端的に実現されるのは、文化人類学のいう「ハレの領域」においてであろう。祝祭における生の昂揚と、それにともなう酩酊、陶酔、性的放縦、賭博、暴力、犯罪、そして死、といった日常的秩序の破壊、神聖なるものへの没入と瀆聖の狼籍が、要するにノモスとコスモスに対するカオスの勝利が、ハレの領域の特徴的な内容をなしている。ここでは生の原理と死の原理とは断じて相反し排除しあう対立原理ではない。一方が高まればそれだけ他方も高まるといった関係がこの二つの原理を支配している。フロイトが死の衝動に着目したとき、彼は間違いなくこの直接性の次元での「死」を見ていたはずである。それがその後の精神分析家たちによって、分別的日常性の枠内での個別的身体的な生死のレヴェルにまで倭小化されてしまった。リビドーとモルティドー、エロスとタナトスは、本来、そしてその真実の姿においては一つのものなのである。(19)

このようにして現出する生の異様な輝きと白熱、死と接することによって荘厳《しょうごん》される永遠の現在こそ、『オセロー』の背後に、そしてとりわけ三人の背後にあって、その夢として彼らをつき動かすものである。実際、オセローとイアーゴーがあれほどまでに寝取られることに対して強迫的な関心・不安を向けること自体、表面的な論理としては、それが構成された自己の存立を脅かすからであるのはいうまでもないが、同時にそれはまた、寝取られようとすることによって、安定した自己と他者の関係、そしてそれによって保証される自己そのものを、崩壊と解体の危機に瀕せしむることによって、逆に、そのような危機との直面だけが与えうる異様な輝きで自己と関係とを照らそうとする抗いがたい欲望の表出でもあろう。

そういった、かつてあり、今もどこかにあるべきものとして、意識の奥底で、ある戦慄的な畏怖の念を伴って渇望される、生と死のカオス的合一が、劇を通して形象化されるのは、〈戦争〉という形でである。実際、この作品には戦争の影がさまざまな形で見え隠れしている。オセローとデズデモーナを慌ただしくキプロスに向かわせしめるのはトルコの軍勢の侵攻であり、そもそも、オセローがヴェニスの町に現われたのも、そこでの将軍として雇われたからであり、彼がデズデモーナを魅了したのも、やはり激しい戦闘における数々の苦難の体験を語ることによってであった。イアーゴーがオセローに自分の真価を見せつけたと信じるのも、共に巡った戦場での活躍においてであり、オセローがその毅然たる武士《もののふ》ぶりを示したとされるのも、戦火のさなかに傍らで自分の弟が砲弾によって吹き飛ばされた際であった。

死と隣り合わせの危険の中で彼らに己の真価を発揮させ、流血と叫喚の中で彼らを輝かしめた苦難と栄光の日々――。もちろん、実際の戦争とは、そんな栄光の光背だけで彩られるものではなく、さもしい打算と低劣な裏切り、痛ましい悲惨さ、徒労と挫折、そして人生をひたすら摩耗させる無数の些事に満ちたものであろう。しかし、後から振り返られる時、戦闘はいかに彼らを生き生きとさせていたことか。差し迫る危険の中での共通の目的の遂行が人を深い連帯感で結びつけ、そこでは相対し殺戮しあう敵に対してさえ、死を前にした者だけが共有するいっしゅ同胞意識に近い感情が芽生えることもある――。

しかし、これらの戦争は全て、何よりもその不在によって特色づけられている。トルコの軍勢は、オセローたちがキプロスの港に着く前にすでに嵐のために霧散しており、他の戦争や戦闘はみな過去の追憶として語られるにすぎない。そして、そういった戦争の日々が終わった今、幅を利かすのは、「実際に戦場で軍を率いたことなどまるでない……、本で覚えたなまかじりの知識以外には何もない」、要するに行政専門の官僚であるキャシオーのような人物である。イアーゴーは彼に副官の地位をかすめ取られ、オセローもまた、キプロス侵寇の危険が去ったと分かると、すみやかに後事を彼に託すよう本国から指示を受けることになる。

そして、全てを弁別・差異化し、そうすることで明確で固定された階層秩序の中に自己を定位するよう迫る平時の文化的規範の下では、そのような自己と他者の垣根を超えた非日常的な一体感・共生感は、何かうさん臭いあるまじき禁忌として忌避され、忘れ去られねばならない。もちろん、平時の日常的世界においても、人は、自己を成り立たせ維持するために、他者の存在を必要とし、さまざまな形での他者との交わり・関わりを持たねばならない。しかし、一つの文化の中でその規範に則《のっと》る形で「自律し完結した自己」という虚構が成立するためには、その必須条件として、他者は階層化された秩序の中で固定され、対象化・手段化されねばならない。こうして、自己の構築は、潜在的には生き生きとしてあったはずの他者との関わりを、不断に自己と他者の対象化、支配と被支配の関係へと変質させてゆく。かつての戦いの日々に漲《みなぎ》っていたあの祝祭的な輝きは、この閉塞した日常的時間の中では、もはや望むべくもない。

そして、ここでもまた、私たちは、テクストとそのテクストの生成を支えた時代との微妙な交錯に立ち会うことになる。一五九〇年代から一六〇〇年代へ、エリザベス朝からジェイムズ朝へ――。それはまた、外交政策の上で、外敵との間で間歇的に繰り返される戦争の時代から大勢としては和平を基調とする時代への転換でもあった。宗教上の対立も絡んだ――特に大陸における――スペインとの反目やアイルランドでの叛乱は、以前からイングランド政府にとっては頭の痛い問題であったが、とりわけエリザベス朝末期には、国内経済の慢性的不況から来る財政の逼迫もあって、戦費の負担は重い足枷となり、外交政策はいっしゅ手詰まりの状態にあった。だが、現実の重苦しい状況とは裏腹に、八〇年代、九〇年代のイングランドは、アルマダ撃破やカディッツ攻略といった、実際の効果はともかくも、一見華々しい戦果と、レスター伯ロバート・ダドレイ、サー・フィリップ・シドニー、エセックス伯、サー・ウォルター・ローリーといったスター的な宮廷人兼軍人の経歴に見られるように、国威と信仰の発揚と、戦場での勲功による名誉と栄達、新大陸からの財宝を積んだスペイン船の略奪などによる一獲千金といったさまざまな夢に取り憑《つ》かれ、奇妙な活気と明るさを湛えた時代でもあった[20]。

けれども、このような華やかな夢は、エセックスによるアイルランド遠征の失敗とそれにつづく彼の叛乱とその惨めな途絶といった一連の出来事とともに、おおかたは空しく潰《つい》え去り、後に残ったのはにがい幻滅と破産寸前の国家財政であった[21]。だから、ジェイムズがその対外政策としてむしろ講和を画策する方向を選んだ時、それは、戦争を好まないという彼の個人的傾向と、ヨーロッパに平和をもたらした名君として称えられたいという彼なりの夢も確かに大きく働いたにせよ、他の選択肢が実質的に不可能に近かったというのも、また事実であろう[22]。もちろん、ジェイムズの外交政策が明確な形を取り始めるのはもう少し後のことであるが、それが唯一の現実的な方策であることは、切めからほとんど目に見えていたのである。にもかかわらず、このような覇気に乏しい政治の運営は、新しい王政への人々の不満をかきたて、反動的に、もっと活気と夢の感じられたエリザベスの時代を回顧的に美化させる契機を孕んでいた。現実には他の政策が難しいという漠然とした認識は、時代の閉塞感をいっそう重苦しいものとし、戦争の時代にはあったはずの、死の危険と隣りあった生の昂揚と充足への渇望をさらに募らせる[23]。

こうして、作品と時代とは、それぞれの彼方にある祝祭的ありよう、ハレの輝きにおいて独特な形で深く交錯することになる。実際、繰り返すが、古代ディオニソス祭からカーニヴァルを貫く祝祭的ありようとは、けっして単に浮き浮きしたお祭り気分といったニュアンスで捉えられるべきものではなく、しばしばそういった相貌を帯びていようとも、根柢においては、死と接することによって、生の一瞬の現在を異様な輝きで燃え上がらせる、その意味で、日常的な生を破壊する危険をおびたありようなのである。

オセローとイアーゴーとデズデモーナの背後にあって彼らを駆りたてる一体化への志向性は、こうして、観客自身の内にあるこういった共生の輝きへの渇望と軌を一にし、そのエネルギーを舞台に収斂させる形でそこに表象されているのである。

今、出自の問題は措くとしても、演劇がこのようなカーニヴァル的な祝祭と多くの類縁性を持つということに異論はあるまい。芝居が、舞台と土間とを包む日常性から離れた共生感の中で、人々の日頃の不満を分節化し、死の危険と生の輝きに満ちたさまざまな騒乱の契機を提供してきたこと、そして、それを恐れる時の為政者がしばしば劇場に弾圧の手を加えたことは、ここで繰り返すべき問題ではあるまい[24]。事実、シェイクスピアの作品に明らかなように、喜劇においてすら、死と喪失の影に触れることが、生をしばしば輝かせるのであるが、このようなありようは、悲劇においてとりわけ顕著である。

あえて極端な一般化をすれば、悲劇的経験の一つの典型は、その悲劇の中に形象化される他者の苦しみが、そのまま、悲劇に立ち会う観客自身の苦しみとなってゆき、その共有された苦しみを通して、自己と他者という枠組み、差異化されることによって弁別されてきた自己と他者の区別そのものが、少なくとも虚構のなかに仮構された空間において、一瞬完全に取り払われる、そういった経験であろう。そして、そうして到達される共存在的な広がりのなかでは、苦しみが、逆に、根源的な歓喜へと反転することにもなるはずである。時には出来損ないの悲劇とさえ評される『ハムレット』が、最も深い意味においてシェイクスピア悲劇の原型と言えるのは、他者とのあいだに真の意思伝達・共感のありえないことに苦しむその主人公の苦悩が、テクストを読む読者、そしてさらに深いレヴェルで、上演を見ている観客ひとりひとりの苦しみとして経験されてゆき、そうすることによって、私たちひとりひとりとハムレットが完全に一つの存在になってゆくこと、私たちが全て〈普遍的な共同体〉としての共存在の成員であることが実感されてゆく点にあるのであり、また、そこにこそ、シェイクスピア悲劇を根抵において支えるカタルシスの源があるように思われる[25]。

だが、『オセロー』という作品は、このような志向性が文化の中でいかに歪められ倭小化されてゆくかということに、その中心的な関心を向けようとする。イアーゴーの〈共感〉は、不断の差異化とそれを通しての自己定立という文化内的様式が不可避的に産み出す嫉妬によって、常に抑えがたい破壊性を秘めた怨嗟とそれに伴う加虐的嗜好へと転じてゆく。同様に、デズデモーナの深い共感性も、オセローの完結への意志の前にしだいに生気を失い、貞節な女という形象のなかで窒息させられ理想化させられてゆく。オセローにとって、このようなカオス的共生が意識にのぼるのは、彼がその自制を失って、自分の愛したものへの復讐に一途《いっと》に駆られる時だけであり、その時ですら、彼は、自律し完結した文化的自己同一性という虚構を取り戻すための手段・儀式として、それを図るのである。

ここにこそ、私たちは、『オセロー』という作品の持つ拭いがたい不快さの真の起源をたどることが出来るのではないだろうか。舞台の最後に立ち会った登場人物たちは、結局、オセローを理解をこえた異邦人として、イアーゴーを自分たちとは全く相容れない極悪人として、そして、デズデモーナをそういったふたりの故のない蛮行の犠牲になった無垢の貞女として、それぞれ標づけることによって、ことを完結させようとする。そして、これはまた、観客の基本的な反応でもあろう。実際、観客にとって、イアーゴーの悪意と怨嗟、オセローの違和感と嫉妬・不安は全て――もちろん、一般にはそれほどに危機的な程度ではないにせよ――どこか身に覚えのある感情であり、そして作品を通して感情移入を誘うものであったがゆえに、不可解で唾棄すべきものとして外化され排除・弾劾されなければならないのである。彼らはこうして今、舞台の人物たちと共に、この測りがたい悪意、文明人に無縁な嫉妬の犠牲になった貞女デズデモーナの聖化された姿を称揚することで、劇に対する自分の経験についてそれなりの決着をつけようとする。――まるで自分たちが、そういった聖化された無償の共感性と貞節の一翼を担っているかのような気になって。

だが、そうやって、自分の劇経験を完結させようとする観客の中に解かれることなくわだかまる不満・疑念がかすかに揺れて、その満ち足りた表情を一瞬こわばらせる。オセローとイアーゴーとデズデモーナがそれぞれ根源的な共生への志向性によって突き動かされながら、文化の中でそれを歪曲させてゆかざるを得なかったように、明確にそう意識しなくとも、日々の桎梏から束の間のがれようとして劇場に足を運んできたはずの観客が、そこで目のあたりにするものも、まさにそういった文化的規範による階層化に貫かれた世界のありようでしかない。文化的規範による分類・対象化から解かれて祝祭的共生、ハレの輝きに接するはずの劇場で、彼らは、舞台上の表象としても、あるいは舞台と土間を包む劇場体験としても、ひとが徹底的に文化的差異化によって個別化され、そのことが不断に産み出す怨嗟に組み込まれている、そういった事態に立ち会い加担させられるのである。それはちょうど、独白で何度も事態の不如意な推移をいぶかり、そもそも関わりを持ったこと自体を悔いるロダリーゴーが、にもかかわらず、イアーゴーの強引な口説きに抗しきれずに、彼の企みにずるずると加担していってしまうのと同様である。いやむしろ、文化的差異化の原理は、もはや誰を首謀者とすることもなく、はるかに巧みにひとを自己と他者の対象化・手段化へと強迫的に駆り立て、その文化の全成員を共犯者へと引き込んでいく。(26)

それは単に『オセロー』という作品の悲劇としての特異性というにとどまらない。実際、シェイクスピアの悲劇の核とも呼ぶべき「ハムレット」にしたところが、そういった個々人の枠組みをこえた共生の世界を舞台上に直接現出させたわけではなく、それが不可能であることへの主人公の痛切な自覚を通して、観客と主人公のあいだに――いわば虚の空間に――そういった共生・共存在の可能性を、一回限りの幸福として、暗示的に成り立たせたにすぎなかった。そのような形での「悲劇性」のあやうい成立に、『ハムレット』における劇作家の真骨頂があるとすれば、逆に、『オセロー』は舞台上の表象としても観客の劇経験としても、もはやそれが成り立ちえないことを、あますところなく分節化することによって、時代と対峙し、時代の問いにもっとも深いところで答えようとする。そして、それゆえにこそ、劇作家の筆は、最後にその答えのなさを確認したところで、それ以上進むべき方向を失って止まってしまう。確かに、劇は、表面的には、モンターノーとロドヴィコの常識的で分別に満ちた言葉でもっともらしく閉じられることになる。だが、観客が立ち会い加担するよう強いられた出来事は、けっしてそのような形で決着がつくものではない。取り押さえられてだんまりを決めこんだイアーゴーを捕らえる――そして、そのことを知ろうと知るまいと、劇の観客を同様に捕らえる――文化の呪縛は、それを解く何の糸口も与えられないまま捨て置かれているのである。

シェイクスピアが『オセロー』を通して表象し表現したこの解決のない時代の病理こそ、しかし、逆説的に、この作品が帯びる現代性でもあろう。文化的価値の指標として弁別されたオセローとイアーゴーとデズデモーナが、その分別の不快な装いを脱いで、カオス的な共感と歓喜の中で一つになる世界、それこそ作品の背後でつねに希求されながら、なおも作品が不断に圧殺してゆくものである。この作品が立ち会い加担するよう強いる差異化——断罪と聖化——から私たちが解かれる時、それはまた、強迫的な差異化・対象化を強いる文化への共犯から私たちが——少なくとも原理的には——解かれ、ハレとケ、カオスとノモスとの間に、自在な往還、真に創造的な弁証法を得る時でもあろう。だが、私たちの時代は、真の意味で、いまだその解法を持っておらず、この作品は私たちを不快にし続けることをやめていない。ここで言えることはただ、私たちはそれを、時代に背を向けることによってではなく、『オセロー』におけるシェイクスピアがそうであったように、あくまでその深部において時代と対峙し、その文化的強迫の構造を見極めようとする努力を通してしか——そして、おそらく、強迫の核心に彼が見た言語による不断の弁別そのものを手段とすることを通してしか——手にしえないだろう、ということである。言いかえれば、私たちは、イアーゴーが沈黙したところから、今一度語り始めることによってしか、それをなしえない。シェイクスピアがこの作品に凝縮させた時代の病理は、四百年を経た今日もなお、解かれざるアポリアとして残されたままなのである。

第二部　問題劇

第四章　駆りたてるもの――『トロイラスとクレシダ』における〈世界〉

『トロイラスとクレシダ』は、シェイクスピアの戯曲の中でもとりわけ、その性格が特定しにくい作品である。よく知られたジャンルの決めがたさは言うに及ばず、そもそも作者がいったい何を表現しようとしたのかすら判然としないのである。シェイクスピアには珍しく風刺性の強い作品であるといっても、では具体的に何を風刺しているのかとなると、やはり明瞭とは言えない。もちろん他の作品にしても、そこに何を読み取るかとなると、解釈は批評家によって千差万別であるが、そこには読み手にこれこそ主題だと確信させるような何かがある。『トロイラスとクレシダ』には、そういった核のようなものが感じられないのである。本論は、作品のこういう性格がいったいどのような点に起因しているのか探ることを通して、同時に、作品が執筆されたと考えられる一六〇三年前後のシェイクスピアが置かれていた劇作家としての状況とそれが内包していた課題を考察しようとするものである。

言うまでもなく、『トロイラスとクレシダ』は、チョーサーの『トロイルスとクリセイデ』をはじめとする恋人たちの悲恋の物語とホメーロスの『イーリアス』に描かれた出来事を組み合わせる形で、全体の枠組みを構成している。トロイロスはトロイアの王子であり、ふたりの悲恋はトロイア戦争を背景にしているが、両者が物語として同時に語られることは普通なく、それぞれ別な系統の二つの筋をシェイクスピアが一つに組み合わせたことになる。

さて、シェイクスピアの『トロイラスとクレシダ』で、一見して揶揄の対象となっているのは、アキレウスやパトロクロス、ヘクトールといった『イーリアス』の英雄たちである。アキリースは戦いに出陣することなく、テントの中で同性愛の相手であるパトロクラスを相手に終日怠惰にごろごろしているだけであり、ヘクターはといえば、トロイア側の戦いの方針を決める会議で尤もな正論を長々と述べた後で、ほとんど何の必然性もなしに相手の意見に屈したり、あるいは、戦場で黄金の甲冑を身につけた敵を見つけると、その武具が欲しいというただそれだけの理由で相手を追い回し、甲冑を手に入れたところで、アキリースとその手合いに取り囲まれて、文字どおり犬死にしてしまう。アキレウスとヘクトールというのは、単に『イーリアス』においてギリシア側とトロイア側をそれぞれ代表する勇士というにとどまらず、西洋の叙事詩の中で最も原型的な英雄であり、ひいては、ヨーロッパにおける人間の理想を典型的に具現した存在であった。それをシェイクスピアは愚弄したのである。

ギリシアの英雄たちに対するこのような冷ややかな取り扱いは、同じシェイクスピアのローマ史劇におけるローマの英雄たちの描かれ方と比較した時、いっそう際立って感じられる。シーザーにせよ、ブルータスにせよ、あるいは他の作品の人物たちにせよ、ローマ史劇の人物たちは、多くが人間的欠陥を持ちながらも、それぞれ堂々とした威厳を具えており、全面的に共感できることはなくとも、やはりどこか深い畏敬の念を抱かずにはおれない、そういった大きさを感じさせる。ホメーロスに由来するギリシアの英雄たちにはそのような威厳がいささかも感じられないのである。こういった相違は、他にもさまざまな理由が考えられるが、一つの大きな理由として、『イーリアス』とローマ史劇の粉本であるプルタルコスの『対比列伝』とのあいだの何らかの質的な差、あるいは、二つの作品の背後に感じられる、テクストに対する詩人ないしは作家の姿勢の差といったものと、それに対するシェイクスピアの関わり方の違いといったものが想定されるのではないだろうか。

周知のように、ホメーロスの『イーリアス』は、「歌え、女神よ」という言葉で始まる。つまり、詩を歌い物語を語っているのは、ホメーロスという詩人ではなく、詩の女神ムーサであり、詩人は女神が言葉を託す媒体にすぎないのである。そして、これもよく知られているように、ホメーロスの詩の背後には長い口誦詩の伝統があり、ホメーロスという詩人が実在したかどうかといった専門的な問題はともかく、彼が語る物語の大部分は聴衆の方でもよく親しんでおり、詩人の方でも、細部の洗練や配置の妙といったところで個人の才能を発揮する余地はあったにせよ、自分が伝統を通して教えられ暗記したものがおのずから口をついてよどみなく流れ出るいう形でその朗唱を経験したに違いない。つまり、そこでは、聴衆と詩人とのあいだにはあらかじめ潜在的に共有された詩的経験の場があって、詩人が語るというのは、そういった潜在的な場を顕在化させるものであり、「語れ、ムーサよ」という言葉はまさにそういった意味に解されねばなるまい。

これに対して、古来神託で聞こえたデルポイのアポロン神殿の最高神官まで勤めたプルタルコスの『対比列伝』には、しかしながら、神が人を介して自ら語るといった感覚は全く見られない。『対比列伝』も背後に無数の伝承や逸話を持っていてそれらを盛り込んではいるが、そういったトピックは、それを伝える作者による一定の選別を経ており、多くの場合ごく通俗的な道徳に従ってとはいえ、明確に主体化された作家の客観的な判断を受けているのである。

シェイクスピアがプルタルコスの道徳的判断をどう見なしたかはともかく、書くことに対する作家の姿勢という点で、彼がホメーロスよりプルタルコスにより近かったというのはおそらく間違いあるまい。一五九〇年代後半から一六〇〇年代初頭にかけてのシェイクスピアの創作態度を考えてみると、私たちはそこに一貫して、客観的な自律性を持った劇世界の創造に努める劇作家の姿を認めることができよう。シェイクスピアの芝居で私たちを強く印象づけるものは、それがきわめて緊密に構成され、有機的に統一されているということである。確かに彼の芝居は、ほとんどの場合、窮屈な三統一の法則に従ってなどいないが、そこでは、一見主筋とは無関係な場面や挿話といったものも、実際にはきわめて巧みに配置・構成され、全体的な統一性に寄与している。そして、プルタルコスの著作が、幸福で安定した家庭の長としての作家の自己性と対応してみえるように、シェイクスピアによる完結し自律した作品世界の創造は、同時に、安定し周囲から自律した自己を確立しようとする作家の努力と緊密に表裏一体化している。統一した作品世界を構築しようとする作家は、同時にそれを通して、関係性から超越し何物によっても揺るがされることのない自己の核とでも呼べるものを、暗黙のうちに志向し保持しようとする。

このようなシェイクスピアにとって、作者が取るべき姿勢として、少なくとも意識されたレヴェルにおいては、ホメーロスよりプルタルコスの方がはるかに受け入れやすく感じられたというのは当然の理であろう。作品の中に自己の痕跡を不用意に残すことの稀なシェイクスピアであるが、そういった自己の透明化は、ホメーロスにおけるような自己の消去、我をとおして語る神の媒介となるために己を虚しくするというありようとは、全く異質なあり方、むしろ対極にあるものと言っても過言ではあるまい。つまり、シェイクスピアの劇世界に感じられる自律性や奥行きは、劇世界全体を有機的に統括し、その統一性を乱すものを厳しく排除してゆく、そしてそのためには、自身をすら視界の消失点におくことによって隠してしまう、作家主体のゆるぎない確立があって初めて可能となっているのである。

こういった作家あるいは詩人の姿勢の違いは、また、作品内部における人物の描かれ方の相違と密接に呼応している。

シェイクスピアとりわけその悲劇の批評の長い伝統を振り返って、その主流となるものが性格批評、主人公と彼を取りまく人々の性格についての批評であったというのは、決して故のないことではなく、シェイクスピアがそのドラマトゥルギーをほぼ確立したと見られる一五九〇年代末頃からの彼の作品が、アクションの展開を通して表わされる個々の人物に固有な内面、その心理的機微の探究を主題の中心に据えているということに異論はあるまい。

ホメーロスには、そのような形での性格や個性に裏づけられた行動といった感覚はきわめて希薄である。例えば、アガメムノーンは、アキレウスを怒らせて、ギリシア側にとって多くの災難の原因となった、相手に対する侮辱的な言動をおおむね次のように弁明する。

この件……の責めはわしにではなく、ゼウスならびに運命《モイラ》の女神、そして、闇を行くエリニュスにある。この方々が集会の場でわしの胸中に無残な迷い《アテ》を打ち込まれたのであった。……わしに何ができたであろう、神というものはどのようなことでも仕遂げられるものだからな。……しかし一旦惑乱に陥ったからには——つまりはゼウスがわしの正気を奪われたことが動かせぬ今となっては、過《あや》ちの償いをし莫大な補償を支払いたいと思っている。（第一九歌、下巻二三一—二三三頁）(1)

現代の私たちから見れば、いかにも根拠に乏しい言い逃れとしか聞こえないが、アキレウスもその弁明を受け入れて和解が成り立ち、ギリシア勢を苦境に陥れた両雄の反目が取り除かれるのである。それは単に作品中の人物が自分や他人の振る舞いに対してする解釈というにとどまらず、実際に『イーリアス』の中で、人物たちの行動の節目節目、大きな決断を迫られる局面においては、多くの場合、神々が現れ、人物の行ないに介入しその決意を方向づけるのである。

ふたりがはげしく対立した合議の場で、アガメムノーンの横暴に激昂したアキレウスが剣に手をかけたところに、アテーナーが天空から舞い降りてくる。

ふたりの勇士をともに愛《いつく》しみ気遣うヘレが遣わしたのであったが、背後から歩み寄ると、ペレウスの子の黄金色の髪を摑《つか》んだ。女神の姿はアキレウスのみに現れて、他の者の眼には映らない。驚いて振り向いたアキレウスは、凄まじいばかりに輝く女神の両眼を見て、すぐにパラス・アテネをそれと識った。

（第一歌、上巻二〇頁）

そして、行動を控えるようにというアテーナーの諫言に、アキレウスはこう答える。

「腹は煮えくりかえる想いではありますが、女神よ、お二方のお言葉には従わねばなりません。それが宜しいのでしょう、お言い付けに従う者の願いごとは、神々も聴いて下さるのですから。」

こういうと銀の鋲《びょう》打った柄《つか》にかけた手を止め長剣を鞘にもどして、アテネの言葉に従うと、女神はアイギス持つゼウスの館、他の神々の許へとオリュンポスめざして立ち去った。

（第一歌、上巻二一頁）

こうして、実際の行動でアガメムノーンを討つのを控えたアキレウスであるが、それでも、怒りの念は収まりがたく、口論を重ねた挙げ句に、アキレウスは、自分の怒りをゼウスに伝えてギリシア勢を苦しめることを進言してくれるように、母である海の女神テティスに願って、自身は戦いから身を引いてしまうのである。

この例からも窺えるように、『イーリアス』には、私たちがシェイクスピアの中に見いだすような、人物の性格、奥行きを持った内面への関心といったものはほとんど見られない。アガメムノーンの傲慢、アキレウスの短気、あるいはパリスの軽薄さ、といった大まかな性格の素描は確かに認められるが、それ以上に微に入り細に亘って性格の細部が書き込まれるということはない。トロイア戦争そのもののきっかけとなったパリスによるヘレネーの拐《かどわ》かしですら、ふたりの好色な性格よりも、むしろ、ふたりにそのような行動を取らせた神の意図、運命に帰されている。そういった奥行きを欠いた画面に太い描線だけで描かれた人物たちが、それを囲む不死の神々の測りがたい意図に衝き動かされながら、そのはかない生を輝かせ、それにいっそう鮮やかな輪郭を与えようとするのである(2)。

シェイクスピアが『イーリアス』の世界に対して違和感を抱いたのは、一つには、こういった点にあったのではないだろうか。固有な内面、何物にも替えがたい一貫した性格を持った人物たちの交渉を通して、劇のアクションを展開させてゆこうとするシェイクスピアの作劇術から見て、基本的な行動や重要な決定を神々の意図に委ね、己の言動の責任すら神に帰するような人物たちは、どこかたいへん奇異な存在と映ったに違いない。『トロイラスとクレシダ』においては、神にかけての誓いやあるいは神々への祈願といったものはわずかに認められるが、それらもごく決まり文句の域を出ず、基本的に神々が人間の行動を律するという感覚は全く見られない。彼らを行動へと衝き動かすものはあくまで個々人の性格であり感情である。そして、そういう視点からホメーロスの人物たちを見れば、彼らの振る舞いがいかにも滑稽で気紛れなものに映ったのは無理からぬ話である。

実際、シェイクスピアの描くアキリースは、劇の始まる前からすでにふてくされていて、ギリシア側の合議は、この腕力だけが取り柄の増長しきった男をいかにうまく担いで、ヘクターの挑戦を受けさせて戦闘の場に引き出すか、ということである。彼らは、ユリシーズの発案で、やはり武勇に秀でてはいるが、浅薄で虚栄心の強いエイジャックスをたきつけて、ギリシア一の勇士と持ち上げることで、アキリースの嫉妬をかき立て、戦場に出そうと図る。人々が自分に対して急によそよそしい態度を取り始めたことをいぶかるアキリースに、ユリシーズは諭すように説く。

時というのは背にずだ袋をしょっていて、

そこに恩知らずの巨大な怪物である
忘却にくれてやる施しを入れている。
その残飯とは、過去の立派な行ないであり、作ると同時に
喰われてしまい、なされる端《はな》から忘れられてゆくものだ。
よろしいかな。辛抱強く続けることが
名誉を輝かしく保つのだ。以前したなどというのは、
お笑い草に掛けられた錆びついた鎧と同じで、
誰ひとり眼もくれないものだ。
〔……〕
もしあなたが道を譲るか、
まっすぐの道から脇へ逸れるかすれば、
隘路《あいろ》に入った津波のように、人々は我先にと追い越して、
最後尾に置いていかれてしまうだろう。
あるいは、先頭でこけた駿馬と同じく、
卑しい後続に追い越され、さながら舗石のように
踏みつけられることとなろう。そうなれば、彼らが現在することは、
過去のあなたの功績に劣っていても、その上に置かれることになろう。
〔……〕
美も知恵も、
高貴な血筋も肝力も武功も、

愛も友情も慈悲の心も、悪意と中傷に満ちた
時の暴威から逃れるものなど、一つとしてないのだから。
（三幕三場一四五—七四行）

『イーリアス』の中で俗世間的な関心が全く描かれていないというわけではない。事実、アキレウスがアガメムノーンの侮辱に激昂したのも、戦果に対する褒賞として自身に与えられた女性を不当に奪うことで、相手がギリシア勢のあいだでの自分の名誉を傷つけたからだった。その限りでは、彼の名誉の観念も、褒美の品のように物質的な形で表わされる俗世間的なものにすぎなかったのである。けれども、何倍もの償いを加えて奪った女性を返そうという申し出も断わって頑なに自分の幕舎にとどまる中でアキレウスの名誉観ははっきりと変質してゆく、あるいはむしろ、夾雑物を振り払って、その本質を明らかにしてゆく。不死の女神を母として生まれたがゆえに夭折の運命を背負い、その運命に透徹した認識を持つアキレウスは、〈いまここ〉での名誉を奪われたことで、逆に、そういった狭い名誉を超えて、理解する者とてなくとも、己の有限の生をこえた名誉という感覚に向かって自分を投げかけてゆく。自分たちのうつしみの世界を包む、不滅の神々の世界に照らして、その永遠の相の中で自分のはかない生を捉えようとするのである。

『トロイラスとクレシダ』の中の人物たちには、こういった感覚は一切見られない。彼らの関心は、過去とも未来とも切り離された現在における、同じレヴェルにある人間のあいだでの成功でしかなく、しかも、その成功の基準は、他人が自分に向ける現在の評価であり、彼らの行動の最も根本的な動機は、自分に向けられるべき評価・称賛が他人に向けられていることへの嫉妬なのである。

そして、このことは、もう一つのプロット である、トロイラスとクレシダの恋とその破局にも同じように当てはまる。独特の切り口で鋭い作品論を展開するルネ・ジラールは、いかにシェイクスピアがチョーサー以来の「誠実で純真な恋人トロイラス」というモティーフを覆してゆくか、詳細に説いている。(3) ジラールによれば、ト

ロイラスがクレシダをダイアミーディーズに奪われて嫉妬するのは、トロイラスがクレシダを本当にずっと変わることなく愛していたからではなく、むしろ逆に、トロイラスは、クレシダがギリシア人の手に渡って自分の手に届かないようになることを知って、初めてクレシダを強く求めるようになる、つまり、欲望ゆえに嫉妬が生まれるのではなく、嫉妬ゆえに欲望が生まれるのだという。初めての逢瀬の後で、別れを惜しむクレシダに対し、相手を我が物にしたと信じるトロイラスはむしろつれなく、相手をベッドに残してそそくさと立ち去ろうとする。ジラールは、その際のトロイラスの関心は、クレシダ自身にではなく、自分がクレシダをものにしたことを仲間たちに吹聴してその羨望と嫉妬の対象になることにある、とする。そして、それゆえに、トロイラスはクレシダが捕虜の身代わりとしてギリシア側に引き渡されるという報せにも平気でいる、むしろ、いつもクレシダに追い回されることなく、自分の好きな時にだけギリシア側に忍んでゆけばいいその状況を好都合なものと考えて、行くのを嫌がるクレシダをなだめて行かせようとする、と言う。そういったトロイラスの態度を見すかすがゆえに、クレシダは、好色なギリシア人に取り囲まれている自分の姿を仄めかすことによって、立場を逆転させる、相手に追いすがる自分をではなく、相手の手の届かない所で他の男たちの求愛を受ける自分の像を示すことで、トロイラスを嫉妬される存在から嫉妬しそれゆえに欲望する存在に変わらせるのだと言うのである。

実際、トロイラスのこういった傾向は、クレシダに対する想いを熱っぽく語る彼の言葉とは裏腹に、劇の初めから随所に見られる。ヘレン（ヘレネー）には、これほど多くのトロイアの若者の血を流してまで、城内に留めておくほどの値打ちはない、自然の理に従って即刻ギリシア側に返すべきだと唱えるヘクターに対して、トロイラスは、パリスと口を揃えて、ヘレンを返すべきでない、彼女に高い価値があると信じて大きな代償を払ってきた以上は、その信念を通すべきだと強硬に主張する。それは、一見したところ、女性に対するロマンティックな傾倒のようであり、トロイラス自身そう信じているように見えるが、実際にそこにあるのは、ヘレン自身の持つ価値に対する徹底した無関心である。彼女について、トロイアはかつてこれをたいへん価値のあるものと見なしそれにふさわしい代償を払ってきた、それゆえ、今となっては、実際のヘレンの価値の如何にかかわらず、その評価を続けるしかないというのである。

そしてまた、クレシダの方にしても、――ここでまた、ジラールの見解に従うと――彼女が最初にトロイラスに惹かれたのは、相手に内在する魅力からではなく、ふたりを取り持ったパンダラスが笑い話に仕立ててさりげなく聞かせる、女性的魅力のモデルとして女たちの羨望の的になっているヘレンがトロイラスに関心を寄せているという逸話に、嫉妬とないまぜの競争心をかきたてられたからだ、ということになる。

このように見てくると、『トロイラスとクレシダ』においては、アキリースやヘクターを軸にしたプロットでも、トロイラスとクレシダの恋を軸にしたプロットでも、じつは同じ精神ないしは発想が支配しているのが分かる。そこでは何物もそれ自身として内在的な価値を持つことはなく、すべて他者の評価や称賛、あるいは他者が評価していることへの思惑や懸念が、対象となるものに価値や意味を付与してゆくのである。彼らはすべて、対象が何であれ他者が所有するか評価するかしているがゆえに、それを自分で所有することを望むのであり、その意味で、あくまで他者に依存する形で欲望を生じさせ、それを通して主体化しているが、まさにそうであるがゆえに、自分の欲望の根拠が他者にあることに目を向けることなく、自己の誠実さ、一途な想いといった真実の自己、自律した主体の神話にすがろうとするのである。

このような真実の自己の神話が裡に孕む矛盾が最も鮮明に出るのが、五幕二場で、トロイラスが暗闇に潜んで、クレシダがダイアミーディーズになびくのを見る場面である。互いに後ろ髪を引かれる思いで別れたはずのクレシダの、あまりにも早い心変わりを目の当たりにして、それまで別離の悲哀に沈みながらも、それでもなお、彼女は自分だけを一途に愛しているのだという思いに依拠していたトロイラスの自己性は、そこで一気に崩壊の危機に瀕することになる。けれども、それはまた一方で、トロイラスにとって、不実で信頼するに足りない女と対照される、自分の恋に対して変節することのない自身の男性的主体を確認し、状況に左右されることのない主体という神話を確立するための契機にもなっている。実際、トロイラスが、一度はクレシダへの関心を薄れさせながら、他の男に奪われる可能性が出てきたがゆえに、嫉妬に駆られ一途な想いをかき立てられたのだとすれば、彼女の不実さは、不変で誠実な己というトロイラス自身の自己イメージを確立するための恰好の口実であり、不可欠な契機だということになる。

このトロイラスによるクレシダの不実さの確認に立ち会うのがユリシーズであるというのは、たいへん象徴的なように思われる。この作品の主要な人物の中でパロディないしは揶揄の対象になっていないのは、おそらくユリシーズだけであろう。実際、観客は、ほとんど劇全体をとおして、ユリシーズの視点から舞台上の人物や出来事を見るように仕向けられているように思われる。彼こそが、愚かしいアキリースやエイジャックスの人間的弱点を見極め、それをギリシア軍に有利なように巧妙に導いた功績者である。

二幕三場で、ユリシーズをはじめとするギリシアの武将たちは、アキリースのテントの前で、エイジャックスにヘクターの挑戦を受けるように仕向けるが、そこで彼らは、アキリースには欠けている名誉の観念や謙譲の美徳をいかにエイジャックスが体現しているかと持ち上げて、彼をすっかりその気にさせるが、実際に彼がそういった美徳の体現者だと考えているのは、のぼせあがった本人だけで、懸命に持ち上げるユリシーズらにとっては、それは何の実もないおだてにすぎない。

エイジャックス　あいつ（＝アキリース）が俺に対していばるようだったら、鼻をへし折ってやる。奴のところへ行かせてくれ。
ユリシーズ　われわれの争いにかかる物事の重みにかけて、そうはいかないのだ。
エイジャックス　けちくさい、思い上がった野郎が。
ネスター　〔傍白〕まさしく己のことじゃないか。

エイジャックス　人と折り合いをつけるということを知らないのか。
ユリシーズ　〔傍白〕カラスが熊を黒いと責めてやがる。
エイジャックス　俺が奴のいかれた血を抜いてやる。
アガメムノン　〔傍白〕医者に診てもらわなければいけない奴が、医者になろうとはな。
（二幕三場二〇五―一四行）

ここでは、そういった価値や美徳に無縁なエイジャックスの滑稽さが笑われていると同時に、その価値をエイジャックスのような人物に帰してことを成そうとする、ユリシーズをはじめとするギリシアの武将たちの内的な空虚さ、価値に対する虚構の意識が浮かび上がっている。

このようなユリシーズのありようは、多くの点で、『ヘンリー四世』のハルや『尺には尺を』のヴィンセンシオー、あるいは『テンペスト』のプロスペローといった、劇全体を統括する劇作家ないしは演出家としての側面を持っていて、しばしばシェイクスピア自身のペルソナに擬される一連の人物に通ずるところがある。これらの人物がシェイクスピアに擬されるのは、彼らが周囲の状況を演劇的に捉え、それを自分のシナリオにそって演出しようとするからであるが、単にそれだけではなく、彼らがすべてその周囲の現実世界に対してどこか距離を置き、それを対象化し、自分がそれに感化・浸食されるのを極力避けようとする傾向を持っており、そのことが一六〇〇年前後に確立を見るシェイクスピアのドラマトゥルギーの特質と一面としてきわめて類似しているからである。多種多様な人間をそれぞれ生き生きと描く彼の演劇が、一方で、その劇世界を強固に統一・支配し、周囲から自律した一つの完結した世界として観客に提示し、彼らに透明の壁をとおしてそれを覗くように仕向けるというのは、先にも触れたとおりであるが、それはまた、舞台上に表象された劇世界からも土間とその背後に広がる現実世界からも過度に感化されることのない、自律した主体の構築を求める作家自身の志向性の表出でもある。(4)

ユリシーズもまた同様に、虚構の約束事に見たてた世界を対象化することによって、それを操作可能なものとし、しかも、自分はつねにどこか傍観者的に距離を置いて、感化されるのを避け、自らの自律性を保とうとする。ギリシア軍の陣営に連れられてきたクレシダが、そろって口づけを求める武将たちに、先刻のトロイラスとの別離の際の悲痛な様子とは打って変わって、いかにも蓮っ葉な態度で応じるのに対して、ユリシーズはいったんは周りに調子を合わせて声を掛けながら、相手がどうぞと言わんばかりに迫ってくると、辟易した様子でこれを打ちやり、彼女が立ち去った後で、その態度は男を惑わす淫蕩の塊だと警戒の念を露わにする。

ああ、なんて女だ。目も、頬も、唇までもが、口を利いている。
いや、足でもものを言っている。みだらな思いが、身体の
あらゆる節から、あらゆる動きから、のぞいているぞ。
（四幕五場五五―五七行）

ユリシーズの自律した主体性は、このようにして、誰とでも交わろうとする淫蕩な存在としての女性を他者化して排除することで確立され維持されているのである。

クレシダに対するこのような評価と明確に対照される形で、その直後にギリシアの陣営を訪れたトロイラスを、ユリシーズは、勇士の鑑としてほとんど絶賛する。舞台上の現実のトロイラスが必ずしもその言葉どおりの人物でないことは言うまでもないが、ここではむしろ、他の人物に対してはたいへんシニカルな見方をするユリシーズが、トロイラスについてだけはほとんど手放しで称賛しようとすることに注目したい。寡黙で容易に激することはないが、ひとたび行動を起こすとその勢いはとどめがたい、国の支えとも見込まれるという姿は、トロイラス個人の描写というよりも、トロイラスに託して語られた、ユリシーズの、そしてまた、一面として劇全体があるべきものとして提示しようとする、理想の武将の像であろう。この理想の男性像が、淫蕩で弁えのないクレシ

ダに凝縮された女性像と対照されるのである。

五幕二場で、そのトロイラスが、ダイアミーディーズとクレシダの逢引きの場面を見るというのは、こうして見てくると、少なくとも志向性としては、状況から自律して一貫性を持った男性たるユリシーズとトロイラスの連合が、状況の中でいかようにも変わってゆく不実な女であるクレシダの本性を確認してそれを軽蔑の念をこめて自分の思いから絶ってゆく一つの儀式であると言えよう。信じていたはずの女の裏切りという危機的状況を、トロイラスは、状況によって容易に動かされることのない男性の模範たるユリシーズに支えられることによって、乗り切ろうとするのである。

ルネ・ジラールは、作品全体の中で、他者が受ける評価や声望あるいはそれに対する嫉妬が人を行動へと駆りたてるという人間的欲望の発生メカニズムを知悉《ちしつ》しているユリシーズこそが、この劇の中で最も透徹した認識の持ち主であるが、しかし、その彼も、そういった知恵に驕るがゆえに、トロイアからイタカへの帰途に十年の放浪の罰を下されると言う。(5) しかし、これは、全体的にきわめて鋭敏なジラールの解釈の中で、完全に浮き上がった的はずれな見方であると言わざるを得ない。そもそも、劇は、アクションの外に広がる世界に対して一切関心を持っていない。劇の後でクレシダとトロイラスがどうなるのかにも、アキリースの行く末にも、極論すれば、(何の威厳も付与されず、ただ喚《わめ》いているだけという印象のカサンドラの予言を除けば)トロイアが滅びるか否かにすら、一片の関心も向けようとしていないのである。そこでは、劇の後でユリシーズがどうなるかなど全く埒外のことなのである。劇の興味はあくまで、評価と女をめぐる競争と嫉妬という、現時点における狭い人間関係の内部のことがらに限られており、ユリシーズは、その関係のメカニズムを把握し操ることによって、勝利者となるのである。

その彼が何らかの形で罰を受けているあるいは敗北者であるとすれば、それはまさしく、このような把握ないしは認識の様態そのものであり、それによって映し出された世界と、その世界に対する彼の関わり方であろう。

彼の目に映る世界の人物たちには、アキリースにも、エイジャックスにも、人を感銘させ鼓舞するものは何ひとつなく、あるのは、ただ、競争と嫉妬の際限のない連鎖だけである。その原理を把握するユリシーズは、それによって衝き動かされながら愚かしく自惚れた幻想に囚われた人物よりも利口であるかもしれないが、結局は、彼もそのメカニズムの中で動くしかなく、それに替わる新たな行動原理を提示することはない。

実際、物陰に隠れてダイアミーディーズとクレシダの逢引きを見るユリシーズとトロイラスを、さらに陰から見ていたサーサイティーズが、後に残って苦々しげに評するように、劇の世界は、あらゆる価値がもはや何の意味もなさないところである。

> 色事、色事、いつも色事と戦争だけだ。他には
> 何も流行りはしない。みなくたばりやがれ。
> （五幕二場一九二―九三行）

誰に対しても何事についてもあしざまに言って周囲を白けさせ、人から疎《うと》まれるだけのシニカルな道化サーサイティーズと、劇全体のアクションを操るギリシア勢きっての智者ユリシーズとのあいだには、ともに自ら行動することがなく本質的に傍観者であることなど、類似した点が少なくないが、ふたりが最も相似るのは、まさに、この積極的な価値の不在という認識においてである。劇世界の頂点と最下層に位置づけられたふたりは、こうして、それぞれの視点から、人を行動へ駆りたてる価値や名目の虚構と不毛を暴こうとする。その認識が一面として透徹したものであればあるだけ、またその腐蝕作用も鋭く、それが触れる行動や営みの一切を空洞化させてゆく。

事実、クレシダの〈不実〉という認識を、ユリシーズに支えられて乗り切ったはずのトロイラスは、そうすることで人間的に成長するわけでもなく、ただパンダラスに八つ当たりして、失恋の痛手を紛らわすためにやみく

もに戦場に討って出て、そこで、クレシダから貰った自分の形見の袖を得意気に身につけたダイアミーティーズを見つけると、今更ながら嫉妬と焦燥に駆られて、せせら笑いながら逃げる相手を際限もなく追いまわすだけである。

劇は、戦争の途中で不意に始まったのと同様、何の必然性もなく、何らかの決着がつくこともなしに、不意に終わってしまう。それは、ホメーロスの『イーリアス』が、同様に、長いトロイア戦争の歴史の中のわずか数日を扱い、トロイアの陥落という結末を描くこともなしに終わるにもかかわらず、出来事や事物の由来の説明や人物の追想をとおして、そしてまた、ヘクトールの死とそれに対するトロイアの人々の慟哭の記述をとおして、戦争の始まりからトロイアの滅亡に到るまでのすべてを物語の中に包み込んでいるのと対照的である。

それは、物語の構成の仕様の問題であると同時に、語られる人物の認識の仕方、己れの運命に対する自覚の仕方の問題でもある。自分の過ちを恥じ悲しむヘレネーは、戦場から一時戻ったヘクトールにこう語りかける。

でも兄上、どうかお入りになって、この椅子にお掛け下さい、恥知らずな私とアレクサンドロスの乱心のために、兄上は誰よりも心を傷めておいでに相違ありませんもの。ゼウスは私らふたりが後の世まで歌いつがれるようにしてやろうと、こんな辛い運命を下されたのです。

（第六歌、上巻一九九頁）

後世まで歌いつがれることが自分たちの運命であるという人物の認識は、自分たちには如何ともしがたい定めにしたがって、その運命を配した不死の神々の相に照らされた自らの有限の生をなおも精一杯に生きようという覚悟を彼らに促すものであると同時に、個別の物語を極まりなく広がる語りの世界の中に包みこみ、そうすることで、物語に一つの形を与え、それをいっそう鮮やかな輪郭をもって照らし出すものでもある。『イーリアス』という物語自体が、はるか過去に起きた人々の死と都市の滅亡の物語であるが、そのことはまた、物語とは、遠い過去のこととして表象される悠久の時間性に対応した語りの広がりの中に生起する、一つの挿話、一つの有限の生の軌跡であるということを、典型的な形で具現している。(6)『イーリアス』の人物が、不滅の神々の世界に照らして、人間の生の有限を知るというのは、それゆえ、連綿と続く物語性の中で生起しその物語性の中に帰ってゆく、個々の物語のありようをきわめて象徴的に映し出してもいるのである。

作品内部における関心が、現在における周囲の人々との利害関係とそこから生じる嫉妬や怨嗟に限定された『トロイラスとクレシダ』には、そういった終わりや形の感覚が生じえないのは言うまでもない。

ユリシーズの勝利と敗北が、劇作家シェイクスピアの達成や不満と重なりあうのは、まさにそのような点である。神の下す霊感に従って、その媒体として、神々に指示され操られる人物たちを描いたホメーロスの作詩法を揶揄して、何物にも替えがたい固有な内面を具えた自律的な劇作家として、純粋に人間的な欲望によって衝き動かれる、内面的な奥行きを持った人間たちの世界を客観的に把握して描こうとしたシェイクスピアは、そうすることで、それまでの芝居にはないような現実性を帯びた人物や世界を作品の中で表現してみせ、その意味で、近代的なリアリズム演劇に繋がる劇世界を作り上げていった。けれども、そこで、いわば固有な内面を持った個々人として描き出された人間は、まさしくジラールの言うような、他者との競争と嫉妬を内化させただけの貧しい主体としか映らない。それゆえに、より根源的に主体を成り立たせているもの、より深いレヴェルで人を行動へ、そして、他者との関係へと駆りたてるものを問うてゆく中で、シェイクスピアは、自分が排除した要素に繰り返し惹きつけられ魅了されてゆく。——自分を創作へと駆りたてるものは、いったい何なのか。それは、確かにホメーロスの言うような詩神ムーサではないかもしれない。しかしまた、単に経済的必要あるいは劇壇でのライヴァル関係に帰されるものでもあるまい。ホメーロスがムーサの現前として描いたものはいかなる経験なのか。それは、日常的な意味でリアルな世界の背後にある、より深い意味でリアルな世界との接触、原郷的世界とでもいうべきものとの交感を暗示してはいないだろうか。そもそも、自分が、たとえパロディの対象としてでも、『イーリアス』や『トロイルスとクリセイデ』に惹かれつづけるのは何故なのか。受け継がれた物語をパロディ化することによって独自の世界を築こうとする自分の企て自体が、どこかで、物語的伝統と言い表される世界への憧憬を秘めているのではないだろうか――。一見居丈高な排除の身振りの背後には、こうして、自分が排除しようとするものの意味を執拗に問いつづける劇作家のもう一つの姿が潜んでいる。

『トロイラスとクレシダ』は、全体として見れば、必ずしも成功作とは言えまい。それは結局、この作品が、自身揶揄し排除しようとするものに対して、きわめてアンビヴァラントな感情を込めて臨みながら、その両義性を十分に明確化しえていないからであろう。それはまた、言いかえれば、排除を経ることによって描き出される（疑問符つきで）リアルな欲望に衝き動かされる主体が織りなす世界のありように、それ自体として傾倒するべきいかなる意義があるのか、作家自身が測りかねているということでもあろう。この作品においては揶揄と排除という形でしか対処できなかったものとの関わりを、しかし、シェイクスピアは以後の作品においてさまざまに試みてゆく。多くの曲折と錯誤を伴うその模索の過程の中に、彼の悲劇と問題劇から晩年のロマンス劇に通ずる一つの経路を辿ることができるのではないだろうか。

　シェイクスピアの作品の持つ今日的意義の一つは、まさにこういった模索の中にあるように思われる。状況に取り込まれ状況に衝き動かされるがゆえに、状況から自律したゆるぎない自己を志向し、そういった自らの志向を託した人物の創作に努める劇作家は、しかしながら、人物の内面を書き込めば書き込むほど、それが自律し替えがたい固有性を帯びたものではなく、限りなく間主観的状況に取り込まれ浸潤された存在であることを浮かび上がらせてゆく。今日の批評もまた、再び、主体と作品の構成における状況の関与を関心の核に据えつつある。けれども、主体と状況の相互作用・相互浸透を説くその種の議論が、主体とは、間主観的状況の中で培われ、その状況が不断に紡ぎ出す嫉妬と怨嗟によって駆られる欲望の塊であるという意味においてだけ、世界のテクスト性の内に織り込まれ、自律性を欠いた存在であるとするのなら、それは最終的にきわめて空疎で不毛な自己満足へと陥ってゆくだろう。人を衝き動かす欲望の由来に透徹した認識を持ったユリシーズの中に知的慢心を嗅ぎとるジラールの議論にも、やはりそのユリシーズのと同様な倨傲が潜んでいないとは言えまい。

状況に不断に浸透されているがゆえに、あくまで状況から自律した存在を装った主体は、その自律性の神話の破綻と神話の背後にある間主観的な束縛の広がりとを自覚した時、翻って、その桎梏《しっこく》のさらに基底に潜むものを探っていこうとする。世界の中のさまざまな要素やテクストが、一個の〈私〉として構成され、それが自らの構成を担った世界を認識し、それに働きかけて変えてゆこうとする、その奇蹟ともいうべき出来事を、新鮮な驚きの念をもって——ちょうど、アテーナーの異様な目の輝きに、振り向いたアキレウスがとらえられたような驚きの念をもって——見つめる時、それは常に、逃れがたく己を取り込んだ狭隘な状況を超えて、悠久の時間の中に生起したうつしみの己の存在の意味の探究へと人を駆りたててゆくだろう。そこにこそ、作家と批評家をとらえてやまない狂熱の核がある。

第五章　ルーシオーの悪ふざけ――『尺には尺を』における裁きと認識

『尺には尺を』（一六〇四）の問題性というのは、改めて言うまでもない、言い古された感のある話題だが、ここでは、劇の中心人物でアクション全体の展開を統括するヴィンセンシオー公爵の行動の曖昧さを従来とは少し違った角度から検討することによって、その古い問題に新たな光を当ててみたいと思う。

まずは具体的に公爵の行動のいくつかを見てゆくことにしよう。

旅行に出るという口実をもうけて、統治を代理のアンジェロに委ねて、自身は修道士に変装して、ウィーンの街を見てまわろうとする公爵に対して、もしウィーンの現状に不満があるのなら自分で正したほうがいいのではないかと説く修道院長のトマスに、公爵は次のように答える。

　これまで人々に好き勝手をさせたのは私の責任なのだから、
私が彼らにやらせたことで厳罰を課すというのでは、

私の圧政になってしまおう。実際、悪事があっても
素通りさせて、罰さないでいるとすれば、
やらせたも同然なのだ。こういうわけで、神父殿、
私はその職をアンジェロに課したのだ。
彼のほうは、私の名を盾にして鋭い一撃を食らわすことができようし、
私自身はその現場にはいないのだから
汚名を被《こうむ》ることもない。そしてまた、私は、あの男の統治の様子を見るために、
お前さんの教団の一員という出で立ちで、
君主と民の両方を訪ねようと思うのだ。だから、
どうか衣を貸していただいて、本物の修道士のように
ふるまうにはどうすればよいか、
教えてくださらんか。こういうことをするのには
ほかにも理由はあるのだが、それはまた
いずれ折りを見て説明させていただくとして、
今はただ、この点だけを申し上げておこう。アンジェロはあまりにも謹厳で、
用心深くて隙を見せることがない。血が通っているようにも見えず、
石よりパンを食べたがるとすら思えない。それゆえ、もし権力を得ることで
人がその行いを変えるものなら、表づらを装う者らが実際にはどうなるか見てみたいのだ。

（一幕三場三五―五四行）

これは、一見したところ、それなりに筋が通っていて特に問題にする必要のない説明とも取れるが、ここにはすでに、この公爵にきわめて特徴的な行動パターンが潜んでいるように思われる。それは、まず第一に、彼が自分の身分を隠して、自分の姿を人からは見えないようにして、自分の治める街の実状のすべてを把握しようとすることである。そして、もう一点は、彼が自分の厳格な統治を敷こうとするに際して、自分で直接手を下すのではなく、アンジェロという代理を立てて、それを通してことを運ぼうとするということである。しかも、この二つの傾向は、それぞれ別のものではなく、実はある同じメンタリティの発露であると考えられる。それがいったいどういう心的傾向なのか、そしてまた、そういった傾向が作者シェイクスピアのどういう面を表現したものなのか、そういった問題を一つずつ探ってゆこう。

公爵が、自分の姿を誰からも見えないようにして街中を見て回ろうとすると言ったが、彼のそういった態度は、単に全体的な枠組みについて見られるだけではなく、個々の具体的な状況においてもやはり同様のパターンが看て取れる。彼は、イザベラが兄のクローディオの許を訪ねて、アンジェロの不埒な提案を伝えるときも、監獄を管理する典獄に頼んで、物陰からふたりのやり取りをすべて聞こうとする。そしてまた、自分の正体を伏せて、公爵とはどういう人間と見られているのか聞いて、人が自分のことをどう考えているのか探ろうともする。

そして、そう思って振り返ると、アンジェロに統治を委ねるという彼の最初の行動からしてすでに、自分が留守だということにして、相手から自分が見えないようにした上で、品行方正として通っている相手が、権力を握るとどう変わるか確かめようとするものであり、その意味で、やはり彼のほかの行動と同様に、自分の姿を見えなくして、他者の内面も含めた、周囲の一切を自分の認識の下に置こうとする傾向の現れであると言えるだろう。

このように、自分の姿を隠して、のぞき見し盗み聞きしようとする、窃視症的な認識欲は、このヴィンセンシオー公爵にとりわけ顕著に認められるが、それはけっして彼ひとりに限られるものではなく、この作品に前後するシェイクスピアの芝居の中に繰り返し現れるものである。たとえば、『ヘンリー五世』の中で、ヘンリーは、やはり、このヴィンセンシオーと同じように王という身分を隠して、平の兵士の姿に身をやつして、陣中を見て回って、自分に対する兵士たちの思いを知ろうとする。『ハムレット』では、クローディアスとポローニアスが帳《とばり》の陰からハムレットとオフィーリアの出会いの一部始終を見守り、ポローニアスはハムレットとガートルードのやりとりをやはり帳の陰から伺っていて、命を落とす。同様に、『空騒ぎ』や『トロイラスとクレシダ』、『終りよければすべてよし』などでも、劇の中心人物が自分が思いを寄せる相手あるいはその相手と勘違いした人物が逢い引きをするところを物陰から見守るという場面があって、それがアクションの重要な転機となっており、その意味で、この窃視症的なあり方というのは、この時期のシェイクスピアが、ほとんど強迫的なまでに関心を寄せていた主題であった。

それは、ごく一般化して言えば、他人の目から自分の姿を消し去って、自身を視線だけの存在にすることによって、その眼差しを絶対化して、その視線が捉える対象を自らの認識の下に完全に把握しようとしながら、その一方で、自分がその対象によって感化され侵食されるのを極力避けようとする欲望の形態である。

そして、ここに、窃視症的欲望と、公爵の示すもう一つの傾向、すなわち、代理の介在というものとを結びつける接点が出てくる。先の引用で見たように、公爵は、アンジェロという代理を通して、自分が治めるウィーンの街に対する厳格な統治を貫徹しようとしながら、同時に、このアンジェロを隠れ蓑に使うことによって、自分の姿を見えなくして、厳しい支配に対する批判や汚名が直接自分に降りかかるのを免れようとするのである。

実際、この劇の中で、公爵はさまざまなかたちで〈代理〉という手法を用いて、ことをすませようとする。アンジェロに言い寄られたイザベラに対し、公爵は、アンジェロの要求を聞き入れて、その代わり、実際には、かつてアンジェロと婚約していながら、家の事情で持参金を払えなくなったために、約束を反故にされていたマリアナという別の女性を部屋に行かせて、ベッドの中で彼女の代理をさせるように勧める。しかも、その計画をマリアナに伝える際にも、自分で直接言うのではなく、あとからやってきたイザベラに自分に代わって言わせている。そしてまた、アンジェロが典獄にクローディオの首を持ってくるようにと命じてきたときも、それに代わって、死罪が決まっていて執行を待つだけだったバーナディーンという囚人の首を持っていくように指示し、さらに、このバーナディーンがすぐに処刑するには不都合だとわかると、病気で死んだ別の囚人の首を代理として持って行かせている。つまり、ここでは、見ようによれば、セックスと生き死にという人の営みのもっとも基本的な行為までもが、〈代理〉によってすまされているのである。

ヴィンセンシオー公爵の行動に繰り返し現れる、この窃視症的傾向と代理の介在という特質は、実はこの時期のシェイクスピア演劇の特質と密接に関わっているものと考えられる。これは以前ほかで論じたことであるが、一五九〇年代を通して確立されてゆくシェイクスピア劇のドラマトゥルギーをそれまでの演劇と比較して感じられる一つの大きな特質は、彼の演劇では、アクションの細部が互いに密接に関連づけられて、有機的に構成され、相対的に見て一つの完結した統一体をなしているということである。[1]そこでは、観客は、舞台上の登場人物と自由に心を通わせるのではなく、いわば目に見えない壁を隔てたところから、劇中の世界を覗き見ているのであり、芝居の登場人物の側も基本的に観客の存在を意識していないという前提で行動している。そこではまた、劇作家のほうも、自分で表象した芝居の中に不用意に姿を現すことなく、あくまで、自分が作り上げた人物の背後に隠れて、彼らを介して、自分のヴィジョンを表現してゆくしかなく、その一方で、その隠れた場からすべてを監督・指揮するのである。これらはもちろん程度の問題であるが、そういった傾向が強まったという点で、シェイクスピアの演劇は、観客の視点からも劇作家の視点からも窃視症的であり、代理を介する間接的な表象の芸術であったと言えよう。

ヴィンセンシオーの行動とシェイクスピアの演劇とのあいだに感じられる類似性は、これだけにとどまらない。ヴィンセンシオーの行動を特色づけるもう一つの要素、それは、細部の効果にこだわった過剰なまでの演出の意識である。

たとえば、公爵は、アンジェロがクローディオの首を取り急ぎ届けるように典獄に要求してきたのに、別の死人の首を届けさせることにして、少なくともその時点でクローディオの死刑執行を免れさせておきながら、兄の減刑を信じてやってきたイザベラに対しては、そのことを伏せて、兄さんは天に召されたと告げる。そうすることで、あとで兄が実際は生きていることを知ったときのイザベラの喜びをいっそう大きくすると言うのだが、そもそも兄が問われている罪に直接関わりのないイザベラにそういう無用な苦しみを与える必然性はほとんど感じられず、いかにもくどい演出だという印象は免れない。

同様に、自分が公爵の姿に戻って、イザベラとマリアナの訴えを聞く際にも、彼は、イザベラを狂人扱いさせて、その愁嘆場を延々と長引かせて、それに対して、嘘と分かり切ったアンジェロの反論をくどくどと言わせるなど、ことの事情をすでに承知している観客から見て、いかにもあざとい演出を凝らしているように見えるのである。

その一方で、公爵の過剰な演出は、舞台上でも、思ったほどの感動的な見せ場を作り出すことはない。少なくともせりふに見る限り、イザベラがクローディオが生きていることを知って歓喜に浸ったり、アンジェロがクローディオ殺害の罪を免れて安堵の涙を流すこともないのである。そのアンジェロに対しても、いったんマリアナと結婚させた上で、改めて死罪を言い渡し、イザベラに口添えさせてその助命を願うようにマリアナに仕向けるという、いかにも臭い芝居をしてみせるのだが、これもその仰々しさが目立つばかりで、そのことで彼の寛容な治世に改めて感嘆の目が向けられることはない。

むしろ、公爵自身、見栄えするよう細部の効果にそれだけ気を遣《つか》ってきた自分の芝居に、はたしてどこまで真剣に臨んでいるのか、疑問に感じられるところすらある。

以下は、劇の大団円で、公爵がイザベラやアンジェロの前に生きたクローディオを連れてこさせた際の、彼のせりふである。

この男がお前の兄さんに似ているなら、その兄さんに免じて、
そしてまた、愛しいお前にも免じて、この男を赦すことにしよう。
さあ、手を出して、私の妻になると言っておくれ、そうすれば、
彼は私にとっても兄さんになるのだ。が、その話は、いずれもっとふさわしい折にしよう。
（五幕一場四九〇―九三行）

これは、先に見たように、イザベラを大いに喜ばせて、アンジェロを安堵させる感動的な場面として想定されているはずである。実際、イザベラに対する公爵の「もしこの男がお前の兄さんに似ているなら、その兄さんに免じて、この男を赦すことにしよう」という、いかにも芝居がかって勿体ぶった言い回しは、彼がそういう思い入れをもってこの場面を用意してきたということを伺わせるものである。舞台上では、実際にアンジェロは自分の最大の罪状を免れて、イザベラは死んだと思っていた兄が生きていたことを知って、それぞれ大きな喜びを表しているのかもしれない。けれども、これも先に触れたように、観客から見ればそういった事態の進行はすべて折り込み済みのことであり、むしろ公爵の臭い芝居が鼻につくばかりである。しかも、イザベラが感情を高ぶらせて、冷静な判断ができないであろうときに、どさくさに紛れるようにして、自分の求愛を潜り込ませているというのでは、いったい何の話なのかということになって、公爵自身がこの感動的な救済のドラマにどれほどの真剣さをもって臨んでいるのか、はなはだ疑わしくなってしまうのである。

ここで、公爵は、いかにも唐突に自分の思いを挟んでおきながら、自分でもそれが場にそぐわない話題であることを自覚していますと言いたげに、すぐに話をそらせてしまって、アンジェロとルーシオーらの処分の件をひととおり片づけたあとで、改めて、イザベラへの求婚を持ち出すのだが、求愛そのものの唐突さはそのまま残っ

て、それでいて、話題自体の新鮮さは薄れてしまうというお粗末な結果になり、大団円にふさわしい盛り上がりもなければ関心の集中もない、ちぐはぐな結末になってしまっているのである。

これはシェイクスピアが目の前に置かれた素材をうまく処理できず、自身の創作を適切に制御できなかった結果なのだろうか。ある意味では、そう言えるのかもしれない。しかし、むしろ、もっと直截にアンジェロの罪を指弾し赦免するような形にしておけば簡単に済んでそれなりの説得力のある結末たりえたものに、あえて作品の結構を崩してまで、異質な要素を入れたところには、結果的な成否とは別に、作家の側にそれなりに積極的な意図が働いていたと見るべきだろう。

では、シェイクスピアはなぜこのように意図的に、自分の芝居のアクションの焦点をぼかすようなことをしたのだろうか。

私たちは先にヴィンセンシオー公爵の振る舞いの演劇的な特質に着目して、それが九〇年代に確立されていったシェイクスピアのドラマトゥルギーと近似した特質を具えていることに注目したが、とりわけ九〇年代後半期以降のシェイクスピアの作品の多くには、共通して見られるもう一つの際だった特質があり、それは自分の演劇の手法を意識的に作品の主題に取り込もうとするメタ演劇的関心である。『ヘンリー四世』二部作の中で、年老いた無頼仲間のフォルスタッフを切り捨てることによって、王としての社会的な自己の確立を図るハルの姿を描く中で、シェイクスピアは民衆演劇の要素を積極的に取り入れつつ、それを抑え込むことによって、高い芸術性を帯びた自分のドラマトゥルギーを確立させて、さらには、それを通して自分の社会的なアイデンティティを確立してゆくのだと言える。そう考えれば、『尺には尺を』のヴィンセンシオー公爵に際だって感じられる芝居気も、『ジョン王』のサー・フィリップ・フォーコンブリッジ（通称バスタード）や、『ヘンリー四世』の中の王子ハルのような、劇作家シェイクスピアの分身たちが帯びる特質と同様に、自身のドラマトゥルギーについての彼の自己省察を表していると言えよう。(2)

けれども、バスタードやハルが、シェイクスピアが自身を託したペルソナとして、その限界や欠陥も含めて、彼らが演劇的に世界を把握し、その中で自分の地歩を築いて、それに沿って自己の内面を確立してゆく過程に、作家自身のほぼ全面的なコミットメントを受けているのに対して、ヴィンセンシオーの場合は、全体的な枠組みとしては、本人が最初に意図したとおり、ウィーンの街の風紀の乱れを正し、アンジェロの悪事を露見させて、厳正さと寛容さのあいだにほど良いバランスを得た自身の統治を回復させて、その上に、美貌と美徳の理想を体現した妻を得ることになるというかたちで、ほとんどあらゆることを成就させているにもかかわらず、その細部を見るとき、それらはいかにも内容の乏しい、空疎なものとして表されており、むしろ、劇作家自身から辛辣な揶揄や皮肉を浴びせられているのである。

その一部についてはすでに見たが、ここでは、広い意味での道化役であるルーシオーと死刑囚のバーナディーンの存在について考えることにしよう。

ポン引きのポンピーが刑吏に引ったてられて去ってから、ルーシオーは修道士姿の公爵を相手にアンジェロの厳格な統治をひとしきりぼやいたあとで、目の前にいるのが当の相手だとは知らずに、もともと好色でそういう自分の弱みを心得た公爵なら、こんなことはしなかっただろうと言い出して、公爵を当惑させる。

ルーシオー　いまお留守の公爵様だったらこんなことをされるはずがないですよ。私生児を百人生ませた男がいても、そいつを縛り首にするより前に、養育費として一千ダカット払われていたでしょう。公爵様は女遊びにかけてはなかなかのものでしたからね、酸いも甘いも噛み分けて、自然と人への思いやりもできておられたのですよ。

公爵　お留守の公爵が、女のことでとやかく言われるなどまったく聞いたこともない。あの方はそんなお人柄ではなかった。

ルーシオー　いやいや、どうして、あなたはちっともわかっておられない。
公爵　いや、とてもありえない話だ。
ルーシオー　ありえないですって、公爵がですか。とんでもない。五十がらみの女乞食がいたでしょう、あれの木の椀に一ダカット入れてやるのが公爵の日課になっていたんです。ほんと、物好きにもほどがある。その上、ここだけの話、アル中ときてるんだから。
公爵　ひどい言いがかりだ。
ルーシオー　いいや、私は公爵とはごく内輪のつきあいでしたからね。公爵ってのはすごく内気な男なんですよ。どうして姿を隠したのかも、私にはわかってますよ。
公爵　ほお、それはぜひとも伺いたい。
ルーシオー　いや、それだけはご容赦ください、唇に錠をおろしてでも守らなけりゃならない秘密ですから。でも、このことだけはお教えしてもいいでしょう、大方の国民は公爵のことを聡明な人物だと思っていたでしょう。
公爵　聡明な人物だって、そうに決まっているじゃないですか。
ルーシオー　ところがどうして、浅はかで、もの知らずで、じつに軽薄な男でした。

（三幕二場一一六―四〇行）

公爵のほうは何とか自制して、生真面目に相手の放言を否定しようとするのだが、ルーシオーのほうは、委細かまわず、しつこく公爵に取りついて、彼を悩ませる。ここでのルーシオーの言葉は基本的に何の根拠もないただの馬鹿話で、根本から公爵を困らせるようなものではないのだが、自分の果たす役割の重要さ、意義深さへの思いに浸りたい公爵には、そういう自分の自己観に冷水を浴びせられるような格好になって、不愉快に感じられてならないのである。

ルーシオーと並んで、公爵の裁きと悔悛のドラマの足を掬うのは、死刑囚のバーナディーンである。アンジェロが要求するクローディオの首の代わりに彼の首を持ってゆくというかなり場当たり的な計画に沿って、すみやかに処刑すべく朝早くに監房から引き出されたバーナディーンであるが、悔悛させて天国行きに備えさせようと、修道士姿の公爵が教え諭しても、泥酔していてまともに受け答えすることもなく、何とか自分の話を聞かせようとして引き留める公爵の言葉を無造作に遮って、自分の房に戻っていってしまう。ここでは典獄が助け船を出して、今朝たまたま死んだ囚人がいて年格好もクローディオとよく似ていると告げると、公爵はそれこそ天の配剤だと喜んで、とりあえずその死人の首をアンジェロの許に送ることにして、アクションのレヴェルでは一見スムースにことが進んでいるように見えるが、バーナディーンに自分の罪を自覚させて、悔い改めた罪人として、その刑に服させようとする公爵の思惑は完全にはずれてしまうのである。

しかし、それでも、典獄に指図して死んだ囚人の首をアンジェロの許に持って行かせて、牢獄を訪れたイザベラには明日帰還する公爵にことの次第を訴え出てアンジェロの悪事を糾弾するように勧めるなど、忙しく立ち回って、自分のプランの成就に向けて着々と手筈を整えてゆく公爵の許に、再びルーシオーが現れて、やれ公爵は手に負えない色好みだった、自分はかつて商売女を妊娠させて公爵の前に引き出されたが、しらを切り通してやったなどと、根も葉もない放言や愚にもつかない自慢話を並べ立てて、何とか相手を振り切ってその場を去ろうとする公爵にしつこく付きまとって、最後まで彼を悩ませる。

アンジェロの変節を嘆き、意表を突くその残虐さに素早い対応を迫られる公爵であるが、アンジェロのそういった振る舞いは、自分の公平さと慈悲を人に対して——そしてまた、自分に対しても——存分に示す機会を与えてくれることにもなり、自分の企図に沿ってすべてを演出し進行させようとする公爵にとっては、むしろ歓迎すべきものなのである。それに対して、ルーシオーの悪ふざけやバーナディーンの泥酔は、特に何かを意図したというものではなく、勝手に馬鹿騒ぎを楽しんでとりたてて意味もなく付きまとっているか、あるいは、彼の説く教えなど完全に無視して酔っぱらっているだけだから、真正面から対応することが難しく、まじめに叱りつけても、ただ自分の側の小心さを露呈するだけに終わることにもなり、それだけに、公爵にとってはいっそう腹立たしく始末が悪いのである。

そして、ここにもやはりまた、私たちは公爵と劇作家自身とのあいだの微妙な照応を感じずにはおれない。先に見たように、九〇年代に確立を見るシェイクスピアのドラマトゥルギーは、アクション全体が有機的に絡みあって一つの結末に向かって収斂してゆく、完結した世界をなしており、そこでは舞台と土間のあいだも明確に一線を画すかたちになっている。そういった劇世界にあっては、従来の民衆演劇にしばしば見られるような、道化が台本に指示された筋書きから気儘に離れて、即興的なアチャラカを通して舞台と土間とのあいだに陽気な一体感を醸し出してゆくといった行為は、緻密に計算された細部の積み重ねからなる芝居の芸術性を台無しにする不埒な振る舞いとして厳しく排除されなければならない。そういった流れは、たとえば、作品の中では『ヘンリー四世』におけるフォルスタッフの追放というかたちで象徴的に、そして、歴史的事実としては、一五九九年に起こった道化役者ウィリアム・ケンプの宮内大臣一座からの退団の中に、さらには、せりふとして明確に文章のかたちで残されたものとしては、『ハムレット』の中での、ハムレットが旅回りの役者に演技の仕方を指示する言葉（三幕二場三一―四五行）のうちに、辿ることができる。

けれども、自分の芸術を深めるためには、旧来の民衆演劇の要素を時には抑制し排除してゆくことも不可避であるとして、自身の選択を肯定しながらも、その一方で、シェイクスピアの中では、そういう選択によって自らが切り捨てたものの意義を問い返そうとする動きがつねに作用しているように思われる。この時期のシェイクスピアの作品に自意識の強いメタ演劇的な要素が見られるのも、一つにはこういった反省に起因していると言えよう。

いや、むしろ、シェイクスピアは、自分のドラマトゥルギーを確立するためには必要な手続きとしていったんは抑圧し排除した民衆文化、潜在的には破壊的な力を帯びた道化的要素を、その排除の過程でそれとともに失われていった生命感、芝居というものに本来込められていた祝祭的なハレの輝きを取り戻すために、あえて、そうやってゆるぎなく確立された自らのドラマの中に、もう一度取り込んでゆくのである。

けれども、そういうかたちで再び描かれることになる、支配的な主体と道化的存在の関わりあいは、それまでの形成期の芝居におけるものとはおのずと違ってこざるを得ない。『ヘンリー四世』のハルがフォルスタッフを追放することによって自分の成長と就位のドラマをそれなりの説得力を持って演出してみせるのに対し、『尺には尺を』の中でやはりシェイクスピアのペルソナの少なくとも主たる部分を担うヴィンセンシオーの方は、大枠としては自分のプランに沿ってウィーンの街の浄化を果たして、自らの統治を回復しながら、ルーシオーの執拗な悪ふざけやバーナディーンの救いようのない泥酔といった具体的な状況を前にしたときには、それらに有効に対処する術《すべ》をほとんど持っていない。その意味で、彼が劇の初めに修道僧のトマスに語った、自分が治世をなおざりにしたために、ウィーンの街を堕落させてしまったという言葉に示された、具体的な状況に対する関与の乏しさという、彼がもともと帯びていた傾向は、一方で劇世界全体を把握し掌握するというその大きな成果にもかかわらず、劇を通して大きく変わることはないのである。そして、彼が押し進める秩序回復のドラマの進行に水を差すルーシオーやバーナディーンにしても、そうすることで、ヴィンセンシオーには感じられない祝祭的なハレの輝きに包まれるということはまったくない。ヴィンセンシオーが自分の治める世界に真に関わりを持ち得ないように、彼の把握をすり抜ける側も、そうすることでのびやかに生の全体像を表現するというわけではなく、ただうるさい厄介者、世間に背を向けた無法者として周辺的な地位にとどまらざるを得ないのである。

では、シェイクスピアは、なにゆえに、自分のありようを担うペルソナとして、ヴィンセンシオーのような人物を作ったのだろうか。そういったことを考える時、私たちは、この作品における〈代理〉という主題のきわめてアイロニカルな一面に気づくことになる。ヴィンセンシオーは、アンジェロという代理を通して、ウィーンの街の浄化という自分の意図を実現していきながら、同時に、その過程で当のアンジェロの至らなさを露見させることによって、いわば彼を引き立て役に使って、為政者としての自分の英明さを示そうとする。その関係を敷衍すれば、シェイクスピアは、そのヴィンセンシオーを自分のペルソナを担う存在に仕立てて、彼に芝居のアクションのプランを立てさせて、進行役を務めさせながら、その彼が野放図な道化者や救いようのない与太者を前にして鼻白むような思いをさせられるさまを描くことによって、劇作家としての自らの限界を意識化し、それを通して、自分のドラマトゥルギーに対して自らが課した制約を乗り越えて、より自由で豊かな芝居の世界を実現しようとしていると言えるだろう。けれども、アンジェロを引き立て役に使ったヴィンセンシオーの戦略は、結局のところ、ふたりの意外な近さを浮かび上がらせて終わっている。アンジェロが、自分の道徳的な不備を棚に上げて他者の非を厳しく罰しようとするように、ヴィンセンシオーの方も自分の怠慢の責めを他人に押しつけて、その人物の不品行を際だたせることで、自身の善政を引き立たせようとする。ふたりはともに自分の内面を正視することなく、他者の非をならすことで、ことを収めようとするのである。自分を取り巻く世界に対して優位に弁別された自己を際だたせようとするヴィンセンシオーの態度は、しょせん人間などみな同じレヴェルだと言うルーシオーの勝手な放言を前にして、むしろくすんで見える。ヴィンセンシオーの説く「自身の罪深さを自覚すれば、人に対して寛大になれる」という言葉は、人間の弱さと卑小さに対する透徹した認識に由来するというよりは、むしろ、自身の倫理的な曖昧さを突き詰めて考えるのを避けて、それと馴れ合うための方便にすぎないようにも見え、表現の違いはあるにせよ、「色好みの公爵なら、こんなことで罰するようなことはしなかっただろう」というルーシオーのせりふと発想的には大差ないように見えてくるのである。

しかし、そういうふうに自身の限界に盲目的なヴィンセンシオーを描くことは、そのまま、シェイクスピアがそれを超えた認識の地平を得ているということには繋がらない。自身を周囲から弁別しようとするヴィンセンシオーの目論見が、むしろ、彼がほかの人々とさして変わらない、ごくありふれた人間であることを浮かび上がらせてしまうのと同様に、そのヴィンセンシオーの認識の限界を私たちが目の当たりすることで、私たち観客や読者がその限界を超えた認識の境地に達するわけではなく、同じように、シェイクスピア自身についても、彼がヴィンセンシオーの卑小さ、小賢しさをえぐり出しているからといって、そのことをもってシェイクスピアがそういった卑小さを脱しているということにはならない。ヴィンセンシオーの振る舞いの小賢しさを暴くシェイクスピア自身が、まさしく暴く行為そのものによって、同様の小賢しさを露呈してしまっているように思える。自己を他者と弁別することによって自身を正当化するかたちで他者との関係性の中で自らを定位しようとする人間が織りなす世界の中では、そういったあり方を糾弾し超越しようとする企て自体が、自身の正当化をねらう小賢しい弁別の契機となってしまうのである。

この作品が、そういった人間の認識につねに付きまとう、弁別による自己正当化という陥穽を乗り越えるものを示唆しているとすれば、それはいったい何であろうか。

私たちはここで、ヴィンセンシオーが、身をやつすに際して、修道士という姿をしていたということを改めて思い起こさなければなるまい。公爵は、劇のアクションを通してずっと、神の代理として人々の許を訪れ、その教えを説いていたのである。

今ここで、作品の背後にあるキリスト教的な枠組みをそのまま前提にして考えれば、ヴィンセンシオーがことをなすのにアンジェロという代理を介するのと同様に、神も人を導くのに、その代理として、世俗的なレヴェルでは君主などの為政者を、そして、より直接に精神的なレヴェルでは聖職者や修道僧を用いる。そういった代理人が実際には人間的な欠陥を露呈しその務めを十分に果たし得ないとしても、それは神の大いなる配慮を否認する根拠にはならない。むしろ、人間から見て、神の意図とは、そういった代理を務める卑小な人間の欠陥に満ちた知恵や行いの彼方に、一種の潜勢態としてのみその存在を慮りうるものであろう。ヴィンセンシオーの実際の意図の云々とは別に、人にその罪を悔い改めさせ、弱い存在である人間を赦そうとする神の意図は——もちろん、神がそういうことを意図していると仮定した上での話だが——、この劇の中でそれなりに果たされているように見える。けれどもなお、神がそういった非力な代理を通して、いわばそれを引き立て役のようにして、自らの大いなる知恵を垣間見せるとすれば、その神もまたやはりどこか小賢しく嫉妬深い存在のように感じられないだろうか。しかし、そういった見方は結局、神の意図という本来人間の尺度では測り得ない（unmeasurable）ものを測ろうとするゆえの謬見であり、その人間自身の理解の狭量さを映し出しているだけであって、神の意図はあくまでその彼方に理解不可能なまま残されているという見方もありえよう。

　これはおそらく、どちらか一方が正しいというような二者択一の答えがあるものではなく、一方かと思えば、またもう一方の見方が現れてくるといったふうに、最後まで決定不可能なものであろう。「自分自身罪のある弱い存在であるという自覚があればこそ、他人に対しても寛容になれる」という発想は、一方で、自身の倫理的な曖昧さに目を向けようとしない韜晦《とうかい》に繋がりうるが、それは同時にまた、自らの卑小さへの自覚と、それゆえ、その卑小な人間を超えたところにあって、その小さな存在を広く包容する神の大いさについての覚醒を促しうるものでもある。作品がそのいずれかの見方に与することは最後までなく、それは私たちが自らに問い続けるべき問題として残されているのである。

　同様のことは、シェイクスピアのドラマトゥルギーについても言えるだろう。ヴィンセンシオーの目論見の小賢しさに一定に距離をもって臨もうとするシェイクスピアの手法に感じられる小賢しさを論じたてても、そのことでもって論ずる側がそれと同じ枠組みを脱却しうることはなく、その論理自体が、そのまま私たち自身の小賢しさを暴こうとするのである。ヴィンセンシオーのわざとらしくさかしらな手法を突き放そうとするシェイクスピアの技法を、それ自体理に落ちてさかしらであると批判するのか、それとも、それを、その先にあるはずのより開かれて柔軟な演劇的地平を切り拓くための苦闘として積極的に評価するのか、その判断は容易につくものではないだろう。

それは単にわれわれ現在の観客・読者の視点から見てどちらの見方もありうるというようなことではなく、作家自身がその主知性の基盤に立ちながら、志向するものとしてはそれを超えた世界に向いているという困難な二面性の中にあるということである。それまでの猥雑な民衆劇とは一線を画した自らの近代的なドラマトゥルギーの確立に努めてきたシェイクスピアは、その確立を果たした今、その確立された地歩にあって、改めて失ったものを取り戻し、自らに嵌めた枠を超えようともがき苦しんでいるように見える。

そうやってもがきながら立つ地歩の小賢しさを論じるのか、それとも、その先に彼が見据えていたであろう地平の広がりを評価するのか――、それもまた、作品は、私たち自身に対する問いとして、そして、私たち自身のありようについての避けがたい問いとして、そのままに残しているように思われる。

第三部　ロマンス劇

第六章　〈成り上がりのカラス〉は懐古する──『冬物語』のだまし絵

『冬物語』（一六一〇）の結末は、シェイクスピアの戯曲の中でもとりわけ味わい深く感動的なもののように思われる。突然根拠のない嫉妬と惑乱に捕らわれて、周囲の諫言にもいっさい耳を貸さずに、狂態を晒したために、妻とふたりの子供を一度に失った王が、十六年に亘る悔悟の末に、失われたと思われていた娘と巡り会い、死んだと信じられていた妻とも再会を果たす。そして、その妻との不義を疑ったために、関係を断たれていた友とも再会して改めて赦しを得る。もちろん全てが元通りになるというわけではない。本当に亡くなってしまった息子マミリアスが生き返ることはなく、目の前に現れた妃のハーマイオニーの顔には以前にはなかった皺が刻まれており、そのことを口にするレオンティーズの顔にも、やはり同様に、経てきた辛い歳月の徴が表れているはずである。けれども、そういった喪失とそのことに対する痛切な認識があるがゆえに、残されたもの、再び取り戻せたものの貴重さ、かけがえのなさが際立ち、そのありがたみが深く心に響くのである。

それは単に一つの作品の結末として感動的であるというだけでなく、『あらし』と並んで、シェイクスピアの劇作家としての経歴の最後期の作品として見ても、いかにも感慨深いものがある。世紀の変わり目辺りからの壮絶な悲劇と何か後味の悪い問題劇の十年に及ぶ彷徨の果てにたどり着いた、秋の日差しのように柔らかい光に包まれたロマンス劇の世界は、シェイクスピアのキャリアの終盤を飾るにいかにもふさわしい境地だと言えよう。

一見したところ非の打ち所のないような展開であるが、唯一それに水を差すように思われるのは、これがロバート・グリーンの手になる中編の物語『パンドスト』（一五八八）を原作にしているということである。(1)確かに、シェイクスピアの戯曲の多くには何らかの原作、粉本がある。『冬物語』がグリーンの『パンドスト』を原作にしていたとしても、その限りでは、特に目くじらを立てるほどのことではないのかもしれない。しかし、グリーンというのは、二十年近く前、シェイクスピアがロンドンの劇壇にそれなりに地歩を得て、いよいよ本格的にそのキャリアに乗り出していこうとしていた折も折、尾羽打ち枯らして死の床に就く直前にものして、死後に出版された『百万の悔悟をもって贖《あがな》われた一文の知恵』（一五九二）という小冊子の中で、おそらくシェイクスピアのことを「成り上がりのカラスが一羽いて、われわれの羽根で飾って、その虎の心を役者の皮でくるみ、君たちのうちの最良の者と同じくらい見事にブランク・ヴァースを口にすることが出来ると思い上がって、ただの何でも屋のくせに、自分ひとりで国中の舞台を揺るがす（Shake-scene）ことが出来るつもりでいるのだ」と罵って、その門出に味噌をつけた因縁の相手である。シェイクスピアにとってそれがいかに気に障るものだったかは、このパンフレットを編集したヘンリー・チェトルが、のちに自分の本に付した書簡の中で、苦しい弁明を余儀なくされたことからも推定できるとされている。(2)

読みようによれば、シェイクスピアが剽窃したと非難しているとも取れるような言い方をした、そんないわく付きの相手の作品を、自分のキャリアの掉尾《ちょうび》を飾るべき戯曲の粉本として用いるというのは、それが当時何度も版を重ねて人気の高い作品だったとしても、やはりどこかしっくりこない、先に挙げたような悔悟と一族再会の感動的な劇のヴィジョンにどこかそぐわない、違和感を伴う振る舞いのように感じられないだろうか。

一つの考え方としては、『パンドスト』がとりわけ優れた物語で、シェイクスピアの創作欲を大いに掻き立て て、かつてのわだかまりを超えてでも、これを自分の作品の素材として用いるよう彼に仕向けたというものである。実際、家族と離別しながら、長い歳月ののちに再会するという筋立ては、細部の経緯はともかく、妻と幼い子供たちを故郷ストラットフォードに残して、長くロンドンでひとり暮らしを続けながら、このしばらくのちに帰郷したシェイクスピアの生涯をどことなく思い起こさせるものであり、それだけに彼の琴線に触れるテーマだったのかもしれない。

しかし、『パンドスト』の中身は、とてもそんなヴィジョンに合致しているようには見えない。『冬物語』の終幕で、十六年間の空白の後に再び登場するレオンティーズの態度はいかにも穏やかな印象を与えて、その間の長い悔悟の生活を偲ばせるものである。これに対して、物語の後半におけるパンドストの振る舞いはといえば、パーディタに相当する娘のフォーニアにそうと知らずにすっかりのぼせて、一年に亘って自分の女になるよう迫った挙げ句に、それでも願いが叶わないと見て取ると、無理にでも自分のものにすると脅して、さらに、シシリアの使節から(3)(『冬物語』のフロリゼルに当たる)ドラスタスとフォーニアの正体を明かされると、皆の前で彼女のことを身の程を弁えずに王子を誑《たぶら》かしたあばずれと口汚く罵って、これに死罪を言い渡す。そのすぐ後に、生き別れた自分の娘だったとわかって、「我が娘よ」と抱きつかれても、これはもう引いてしまうしかないだろう。そのパンドストが、自分がかつて嫉妬に狂って妃のベラリアを死に追いやり、今度はまた、知らなかったとはいえ、娘のフォーニアに心を奪われて執拗に迫っていたことを思い起こして、絶望のあまり自殺してしまうとしても、読者としては、まあ無理もないかという印象で、そこには、心が洗われるような感動といった要素は全く感じられないのである。

もちろん、物語の結末に感じられるヴィジョンがお粗末であるということが、その物語がシェイクスピアに創作を促す霊感の源となったということと矛盾するものではないが、やはりあえてこの『パンドスト』を粉本に選んだ理由がよくわからず、かつての経緯を考えれば、むしろ避けたくなるだろうというのが、一般の感覚ではないだろうか。実際、こういった否定的な印象は、単にその結末について感じられるだけでなく、シェイクスピアの『冬物語』を読んだ後で、何かそれに繋がるものを期待してこの『パンドスト』を読むと、王の嫉妬と惑乱に起因する一族の離散と長い歳月を経ての再会といった大枠こそ『冬物語』と共通しているものの、終始変わることのない主人公の態度・発想の卑しさといい、それを取り巻く人々の描写や物語の展開の平板さといい、どう見ても魅力的な作品には思われない。

けれども、見方を変えれば、『パンドスト』の物語としての展開の平板さ、主人公の性格の浅ましさこそが、シェイクスピアを『冬物語』の創作に向かわせた少なくとも一つの要因だったのではないだろうか。あるいは、むしろ、そういった個々の箇所に対する好悪の念を超えて、グリーンの作品を下地に使ってみたいという思いがシェイクスピアの中にあったのではないだろうか。

実際、これも時に指摘されるように、『冬物語』は、とりわけ前半部を『パンドスト』に負っているというだけでなく、大方はシェイクスピアの独自の創作と見做される後半部でも、明らかにグリーンを意識しており、少なくとも一部は彼の作品に依拠していると考えられる部分がある。それはテキ屋でコソ泥のオートリカスの行状に関するところで、これは明らかにグリーンの得意な分野だったコニー・キャッチング（cony-catching）もののパンフレットに基づいていると考えられる。コニー・キャッチングとは、日本語で言えば「カモにする」くらいの意味で、ここでは特に、小悪党が世事に疎《うと》いお上りさんをカモにして有り金を巻き上げる次第を指しており、実際、オートリカスの振る舞いの多くがグリーンのパンフレットの中のスリ・コソ泥の行動との類似を指摘されている。いわば裏社会の連中のやり口を、いちおう気をつけるよう注意を促すためと称して、面白おかしく語ってみせるこれらのパンフレットは、グリーンの著作の中でもとりわけ人気が高く、当時、ロンドンの人々のあいだで、グリーンといえばコニー・キャッチングもの、コニー・キャッチングものといえばグリーン、といった連想が強く働いていたことは容易に想像できる。言うまでもないが、『パンドスト』にはオートリカスに相当するような人物は出てこない。シェイクスピアが忠実にこの物語に沿って芝居を作っていれば、その劇の中にオートリカスのような人物を立てる必要は本来なかったわけである。つまり、シェイクスピアは、グリーンの語り物の中でとりわけ人気が高く版を重ねていた『パンドスト』を原作に用いて、そこにさらに、グリーンの代名詞となっていたコニー・キャッチングもののパンフレットから出てきたようなオートリカスを登場させるという形で、自分の芝居を作ったのである。シェイクスピアは、この芝居を作る上で、明らかにグリーンを意識しており、さらに言えば、芝居を見る観客にもグリーンのことを意識するよう仕向けているように思われる。

さて、このようにして執筆された『冬物語』であるが、『パンドスト』の方が人物の造型や物語の展開が平板だと述べたこととといくぶん矛盾するようだが、二つの作品を比較すると、プロットの構成や人物の心の動きという点では、『冬物語』は『パンドスト』よりむしろ単純化されている。実際、どれだけ説得力があるかはともかく、『パンドスト』における心理描写の方が『冬物語』のそれよりもむしろ詳細に亘っていて写実的であり、レオンティーズの惑乱とパンドストの嫉妬とをを比べても、パンドストの方が現実感がある。

パンドストが妃のベラリアとイーギスタスの不義を疑う際にもさまざまに逡巡し、アポロンの神託を聞くとすみやかに自身の非を認めて悔悛の情を表すのに対して、レオンティーズの方は、いったんハーマイオニーの不貞という疑念が頭に浮かぶと、一気に惑乱に陥って、情理を尽くして妄動を思いとどまらせようとする周囲の人々の諫言にもいっさい耳を傾けることなく、アポロンの神託を聞いてもなお、マミリアスの死が伝えられるまで、考えを改めようとしない。そして、その改悛の後には、十六年間悔悟の生活を送ったとされるだけで、その間の詳細については具体的には何も示されずに終わっているのである。パンドストが十数年に亘って後悔で鬱々とした日々を送りながら、フォーニアを見た途端に欲情の虜となって醜態をさらすというのは先に見たとおりだが、少なくともそこには浅ましく見苦しいなりの現実感がある。

こういった違いは、それぞれの作品の中で中心をなす王の振る舞いだけにとどまらない。『パンドスト』では、生まれてすぐに捨てられた赤ん坊を拾い上げて我が子として育てる羊飼いの夫婦のやりとりも詳細に記されている。小舟に乗って流れ着いた赤子を見つけた羊飼いは、一旦は王の許に届けようとするが、金貨の詰まった財布を見ると、欲に駆られて、届けるのはやめにして、赤子を自分で育てることにする。赤子を家に連れ帰った夫に対して、妻はこれは不貞の証しかと疑って怒りかけるが、赤子の持ち物と財布を見せられて、説明を受けると、納得し、ふたりは周囲に気づかれないようにして、自分たちの娘として育てることにする。

フォーニアと名付けられた赤子は、聡明で器量もよく、それでいて両親に従順な娘として育ち、近在の評判になる。羊飼いは、見つけた金貨の一部を元手に自分の家を買い自前で牧場の経営も始めて、富貴な身分となって、多くの若者がフォーニアを嫁にほしいと望むようになる。

そのフォーニアと、彼女を見初《みそ》めて激しい恋に落ちるシシリアの王子ドラスタスとの恋の成り行きもやはり丹念にたどられている。もともと恋愛沙汰になど何の関心もなかったドラスタスは、父のイーギスタス王が用意する縁談にもほとんど何の関心も示そうとせず、王を怒らせていた。ところが、狩りの後で、友達といっしょに村の祭りから帰ってくるフォーニアを見初めて、話しかけ、互いにすぐに恋に落ちてしまう。ふたりはそれぞれ身分の違いなどを意識して、恋の成就などとても不可能だと思いながら、どんどん惹かれていく……。

こういった経緯も、『冬物語』では一切省かれている。そもそも捨て置かれたパーディタを拾い上げる羊飼いには、成年とおぼしい息子がいるが妻は登場せず、印象としてはすでに亡くなって存在しないように見える。年齢の点でも、『パンドスト』では夫婦ともまだ若い様子だが、『冬物語』ではずっと年老いて感じられる。それ自体は設定の違いから来るもので、とやかく言うことではないが、『パンドスト』の中で赤子を前にした夫婦が示す反応や交わす会話から伝わってくる金銭欲や嫉妬といった感情も、ごくありがちなものとはいえ、その分納得がいくかたちで表されているが、『冬物語』にそういった心の動きが描かれることはほとんどない。迷った羊を探していた羊飼いが赤ん坊を拾い上げると、そこへ息子の道化[4]が現れて、自分が今しがた目にした老人（アンティゴナス）が熊に襲われて食い殺された経緯と、座礁した船が大波に呑まれて転覆した次第を語る。ふたりは、赤ん坊と一緒に見つかった金貨に喜びつつ、それでも熊に襲われた老人の亡骸を埋葬に行こうと言いながら立ち去る。こうして、緊張と悲痛な思いに満ちた芝居の前半部は、羊飼いの

　お前は死んでいくものに、わしは新しく生まれたものに出会ったな　（三幕三場一一七―八行）

という格言のような言葉とともに閉じられて、擬人化された〈時〉による、何を言っているのかよくわからないものの、要するに十六年間すっ飛ばしますという趣旨の三十行余りの口上のあとで[5]、あっさりと牧歌風の後半部へと移ってゆくのである。

　言いかえれば、『パンドスト』では、人々の感情や反応が、物事を因果的に展開させてゆく原理として、それなりに写実的に提示されており、そういう点では、どこか小説を思わせて、出来事の説明としてはこちらの方が自然なようにも感じられる。もっとも、特段目新しい展開や洞察が示されるわけでもなく、ありがちな展開がだらだら続いているという印象で、全体的に退屈な感は免れないが、それはまた別の問題である。

　これに対して、『冬物語』では、そういう心理的な因果関係を通して物事が展開してゆくという写実的な尤もらしさはほとんど顧みられていない。レオンティーズの過剰な惑乱も、ハーマイオニーの人に気づかれることのない引き籠もりも、その理由が十分納得のいくかたちで説明されることは最後までない。パーディタとフロリゼルとの恋についても同様で、ふたりがどういう形で知り合って恋に落ちていくのかといった由来や経緯は、舞台の上で演じられることも、何らかの形でせりふを通して説明されることもない。舞台に登場してくるときからふたりはすでに深く愛し合っており、片時も離れられないという様子なのである。小説や語り物のようにある程度

長い時間をかけて読まれるテクストと、二、三時間のあいだに全てを詰め込む必要のある芝居とでは、描き方に相違があるのはむしろ当然かもしれない。けれども、結果として、『冬物語』では、登場人物が、『パンドスト』におけるように、長い現実的な時間を通して生活していると感じさせることが相対的に希薄で、むしろ、余計な夾雑物を削ぎ落とされた物語の枠の中で割り振られた役割に沿って造型された人物が、なおも強烈な現実性を帯びて現在を生きて、その一瞬一瞬を刻んでいるという感覚である。そういったところでは、人物の行動の動機が最終的に心理的な因果律に基づいて詳しく説明されることはなく、動機は究極においては神秘・謎のまま残されるのである。物語の枠組みが心理的な解釈を超えた動機として抗いがたく人々を突き動かし、そうやって動かされた人々の振る舞いが、この『冬物語』の世界を構成しているのである。

こうして、その不可解さを物語の常としてそのまま受け入れるしかないかたちで劇の前半部が終わると、一六年間の経過を宣告する〈時〉の指示に従って、私たちもすみやかに劇の後半部へと移ってゆく。

先にも少し触れたとおり、この後半部も、筋としてはごく単純で、現実にはともかく物語としてはありがちな話である。王子と羊飼いの娘という身分違いの恋に落ちた若いふたりが、何とかしてその成就を阻止しようとする王の威嚇を逃れるために駆け落ちするが、逃れた先がもともと娘が生まれた別の王の宮廷で、そこで娘がかつて失われた王女だったと判明し、一族再会と和解が成るというもので、『パンドスト』におけるように、逃げた先の王の懸想《けそう》といった面倒な事態になることもない。

極端な言い方をすれば、物語の筋立てとしては、『冬物語』の方が『パンドスト』などよりははるかに常套に沿ったものであり、ハーマイオニーの甦りといった〈趣向〉を別にすれば、むしろ観客や読者にとって、十分に予想のつく展開である。一般に、幼くして行方の知れなくなった人物が長い歳月の後に身につけていた形見の品や残された傷痕などからその身許が知れる場面のことを recognition scene（認知の場面）と呼ぶが、それは本来あるはずなのに隠されていたものがやはりあると再確認（cognition に対して recognition）されるという意味であり、それまで全く知られていなかったものが新規に発見されるというのではない。それゆえ、そこから得られる満足も全く新しい事実・事態が発見されることの喜びというのではなく、半ば見えなくなっていたものが改めて存在が再確認されることから来る喜びであり、そういった再確認こそが、挫折と喪失に縁取られた生をなおも深い肯定へと導くものと感得されるのである。この『冬物語』でも、その結末はたいへん感動的なものであるが、それはそこで何か新しいものが提示されるからではなく、むしろ、本来あると知られていたものがやはりその通りにあると再確認されるからであり、その意味で、観客の関心も、結末そのものよりむしろ、その「知られた結末」に向かって物語がいかに進んでいくのかに向けられると言えよう。この場合、〈再確認〉というのは、物語の内部にあっては、失われたと思われていた存在が生きて人々の許に戻ってきてその身元が確認されるということであるが、物語を読むなりそれが劇化されたものを観るなりする側からすれば、幼少時から繰り返し聞かされて記憶の奥底に眠っている同様の物語との共鳴から、明確に意識することもないままに、漠然と予想し半ば期待していた展開と結末がその通りに成就し、予想の正しさが確認されるということである。Recognition scene ではこの微妙に次元を異にする二つの〈再確認〉が重なり合って渾然一体となって溶け合わさって、人を深い満足、人生の肯定の感覚へと誘なっていくように思われる。その意味で、『パンドスト』の方が常套を裏切ることでその独自性を主張しているのに対して、『冬物語』は、いわば常套に忠実に従うことで、観客や読者を深い満足と感銘へと導いていくと言えよう。

少し先回りしたが、劇の後半部の実際の展開に話を戻すと、十六年の歳月を経たボヘミアの王宮では、かつてレオンティーズの側近として王からポリクシニーズ殺しを指示されながら、これをポリクシニーズに打ち明けて、彼に付いてシシリアから渡ってきたカミロが、その宮廷で重用されながらも、望郷の念を抑えられずにいる。それを、ポリクシニーズが何かと引き留めてきたのだが、ここでも、そういったやりとりの後で、王子フロリゼルが最近羊飼いの娘の許に足繁く通っているらしく気がかりだという話になって、ふたりして様子を窺いに行くことになる。
この場面（四幕二場）は一種の状況説明になっていて、それだけで、劇のアクションは、フロリゼルとパーディタの恋の行方と羊の毛刈り祭り、そこに割り込んでくるオートリカスの悪巧みへと進んでゆく。
こうして、いよいよ劇の後半部が本格的に動き出すと、オートリカスが調子のよい泥棒賛歌を口ずさみながら、登場してくる。

生け垣の白布を見れば、
ヘイホー、小鳥さん、今日も元気にさえずって、
盗っ人稼業の歯が疼く。
ビールの大杯前にすりゃ、王様のご馳走だって形無しさ。
［……］
俺が手がけるのは布地さ。トンビが巣を作る頃には小さな端布《はぎれ》にご用心。親父は俺にオートリカスって名をつけた。オートリカスってのは、俺と同じで、盗っ人の守り神、水星マーキュリーの差配で生まれたとかで、こいつも、やっぱり、人が目を離した小物のかっぱらいが専門だった。俺は博打と女衒でこの一張羅を手に入れたんだが、本業はけちなコソ泥だ。街道筋では絞首台と棍棒がにらみを利かす。ぶちのめされて首を吊られるのだけは、どうかご勘弁を。
（四幕三場五―三〇行）

このオートリカス、畏れ多くも盗っ人の守り神ヘルメス（マーキュリー）の息子で自身盗みと変装の名人だったアウトリュコスの由緒正しい名をいただいているものの、先にも述べたように、基本的にはグリーンのコニー・キャッチングもののパンフレットを踏まえたものと考えられ、実際、ジェフリー・バローは、『シェイクスピア

粉本集』の中で、グリーンのパンフレットからの抜粋について、そこに描かれた小悪党のどの所行がオートリカスのどの振る舞いと対応しているか、注で示してもいる。[6] しかし、そういった細部の比較・対照は、学問的な研究としては意義があるだろうが、作品の理解という点では必ずしも重要とは思えない。大切なのは、具体的な手口の一々の細部というよりも、むしろ、彼の存在そのものがグリーンの描く小悪党を連想させるということだろう。ここで、オートリカスは、パーディタを拾って以来すっかり懐具合のよくなった羊飼いとその息子の屋敷を中心に繰り広げられる羊の毛刈り祭りに便乗して、一儲けしようと企んでいるのである。それ自体けしからん輩であることは言うまでもないが、祭りには、一面としてはいかがわしいテキ屋や屋台というのが付きもので、そういった存在が祭りの雰囲気を盛り上げているという面もあるだろう。

祭りの中で、オートリカスは小間物やバラッドなど、娘たちがほしがるものを次々と売りつけてゆくのだが、その間、テキ屋の口上のように、小間物の品々を織り込んだ歌を歌ってみせて、陽気にはしゃぐ人々の気分をいっそう浮き立たせてゆく。

積もったばかりの雪より白い平織りの反物に、
カラスみたいに漆黒のキプロス産の縮緬はいかがかな。
バラのごとくに甘い香りの手袋に、
顔を覆うお面、鼻だけ隠すのもあるよ、
黒玉の腕輪に琥珀の首飾り、
貴婦人の部屋にもってこいの香水と
金のずきんと胴飾り、
娘さんに上げればモテること間違いなしだ。

ピンでも鋼《はがね》の指し針でも、
頭からつま先まで、御用のものは何でもござい。
（四幕四場二一八―二七行）

この祭りの場面で、オートリカスとは少し違うかたちで、お祭り気分を盛り上げているのは、言うまでもなく、パーディタである。父親の羊飼いに、祭りのもてなしの準備もろくにせずにフロリゼルの相手ばかりしていると小言を言われたりしながら、祭りの主催者として皆に明るく花を配るなど、いかにも華やかに場を仕切っているという様子である。羊飼いの扮装でやってきて、何かと絡むポリクシニーズに対しても、もちろん相手がフロリゼルの父の王だなどとはつゆ知らず、いかにも如才なげに応じていく。

ここで、パーディタが花を配りながら挙げてゆく、それぞれの人にふさわしいという花々の名は、一種の花づくしになっていて、羊の毛刈り祭りという、文字通り自然の恵みを祝う祭りに花を添えて、その豊穣さをよく印象づけている。

香りの強いラヴェンダー、ハッカにセイボリー、マヨナラに、
お日様といっしょに寝に就き、涙ながらに
いっしょに起きるキンセンカ、こういったのは夏の盛りの
花たちで、盛りの歳の男性にさしあげるのが
ふさわしい。ようこそいらっしゃいました。
〔……〕
輝ける日の神が
天のいただきに達するのを見ることも叶わずに、

乙女によくありがちな病のために、独り身のままで亡くなる
血の気の薄い桜草、大胆なセイタカソウと
豪華な王冠ユリと、他のあらゆる種類の百合の花、
イチハツの花もその一つだけど、そういう花がないのです。
皆様に花輪を作ってさし上げて、私の大事な人には、
頭の上から撒いてあげたいのだけれど。

（四幕四場一〇四―一二九行）

パーディタのせりふが一種の花尽くしになっていると言ったが、オートリカスの歌は、祭りや祝いの場で身に着ける小間物や装飾品のもの尽くしになっており、それを言うなら、羊飼いの息子が、パーディタに言いつけられて市場に買い出しに行く食材を挙げてゆくせりふも、やはり一種のもの尽くしになっていて、こういったせりふや歌が、それぞれの角度から、羊の毛刈り祭りの賑わいとその背後にある人々のそれなりに豊かな暮らしを象徴的に浮かび上がらせている。

これは計算器でもないとわからないな。ええっと、毛刈り祭りのために何を買うんだっけ。砂糖を三ポンド、干しぶどうが五ポンド、米――妹の奴、米なんてどうするつもりなんだろう。でも、親父はあいつを祭りの主催者にしたことだし、あいつは何でも抜かりはないからな。毛刈り人のために花輪を二四個も作ってやってたし。みんな三人一組の歌い手で、なかなかのものだった。でも、みな低音ばかりだったしな。でも、その中にひとりピューリタンが混じっていて、こいつが角笛に合わせて賛美歌を歌うんだ。アップル・パイに色づけするのに、サフランも買わなきゃ。ニクズクの皮干しと、……ナツメヤシもだっけ。いや、書いてない。ニクズクが七つと生姜を一、二本、でも、これはおまけしてくれるかもしれない。干し

たスモモを四ポンドと、同じだけの日干しぶどう、っと。（四幕三場三六―四九行）

グリーンのコニー・キャッチングもののパンフレットは、それなりにユーモアを感じさせはするが、基本的に裏社会に棲息する小悪党が繰り広げる日々の手口の紹介という域を超えていない。彼らからカモにされて身ぐるみはがされた被害者はひとり残らず我が身の不幸を呪い、小悪党への憎悪を募らせるが、少なくとも劇の中で見る限り、オートリカスにカモにされた人々からはそういう憤懣は伝わってこない。むしろ、彼は祭りの華やぎを演出し、その一翼を担う存在になっているのである。

このようにして、オートリカスとパーディタが周囲の人々を巻き込んで賑やかに醸し出しゆく祝祭的な雰囲気は、劇後半の基調をなしており、これ以降、変装をかなぐり捨ててフロリゼルとパーディタを厳しく叱責するポリクシニーズの振る舞いと、それに続く状況の暗転、関係者の一斉のシシリア行きといった慌ただしい展開の中でも、どこか浮き浮きしたような気配を醸し続けるのである。

しかし、ともあれ、若いふたりに対するポリクシニーズの厳しい譴責によって、ふたりの恋の進展は阻止され、パーディタは、「王様にも、『宮殿を照らす太陽は、私たちの小さな家に対しては顔を隠すようなことはなさらずに、同じように見てくださいます』とはっきり申し上げようとしたんだけど」（四幕四場四四二―四六行）と気丈なところを見せるが、フロリゼルには「さあ、もうお帰りください、きっとこうなると申し上げたでしょ。お立場をよくお考えになってくださいな、私のこの夢はもう覚めましたので、お妃になるなんてもう金輪際考えないで、羊の乳を搾るなどして、そっと泣くことにいたします」（四四六―五〇行）と、おおかた諦めムードである。

しかし、フロリゼルの方は、ポリクシニーズから叱責されたからといって、「はい、そうですか」と言って、引き下がるはずもなく、こうなったらもう駆け落ちしかないと決意するものの、具体的な手立てもなく、どうしたらいいか悩んでいる。すると、カミロが、自分が手筈を整えるから、父の王の名代と称して、シシリアに行くようにと勧め、フロリゼルも喜んで同意する。カミロはオートリカスにも声を掛けて、フロリゼルと衣服を交換させると、パーディタも貧しいなりに変装させて、シシリアに着いて以降のことは心配ないからと請け合ってみせる。実際には、ここでカミロはいかにも親切げに若いふたりのことを案じて世話を焼いているように振る舞ってはいるが、ポリクシニーズに引き留められて帰郷もままならないことから、まず若いふたりを先にシシリアに発たせて、それを後でポリクシニーズに注進して、王が若いふたりを追ってシシリアに行くよう仕向けて、自分もそれに従うかたちで帰国する算段なのである。

三人が行ってしまうと、たまたまそばにいたことで関わり合って、三人の計画を盗み聞きしていたオートリカスが、これは自分にとっても稼ぎ時だとうれしがる。

しっかり読めたぞ。ちゃんと聞いてたからな。地獄の耳と鷹の目と素早い指先は、コソ泥稼業の必需品。鋭い鼻も必要だ、耳や目や指先のためにどこに仕事が転がってるか嗅ぎ分けてやらなきゃいかんからな。悪党が一儲けするチャンスの到来だ。おまけなんてなくても、何とも素晴らしい取引だったが、その上に、このおまけとくれば、いやはやたまらない。どうやら今年は、神様たちが俺たちのことを大目に見てくださって、興に任せて好きにやれということらしいぜ。

(四幕四場六七〇—七七行)

一方、フロリゼルの正体と彼とパーディタの恋に対するポリクシニーズの怒りを知った羊飼いとその息子は、そのまま放置しておくと自分たちに害が及ぶと驚き慌てて、ことの次第を王に奏上しに行こうとする。パーディタは自分たちの娘や妹などではないことを証拠の品と共に訴え出て難を免れるつもりなのである。しかし、ここでもまた、オートリカスが、若いふたりの駆け落ちがふいになれば、自分の稼ぎも吹き飛ぶからと割って入って、フロリゼルと交換して着込んだ高価な衣裳で宮廷の高官を装って、親子だけで不用意に王の前に出ていったりすれば反って怒りを買って、ひどい拷問を受けた上で惨殺されるだろうと親切顔で脅して、王は不興を晴らすために船遊びに出ておられるが、自分が何とか取りなしてやろうと言いくるめ、ふたりから「仲介料」を巻き上げて、ふたりをフロリゼルらが乗る舟に乗せるべく立ち回る。

人間の知恵で思いつく限りに重くて、復讐心が思いつく限りにひどい罰を受けるというだけではすまないぞ。繋がりのある連中は五十親等離れていても、全員縛り首だ。何とも気の毒なことだが仕方あるまい。笛で羊を追うしか能のないような老いぼれが娘を王子の妃にしようなどとは。石打ちの刑にされるとも言われているが、そんなものなど、甘い、甘い。玉座を羊小屋に引きずり込もうとしたんだぞ。あらゆる死に方を足しても、足りないくらいだ。一番ひどい死に方だって、楽ちんすぎる。〔……〕奴には息子がひとりいたな。こいつは生きたまま皮をはいで、体中に蜜を塗りたくって、スズメバチの巣のてっぺんに立たせて、八割方くたばるまで、そのまま直立不動にさせておくのだ。（四幕四場七七二―八六行）

ここで、オートリカスは、親子がいかにひどい拷問と惨殺に晒されることになるかを説いてふたりを震え上がらせているのだが、むしろただのほら話のレヴェルで、聞いている観客には滑稽な笑い話であり、それを本気で真に受けて怖がっている羊飼いの親子共々、愛すべき冗談という感覚である。尤も、次の場面では、カミロと共にフロリゼルを追ってシシリアに渡ってきたポリクシニーズが、羊飼いの親子を、まさにここでオートリカスが語っているような形で脅していると伝えられるから、一概に冗談とも言えないところだが、そのポリクシニーズの逆上も含めて、全体としてコミカルな雰囲気の中で展開しているという感は否めない。

ともあれ、こうして、劇に登場するボヘミアの人たちの多くが、それぞれ別の思惑で、なだれを打ったように一斉にシシリアに渡っていくのである。

このようにして、オートリカスは、まさしくグリーンのコニー・キャッチングものの小悪党を地で行くようにして、羊飼いの親子をカモにし続けるのだが、その一方で、先にも触れたように、オートリカスは、狙った相手の有り金をごっそりいただくという最終的な目論見は何ら変わらないものの、祭りの中で歌や口上で人々を楽しませ、その気分を浮き立たせるという点で、祭りの重要な部分を担っている。

その意味で、オートリカスは、グリーンのパンフレットから出てきたように見えると同時に、シェイクスピアの他の芝居に登場する、『ヘンリー四世』二部作（一五九七）のフォルスタッフや『お気に召すまま』（一五九九）のタッチストーン、あるいは、『十二夜』（一六〇一）のフェステといった広い意味での道化に繋がる面も具えているように思われる。

こういった道化たちがそれぞれの劇の中で芝居の雰囲気を盛り上げて、陽気な共生感を演出し、時にはそれに微妙な陰影の襞を与えるなど、重要な役を担っているのは言うまでもない。そして、そういった道化の活躍の背後には、リチャード・タールトンやウィリアム・ケンプなど、草創期以来、エリザベス朝の民衆演劇の一翼を担った道化役者の長い伝統がある。土間の観客の野次や歓声に気軽に応じて、当意即妙の機知で場を沸かせ、舞台と土間とのあいだに陽気な一体感を醸し出してゆくこれらの道化役者の演技は、芝居の醍醐味の一つであり、若いシェイクスピアもそういった芸から多くのものを学んでいったに違いない。『冬物語』のオートリカスの振る舞いも、こういった伝統と経験の長い積み重ねに負うものだったと言えよう。

けれども、一五九〇年代の後半期以降、シェイクスピアが自身の戯曲を中心に据えて緻密に構成された芝居のスタイルを確立していくにつれて、時に台本やその指示から気儘に離れて即興の機知で土間を沸かせるような道化役者の振る舞いはしだいに厄介なものとなっていき、両者のあいだにはしだいに葛藤や軋轢が生じるようになってゆく。

この点については以前からいくつか発表しているので、ここでは簡単に触れるにとどめておきたいが、そういった対立は、『ヘンリー四世』二部作の中で、フォルスタッフとの放蕩三昧に明け暮れるハルこと王子ヘンリーが初めからフォルスタッフの追放を意図していて、自身の即位に合わせてこれを速やかに実行に移すことに象徴的に表されている。(7) こういった事情は、さらに、宮内大臣一座結成以来の幹部座員でもあったウィリアム・ケンプが一五九九年に劇団を去るということにも繋がったと推定される。そしてまた、一六〇〇年からその翌年頃に初演されたと考えられる『ハムレット』の中で、ハムレットが旅回りの劇団の頭に、自分が手を加えた芝居の演じ方を指示する中で、次のように語ることも、シェイクスピアがハムレットに託すかたちで、台本から勝手に逸《そ》れて土間の受けを狙う道化役者への苛立ちを改めて表明しているとも取れる。

> 道化の役を演ずる連中には、元から割り当てられたせりふ以外は、何もしゃべらせないようにしろ。連中の中には、観客のうちの頭の中が空っぽの手合いを笑わせようとして、自分で笑い出すのがいるんだ。その間に、芝居の中の肝腎な問題を考えなきゃいけないのにだ。これはとんでもないことで、そういうことをする阿呆の浅ましい限りの思い上がりというものだ。（『ハムレット』三幕二場三八―四五行）

もう既にケンプもいなくなった後で、改めてこんなことを舞台上のせりふに盛り込むというのは、見ようによれば少し変ではあるが、それだけ道化のアチャラカが憎かったのか、それとも、ケンプを退団に追い込んだことへの呵責の念が、逆に自己正当化へと走らせたのかもしれない。

けれども、こういった一連の動きを通して、シェイクスピアが道化的な即興を完璧に押さえ込んで、芸術性の高い自らのドラマトゥルギーを揺るぎなく確立するのかというと、ことはそれほど単純ではない。そもそも道化のアチャラカが引き起こす賑やかなざわめきが時にどれほど苛立たしいものであったにせよ、そうやって生み出される舞台と土間の陽気な一体感は芝居を芝居たらしめる重要な要素であり、それを闇雲に押さえつけようとする企てはむしろ芝居に息づく生命感を枯渇させることに繋がるということは、民衆演劇の中で腕を磨いてきたシェイクスピア自身、十分承知していたはずである。

実際、台本にはない即興のせりふを勝手に挾んだりしないように役者に厳しく戒めていたハムレットが、自身統制の利かない道化のように振る舞って、その後に始まる劇中劇の中で勝手な野次や横槍を入れて芝居をかき回し、実際の劇のアクションの中でも意味不明な言動を繰り返して、人々と劇そのものを深い混乱に陥れてゆくというのは改めて言うまでもない。

『ハムレット』以降も、例えば『尺には尺を』(一六〇四)の中で、ヴィンセンシオー公爵は、正体を隠して自分が治めるウィーンの町を見て回って、堕落した人々を改悛へと導こうとするが、途中で、愚にも付かない遊び人のようなルーシオーからくりかえし茶々を入れられ、自分が主催するつもりでいる裁きと赦しの壮大な芝居に冷や水を浴びせられる。それは、一面としては、ヴィンセンシオーに劇作家としての自らを託したシェイクスピアが、押さえ込んだはずの道化にいいように振り回されて、自身の浅はかな目論見を暴かれている姿とも取れなくはない(8)。

その意味で、道化の即興芸と劇作家の芸術志向とのあいだの対立は、むしろシェイクスピア自身の内なる葛藤として深化され、演劇とはどうあるべきものなのかを巡る問題として長く尾を引き続けることになる。

そういった脈絡の中で『冬物語』のオートリカスを見ると、劇の展開に脇から勝手に割り込んできて、その円滑な進行を邪魔立てしようとし、また舞台にひとり立って自分の企みを語って聞かせて、観客を心理的な共犯に巻き込んでいこうとするところなど、彼が先に挙げたシェイクスピアの道化たちの系譜に繋がる人物であることは明らかだろう。それは単に機知で人を笑わせ、歌や口上でお祭り気分を盛り上げるといったレヴェルのことではなく、劇のアクションの展開にみだりに干渉したり、それを自分の都合に沿ってねじ曲げたりするということである。

しかし、そのオートリカスの勝手な振る舞いは、ここでは、芝居の進行を妨げるのではなく、むしろ、彼のそういった振る舞いこそが劇をその成就へと導いていく。

オートリカスの指示で、わけも分からないまま船に乗せられて、シシリアに連れてこられた羊飼いの親子は、不案内な市街をうろうろしているところを、フロリゼルを追ってやはりシシリアに来て、レオンティーズの宮廷に向かっていたポリクシニーズの一行に見咎められて、こともあろうに、フロリゼルらにシシリア行きをそそのかした張本人であるカミロから厳しい詮議を受けることになる。

廷臣　　　　　　　　　　　　どうやらボヘミアの王様は
この美しいおふたりの後を追って、陛下の宮殿に
急ぎ向かわれている際に、途中で、
この王子様とご一緒にそろって国を出られた
この妃殿下とされる方の父親と兄に
出会われたご様子です。
〔……〕
カミロもお父上とご一緒です。
レオンティーズ　何、カミロだって。
廷臣　カミロです。私は直接言葉も交わしました。カミロは、今、
憐れなふたりの尋問をしております。あれほど震えている
人物を今まで見たことがございません。跪いて、大地に口づけして、

思いつく限りの嘘八百を並べ立てております。
ボヘミア王は頑として耳を貸されず、こちらも
思いつく限りの死罪で脅しておられます。

（五幕一場一八八―二〇二行）

しかし、後からレオンティーズも立ち会うことになったこの詮議の場で、親子が、恐怖におののきながら、形見の品を差し出して、パーディタを見つけた次第を話したことで、全ての真相が明らかとなり、レオンティーズは失われたと思われていた娘と巡り会うのである。

侍従一　私がお伝えできるのは、ごく断片的なことだけです。でも国王陛下とカミロ様は、まさしく驚愕のご様子でした。お互いに顔を見合わされて、目も飛び出さんばかりのありさまでした。口もきけない状態でありながら、それが実に雄弁なのです。身振りだけで言葉になっているという具合で。そのご様子は、さながら世界が救済されたか、さもなければ、破滅したという報せを聞かれたかのようでした。共に途方もない驚きの念を浮かべておられましたが、見ただけでは、どんなに賢明な方でも、それが表しているのが喜びなのか、悲しみなのか、測りかねたでしょうが、いずれにしても、どちらかの極みであることに間違いありません。

［もうひとりの侍従が登場］

もっと知っているかもしれない侍従が来ました。ロジャロ、何か報せは。

侍従二　かがり火を、とにかく、かがり火を。神託が成就したのだ。王様のお子が見つかったのだ。このわずか一時間のあいだに途轍もないほどの不思議が明かされたので、バラッドの作者だって、書き表すことなど出来ないだろう。

（五幕二場九―二五行）

詮議の場から次々に退室してくる侍従の話から、神託が成就するさまがしだいに明らかになっていくのだが、ここで注目すべき点は、この奇蹟的な邂逅が舞台で直接演じられるのではなく、あくまで伝聞として間接的に表象されているということである。すぐ後に、ハーマイオニーの像がレオンティーズの目の前で息を吹き込まれて動き出し、赤子の時に奪われて以来姿を見ることのなかった娘と再会を果たすというクライマックスが控えているので、山場を二つに分けて焦点をぼやけさせるのを避けるために、こちらは間接的な表現にとどめたということもあろう。けれども、ハーマイオニーの蘇《よみがえ》りというのは、確かに観客から見ても予想を超えた心動かされる場面だが、あくまでポーリーナというひとりの女性の企てたことである。これに対して、ほとんど生まれると同時に遠い異郷に捨てられた王女が、成長して、自らの身元も知らないままに、偶然の積み重ねによって、父の王の宮廷に再び戻ってくるというのは、人智を超えた力によってのみ達成されるものであり、驚きの程度としてはむしろこちらの方が大きいと言えるだろう。しかし、同時にまた、先に述べたように、この邂逅は、それを現在進行のかたちで経験している人物にとっては信じがたい奇蹟であるが、その一方で、それを少し離れて観る観客からすれば、一家の離散と再会の物語の常として、なかば予想できた成り行きである。予想できた結果が感動を呼ばないわけではないというのも先に述べたとおりだが、この作品の場合、これも先にも見たように、レオンティーズがすごした悔悟の十六年は実質的に全く描かれていない。そういう事情もあって、ここでレオンティーズとその周辺の人々が、幼くして行方の知れなくなっていたパーディタを見出して狂喜する様をそのまま舞台で表しても、むしろ舞台と土間の意識のギャップを浮かび上がらせることにも成りかねず、それゆえ、『冬物語』では、この奇蹟はあくまで人の手による直接的な表象を超えたものとして伝聞の形で表されているのではないだろうか。

少し話が逸れたが、この点についてはまた後で触れることにして、この劇では、オートリカスの勝手な振る舞いが劇の進行を妨げるのではなく、むしろ、それこそが劇を成就に導いていくということに話を戻すことにしよう。

　こういった特質を考えていて、最初に気づく点は、道化かそれに準ずる人物が勝手な振る舞いを繰り返すという点では共通する『ヘンリー四世』や『尺には尺を』、あるいは『あらし』（一六一一）といった作品には、それぞれ芝居全体を統括・演出していて、その意味で、劇作家自身に擬せられるような人物が登場するが、『冬物語』にはそういった人物は出てこないということである。これはもちろん、作品の由来や粉本の形式がそれぞれ異なっているので、簡単に決めつけることは出来ないが、いま挙げたような作品では、さまざまに抗う力が働く中で、そういった力を一つに束ねて強い意図を持って物事を先に推し進めようとする意志がひとりの人物として表象されている。そして、そういった人物が道化の勝手な振る舞いに時に苛立ち、これを抑え込むか、さもなければ、排除しようとさえするのである[9]。これに対して、『冬物語』では、物語はほとんど独りでに展開していくような具合になっており、劇作家は、あえて自身の立場を代弁するような人物を立てるまでもなく、そういった物語の背後に隠れて、それが自ずから展開していくのに任せているように感じられるのである。

　そして、それゆえに、この芝居では、オートリカスの振る舞いに苛立って、これを何とか抑え込んで無理に自分の意志に沿わせたり最終的に裁いたりするような人物もまたいないということになる。しかし、だからといって、ここで、オートリカスが最後まで何でも好き放題にして羽目を外し続けるようになっているかというと、けっしてそういうわけではなく、彼なりに好き勝手なことをやって、それが物語をあるべき成就へと導いていくのだが、その中で、オートリカス自身、物語の最後の構図の中でほぼ順当と見えるような場に収まっていくのである。

オートリカス　閣下、これまで私がしでかしました不埒な振る舞いの数々、どうかお赦しくださって、王子様によろしくお取りなし下さい。

羊飼い　せがれよ、聞いてやるんだ。わしらも紳士になったからには、紳士らしく寛大に振る舞わなければならんからな。
息子　これからは心を入れ替えると言うんだな。
オートリカス　それはもう、お心にかないますれば。
息子　じゃあ、握手だ。王子様には、お前がボヘミア中で一番正直でまっとうな奴だと誓ってやろう。
羊飼い　言うのはいいが、誓わない方がいいぞ……。
息子　……でも、誓うよ。それに、お前が勇敢で腕の立つ奴だとも誓ってやろう。
オートリカス　そうなりますよう、相務めます。
息子　ああ、そうすることだ。お前が勇敢でもないのに、酔っ払うことが出来るなんて、とても信じられないことだからな。

（五幕二場一一三—七二行）

『冬物語』の中には、劇全体を制御して劇作家シェイクスピアを表象しているように感じられるような人物は存在しないと言ったが、この劇の中にシェイクスピアを連想させる人物が全くいないというわけではない。オートリカスが一面としてロバート・グリーンを思い起こさせる人物だとすれば、その彼に狙いをつけられ、いいように振り回される羊飼いの親子、とりわけ、その息子の方は、どこかシェイクスピアを想起させる人物になっているように思われる。

先に、一五九〇年代の後半期には、シェイクスピアが戯曲を中心に据えた自身のドラマトゥルギーを確立させてゆくと言ったが、この時期はまた、シェイクスピアが、社会的、経済的にも自らの立場をより揺るぎないものとしていった時期でもある。一五九六年には父ジョン・シェイクスピアがジェントルマンとして紋章の使用を許可されているが、その背後には劇作家として身を立てた息子ウィリアムの存在があったのは言うまでもない。また、翌九七年にはシェイクスピアは故郷ストラットフォードで二番目に大きな屋敷ニュー・プレイスを購入してもいる。

シェイクスピアのこういっためざましい成功は、おそらく俳優や劇作家たちの注目を集め、時には冷やかしややっかみの対象ともなっただろう。

一五九九年に初演されたベン・ジョンソンの風刺劇『偏屈直し』の中で、野心家の田舎者ソグリアードは、金を積んで新たに得た紋章を自慢して、知り合いの騎士から紋章の題銘は「芥子《からし》なきにしもあらず」（三幕四場八六行）としてはどうかと勧められる。これは、金色の下地にラテン語で「資格ナキニシモアラズ」という題銘を記したジョン・シェイクスピアの紋章を揶揄したものであるというのは、研究者の一致した見解である。(10)

同じ一五九九年に初演されたシェイクスピアの『お気に召すまま』の中で、アーデンの森に住む小金を持った田舎者の青年ウィリアムは、やはり森に住む娘オードリーに恋をして、道化のタッチストーンに、恋の鞘当てでいいようにからかわれた挙げ句に、体よく追い払われる（五幕一場）。この場面は前後の部分とほとんど何の繋がりもないこともあって、これもやはり、アーデンの森の広がるウォリックシャーの田舎町の出身で、故郷に着実に資産を築いて周りからからかい半分感嘆もされていたシェイクスピアの一種の楽屋落ちだったと考えられている。(11)ここでウィリアムをコケにして追い払うのが道化のタッチストーンであるというのは、シェイクスピアが道化役者とのあいだに軋轢の多かったことと考え合わせると、なかなか意味深長に思えてくる。(12)『冬物語』の羊飼いの親子とオートリカスのやりとりも、こういったエピソードの延長線上に置いて見ることが出来るのではないだろうか。

アーデンの森のウィリアムと同様、この劇の羊飼いの息子も、一方で、オートリカスにコケにされ繰り返し金を巻き上げられ、父親ともども脅されて船に乗せられもする。けれども、彼は、ウィリアムのようにただ一方的に言い負かされて退散するわけではない。劇の中で息子とオートリカスが最初に出会うのは、羊の毛刈り祭りのための食材を買い出しにやって来た息子が、道ばたで倒れてうんうん唸っているオートリカスを見かけるところだが、追いはぎに襲われたと聞いて、人のよい息子はこれを助け起こすが、その隙に財布をすられてしまう。けれども、助け起こした際も、誰にやられたのか尋ねて、オートリカスが自分の人相や風体を話して聞かせて、オートリカスと名乗っていたと答えると、息子は、あいつはあくどい泥棒だけど、てんで臆病者だから、にらんで大声で怒鳴りつければ、それだけでしっぽを巻いて逃げ出したのにと、小馬鹿にした様子で忠告する。親子はまた、オートリカスに脅されたとおりに、ポリクシニーズの激しい怒りにさらされはするが、それがきっかけになって、捨てられたパーディタを救って養育した貢献者として皆から称賛され、その功績に対するねぎらいとして親子ともども騎士の身分に取り立てられ、オートリカスからも最敬礼を受けることになる。騎士の身分ということは、ジョン・シェイクスピアが（それを引き継ぐことになった息子ウィリアム・シェイクスピアも含めて）得たジェントルマンの称号より一段格が上なのだが、それでいて、シェイクスピア親子のように、周囲から金で紋章を買ったなどと揶揄されることもないのである。

紋章の取得や道化との軋轢というのは、いずれもシェイクスピアのキャリアの中でそれぞれ節目となった出来事であり、単に、一見したところ波風の立つことの少ないシェイクスピアの劇作家人生の中で、いくぶんスキャンダラスに人目を引く事柄だったというだけでなく、シェイクスピアにとって、演劇とはどうあるべきものか、自分とはいったいどういう存在なのかという問いを自らに突きつける事態だったのではないだろうか。だから、それらは簡単に時の経過とともに記憶から薄れ忘れ去られるような性格の問題ではなく、微妙に形を変えながら、それなりに強いこだわりとして残り続けたのではないだろうか。

羊飼いの親子とオートリカスのやりとりは、そういった思いがその後も残り続けた一つの徴と言えようが、しかし、その十年のあいだに、そういった思い・こだわりはしだいに性格を変えていったように感じられる。間が抜けてはいるが気のいい羊飼いの親子が思いもよらなかった騎士の身分に取り立てられるというのは、どこかほのぼのとした逸話であり、それがシェイクスピア親子のジェントルマンへの立身の話を想起させて、しかもそれより一段上まわっていて、以前なら道化にからかわれそうなところが、ここではオートリカスから最敬礼されているというのも、むしろ剽軽《ひょうきん》な笑いに繋がっているように思われる。父親名義で紋章を取得してからすでに十数年、その父が亡くなって、自身が家督を継いでからも十年近い歳月が経って、シェイクスピアの名士ぶりもそれなりに板についてきて、その分余裕も出来て、それがこの剽軽な笑いに繋がったということかもしれない。

グリーンとの関係についても、われわれは『一文の知恵』の記述だけ読んで、両者の関係を水と油のように相容れない、きわめて根深い反目のように考えがちだが、シェイクスピアがまだ駆け出しの頃には、おそらく一緒に作業して手ほどきを受けたり、あるいは飲み食いを共にして談笑したりする機会もあったのではないだろうか。そのグリーンが不摂生も祟って創作にも生活にも行き詰まり、着実に足場を固めているように見えたシェイクスピアについて、ほとんど八つ当たりのような難癖を付けたというのは、けっして愉快なものではなかっただろうが、しかし、その相手も亡くなってすでに二十年近い年月が流れ、自身そろそろ引退を考えるような歳になって振り返ると、かつての苦々しい記憶もどこか懐かしい歴史の一コマに変わっていたのではないだろうか。

そういった思いが先にあって、それを表現する媒介として、シェイクスピアが意識して創作の粉本に『パンドスト』を選んだのか、それとも、たまたま『パンドスト』を読んでいく中で、漠然としてあった思いが明確な形を帯び始めたのか、いずれとも決めがたいが、結果的に、シェイクスピアは、『冬物語』の創作を通して、意図的に、グリーンが自分に向けてきた、グリーン自身や〈大学出の才人たち〉が苦心して築いてきた成果を勝手に使ったと非難したことを、むしろ、はっきり見える形にして実践している。『パンドスト』という物語のプロットも、コニー・キャッチングの手口も、グリーンからの借り物である。

しかも、単に借用しているだけでなく、いずれの要素をついても、シェイクスピアは明らかにグリーンの上を行っている。どこかだらだらと続いた挙げ句に主人公の惨めな死で終わる物語を下地にして、シェイクスピアは感動的で心洗われる悔悟と和解の壮大な悲喜劇に仕立てている。グリーンのコニー・キャッチングもののパンフレットで挙げられた手口についても、オートリカスの振る舞いでなぞって十二分に活躍させて、物語の進行を促す狂言回しに仕立てて、シェイクスピアを連想させる間の抜けた羊飼いをカモにするのまで許しながら、最終的には、その相手に平伏させるようにしている。

こうして、『冬物語』は、さまざまにグリーンに負っているということを示唆しながら、同時に、そのモデルとなった相手よりも自分の方がいかに優っているかということもそれなりにしっかり示している。けれども、だからといって、これ見よがしに自分の優秀さを誇示しているかというと、そういうことでもなくて、作品としてはそれぞれの要素がごく自然に納まっていて、しかし、よく見ると、そういうグリーンを匂わせる要素が随所にはめ込まれているという印象なのである。

その意味で、相手を立てているようでありながら、コケにしているようでもあり、ただそれもはっきり馬鹿にしているというほどでもなく、全体として見れば、少し意地の悪いオマージュになっているというところだろうか。

あるいは、人はこういう議論を聞いて、それはそう思って見ればそう見えるといった程度のことで、そういうふうに解するというのはかなり恣意的な解釈ということになるのではないか、また、そういう要素が仮にあるとして、それを踏まえることで私たちの作品の理解がどう変わるというのか、と疑問に思われるかもしれない。一面としては、それはその通りであり、他にも、私たちが気づいていないだけで、同様な事象が作品の中にいくつも鏤《ちりば》められているということは十分にありうることである。

実際、例えばオートリカスにしても、先にも触れたように、一方でグリーンのコニー・キャッチングもののパンフレットから出てきたようにも見え、同時に、シェイクスピアの道化の系譜に繋がるようにも感じられるが、そういう出自や背景があるように思えるからといって、劇の展開やその理解にさしたる差が出るわけでもない。

けれども、そういったシェイクスピアの経歴を形作ることに与った、出自を異にする複数の要素が、ちょうどだまし絵の地と柄の関係のように、時には顔を覗かせ、次の瞬間には別の要素の陰に隠れるようにして、しかし、いずれの要素も完全に消えることなく、微妙に絡み合いながら、劇の大団円に繋がってゆくことは、劇の主題にさまざまな陰影や変奏を加え、そのことがこの芝居に他の劇にはない独特の深みと奥行きを与えているように思われる。

先にも触れたように、この劇には、『ヘンリー四世』のハルや『尺には尺を』のヴィンセンシオーのように、フォルスタッフやルーシオーの振る舞いを最終的に否定したり裁いたりして、アクション全体を自分の企図に沿って進めていこうとするような人物もいない。しかし、それでも、劇のアクションは、オートリカスの好き勝手な振る舞いにうまく乗るかたちで展開していくように見える。そして、そういった世界では、その劇世界を支配し操作しようとする人物をあえて立てるまでもなく、むしろ、劇のアクションの展開も、道化の逸脱もそれぞれ自由にさせておくことで、それぞれが自ずとあるべきところに収まっていくという具合になっている。

同様のことが、シェイクスピアの劇作家としてのキャリアを徴づけた出来事や人物についても言えよう。グリーンの悪態も、道化との軋轢も、地所や紋章にまつわる仲間の冷やかしも、そしてまた、そういったことを通して浮かび上がる、傾いた家を父に代わって立て直したいという息子としての思いも、そして、芸術の高みを目指そうとする劇作家としての自らの思惑も、彼の実人生においては、もともと強いこだわりの伴う事柄だっただろう。しかし、そういったものも多くはそれなりに達成されたこともあって、時の経過とともにしだいに遠景化され、その分、思い入れとしてもいくぶん淡いものに変わっていったのではないだろうか。そのような変化がこの作品の中にもどこか反映されていて、そういった出来事や思いは、折に触れて想起され、時には少しクローズ・アップされながら、次の瞬間には他の要素の陰に隠れるようにして、しかし完全に消えるわけでもなく、渾然と混ざり合いながら、劇の結末へと流れ込んでゆくのである。

劇作家としてのキャリアを通して、有機的に統合された劇世界の構築を目指して、劇全体の秩序を乱そうとする道化を抑えつけることに汲々としていたシェイクスピアは、ここでは、一方で自分の台本から逸脱するような要素を秘めた道化に好きにさせて、それでいて、劇の進行を監督して、その意味で劇作家自身を表象していると感じられるような人物を立てるでもなく、少なくとも原理としては、融通無碍に劇のアクションの自然な勢いに任せておけば、それであるべきところに納まっていくと考えられるような境地に達していたのかもしれない。

かつてノーマン・ラブキンは、『シェイクスピアと意味の問題』に収められた卓抜なロマンス劇論の中で、『冬物語』を初めとするロマンス劇とトーマス・マンの最晩年の小説『選ばれた人』(一九五一)のヴィジョンの近しさを論じて、物語の冒頭、双子の兄妹の近親相姦によって生まれたグレゴリウスが、知らずに自分の母と交わることで二重の呪わしい罪を負いながら、一七年の苦行ののちに、選ばれてローマの法王として迎えられる様子を記した一節に触れている。鐘楼の鐘つきたちも含めて皆が新しい法王を一目見るために通りに繰り出して、鐘を鳴らす者など誰もいないのに、町中の教会の鐘という鐘が独りでに鳴り響いているとして、マンは、それらの鐘を鳴らしているのは、人ではなく、「物語の霊」なのだと述べた。ラブキンはこの言葉を敷衍して、「誰が鐘を鳴らすのか。誰が〈選ばれた人〉を選ぶのか。それは摂理であり、物語の語り手である。両者のあいだに区別はない」と説いている。物語の中で鐘を鳴らすのはあくまで物語の語り手であり、さらに言えば、語り手にそう語らせている作家である。けれども、作家にそう書かせているのは、作家に乗り移った物語の霊であり、さらにその背後には霊をそういった方向に向かわせる摂理が作用している——。ラブキンは、『選ばれた人』と『冬物語』などのロマンス劇は、それぞれの作家の最後期の作品として、こういった超越的なヴィジョンを帯びていると見做すのである。(13)

ここで、マンは、無数の鐘が調子のはずれたものも甲高いものも含めてさまざまな音色を響かせて、それらが互いに遮り重なり合いながら、それでいて全体として荘厳な音の大波と化して、この崇高な儀式を包んで高く轟いているさまを描いている。

先ほどから見てきているように、『冬物語』でも、芝居の中のさまざまな出来事が、それらを制御し統括しようとする存在を感じさせることもなく、独りでに展開していくようにして、あの感動的な結末へと収斂していく。芝居の内部の出来事だけでなく、作者の経歴の節目となった出来事までがそのアクションの展開に沿って次々と現れて、結末への流れに参画していくように見える。ここでも、ラブキンがマンの記述について言ったのと同様に、そういった展開は劇作家シェイクスピアが自身の意識的な企図に沿って書き記しているのは言うまでもない。しかし、そのシェイクスピアを動かして書かせているのは、彼の意識的なコントロールを超えて、彼を通して働く〈物語の霊〉であり〈演劇の神〉である。そういった超越的とも思われる力が、シェイクスピアを通して、作品の内外の要素を一つに集わせ、さまざまな音色を奏でさせながら、全体として荘厳な祝福と賛美の調べを響かせるのである。

劇の大団円で、ハーマイオニーの像に息が吹き込まれて動き出すというのは、先にも触れたように、ポーリーナが人為的に仕組んだ業である。それでもなお、このクライマックスが私たちを深く感動させるのは、これに先立つ場面で、生まれたばかりの乳飲み子として異郷に捨てられた娘が、成長して、理想の許嫁と共に、そうと知らずに、父の宮廷に戻ってくるという人智を超えた力の働きを感じさせる出来事が伝えられているからである。物語の常套として十分に予想できるこの巡り合わせは、しかし、間接的な伝聞として遠景化されることで、それ自体、個々の表現に左右されることのない、時代を超えて人々の裡に生き続ける深い真実の発露として観客の心に入ってゆく。そして、この結末に与《あずか》る他のさまざまな要素と反響し合って、それらの中に深く浸透してゆくことで、それが、多くの悲惨や喪失を贖って、ずっと以前から約束されていた幸福な結末と映るのである。そういった超越的なヴィジョンを背景にすることで、母が神託を信じて娘の帰還を人知れず待ち続けるというあくまで人間的な地上の営みが、それ自体恩寵に満ちたものであり、それこそがこの奇蹟をもたらしたのだということが深く感得されるのである。

天の神様方、どうかご覧下さって、
その聖なる器から、皆様のお恵みを我が娘の上に
注いでくださいませ。さあ、話して、私の愛しい子、
どこで命を繋いで、どこで暮らしてきて、どうやって
父上の王宮を見つけ出したかを。あなたにも、私が、
ポーリーナの話から、ご神託により、あなたが生きているという
希望があることを知って、ことの結果を見届けるために、
生きながらえてきた次第を話して聞かせましょう。

（五幕三場一二一―一二八行）

そして、そういった奇蹟へと至る劇の進行を自らそうとは知らずに促してきたのは、誰に止められることもないオートリカスの好き勝手な振る舞いである。その意味で、このけちくさくしたたかなコソ泥の行状こそが、演劇の神に最も愛された道化の姿だったと言えるのではないだろうか。その畏れ多い名も、こうして見てくると、あながち不相応とも言えず、この劇の他のだまし絵的な要素と同じく、グリーンのパンフレットからそのまま出てきたような安っぽい小悪党が、いくぶんいかがわしい神性を帯びて、時に輝いて見えるということもあるかもしれない。

第七章　プロスペローの帰郷

ルネサンスの文芸研究から始まって、今や広く英語圏の文学研究全体の主流ともなりつつある歴史への新たな問いかけは、単に文芸が創作される際にそれに関与した状況に対する関心の高まりというにとどまらず、創作における作家という主体のあり方全体――いかに書き手が書く行為をとおして作家として構成されるのか、その際にどのような力が作用するのか、そして、その構成の仕様やそれを担った要素が作品の内容や受容のされ方をどう規定するのか、等々――を問題にしようとしているように思われる。しかも、このような問題がルネサンスの文芸や作家について取り上げられる時、それは単にあらゆる時代に認められる作家の自己確認とその困難さといったものとして提起されるのではなく、いわば、近代という、現在その終焉を迎えつつあるとされる、歴史上かなり特異な時代の成立期において、それを担った主体がどのように自己を確立し、それに際してどのような困難や挫折に直面したのかという問題意識を内包している。ここ数年に書かれた目ぼしい作家研究の多くが、意匠や強調にさまざまな異動を含みつつも、基本的にこのような関心で貫かれているということにはさして異論はあるまい。

けれども、そのような中にあって、英国ルネサンスの文芸全体のうちで紛れもなく最も中心的なキャノンであるシェイクスピアについてだけは、どういうわけか、作家のあり方や作家と作品の関わりが、作品の内容に即して問題視されることがあまりない。例えば、新歴史主義全体の原点とも言うべきスティーヴン・グリーンブラットの『ルネサンスの自己成型』について見ると、そこで取り上げられた六人の人物のうち他の五人については、書き手の生涯と著作の相互作用といったことが問題にされながら、最後のシェイクスピアについてだけは、話はほぼ完全に『オセロー』という作品の内部に限定されて、登場人物に想定される経歴や背景といったことが詳細に論じられながら、そういった人物造型が劇作家シェイクスピアにとってどのような意味を持ったかについては、ほとんど触れられていないのである(1)。

そういった〈いびつさ〉は、彼の次の著作である『シェイクスピア的交渉』においても、そのまま踏襲されている。いやむしろ、さらに甚だしい形で表わされている。この本の序章の中でグリーンブラットは、当初の意図としては、〈全体的な〉作家と全体化しようとする社会との対決から生じる芸術的なエピファニーに注目するはずだったのが、探究の過程で、周辺的な事情が実際の上演の内実をどう規定するかといった問題に関心が移っていったとして、それを正当化する根拠を列挙している。ここで彼は、劇作家が主体的に決定しているつもりでいるものに、いかに社会的に流通しているエネルギー、広い意味でのさまざまな社会的、経済的交換や交渉が作用しているかを説いて、自律した全体的芸術家、自身に対して完全である芸術家、自分の芸術作品の中に自身にとっての全体を表象する芸術家という発想の破綻を宣告し、同様に、一見目に見えなくともつねに存在している統一性を説くエリザベス朝・ジェイムズ朝の政治的理想像も、現実の対立や裂け目を隠蔽するための修辞的方策にすぎないとし、政治的権力による全体的支配といった見方を退けるのである(2)。

確かに、このような視点は、自律的で自身起源となる〈作家〉の存在、あるいは、一枚岩的な政治的権力による支配といった見方に対する貴重な異義申し立てであり、それ自体重要な視点には違いないが、しかし、ここには、実はかなり重大な論理のすり替え、あるいは、そこまで言わなくとも、論理の陥穽があるように思われる。自律した作家の定立が否定されるということは、即、ひとりの書き手が、さまざまな規定を蒙りながら、なおも主体的に創作し、そのことをとおして状況を切り拓いてゆく、そして、そこで〈作家〉としての自己を対自・対他の両面にわたって確立してゆくことの否定に繋がるものではあるまい。同様に、全体性を標榜する社会なり国家なりが、その裡に多様な矛盾や反目を孕んでいるということは、それがなおも全体的支配の貫徹を志向するということを否定する根拠とはならないはずである。

実際、こういったグリーンブラットの論理的陥穽は、『シェイクスピア的交渉』の中での作品分析においても、かなり致命的な方法論的欠陥として作用しているように思われるが、そのことについては、後でもう少し具体的に触れることにして、ここではまず、なぜシェイクスピアについては、他の作家のように、書く主体あるいはその生涯といったものが、作品の内容との関わりで問題となりにくいのか考えてみよう。その理由の一つとして、シェイクスピア自身が、作品の中に自分をそれほど生の形で表すことが比較的まれだった、ということが挙げられるのではないだろうか。それ自体、別にシェイクスピアに限ったことではない、ごく当たり前のことではないかと思われるかもしれないが、ルネサンスの作家のうち、少なくともシェイクスピア以前に、時代を画したとして現在キャノンに数えられるくらいの作品を残しているような人物は、ほとんどが、作品の中に作者の分身であると分かる個性的なペルソナないしはそれと類似するような徴をはっきり残しているように思われる。そういった中にあって、シェイクスピアだけが創作された劇世界の中に一見きわめて巧みに自己を覆い隠してしまっているということ、そして、こういった形で造型されたシェイクスピアの演劇こそがイギリス文化の精華とされ、何かしら普遍的価値を帯びたものとして、文化全体の中心的なキャノンとなっていったという事実を考える時、シェイクスピアの芸術のいわゆる〈普遍性〉とはいったい何だったのか、そして、そういった普遍的芸術を支えたシェイクスピア的主体の特質とは何だったのか、少し考えてみる価値があるように思われる。

さて、シェイクスピアは、確かに、一般的に言って、自分の造型した人物の中に自身のペルソナを直接映し出すことはかなり稀な作家であるが、それでも、四十近い戯曲の中には、自分を劇作家や演出家に譬えるかあるいは自分の企みを芝居のプロットに擬するかして、しばしばシェイクスピアの分身と見なされる人物が何人かいる。例えば、『ヘンリー四世』二部作の皇子ヘンリー、『尺には尺を』のヴィンセンシオー公爵、そして、『あらし』のプロスペローなどが挙げられよう。もちろん、演劇的な自意識を窺わせる登場人物や作品は他にも多くあり、むしろない例を探す方が難しいくらいであるが、右のような人物は、単にそれだけではなく、その時々において、劇作家シェイクスピアが演劇あるいは自分の造型した劇世界にどう臨んだかということについて、かなり本質的な指標を提供してくれているように思われるのである。

一例として、『ヘンリー四世』二部作について考えると、皇子ハルの王としての自己確立とフォルスタッフの追放という作品内部の主題は、同時に、民衆的な要素を積極的に取り入れながら、それを劇のアクションの中にゆるぎなく組み込み押さえ込んでゆくシェイクスピアのドラマトゥルギーの確立、劇作家としての自己の確立という課題と密接に繋がっている。そして、作品の中で打ち立てられたヘンリー五世的主体は、同時に、後に近代世界全体においてイギリスの帝国主義的支配を支えることになった心的ありよう一般ときわめて等質な構造を具えているが、そのことはまた、劇世界全体の支配を志向するシェイクスピア的ドラマトゥルギーと、中央集権的な国民国家を確立し、さらにその支配を海外にまで広げて、あまねく統治を貫徹しようとする支配エリートの意志傾向とのあいだの緊密な相同性をも暗示している。(3)

そして、さらに言えば、すべてを自分の知的把握の下に置きながら、なおも、自身はそれに感化・感染されるのを忌避しようとする、一見矛盾した傾向を合わせ持ったヘンリー五世的あるいはシェイクスピア的主体のありようは、彼の他の作品の中の人物にも共有されるとともに、近代における主体一般の性格とも深く結びついているのではないかと思われる。自分が描き出す劇世界の中に不用意に自分のペルソナを持ち込むのを極力避けようとするシェイクスピア的慎ましさは、一方で、身分を隠して、自分の治めるウィーンの一切を見てまわろうとするヴィンセンシオーや、それぞれが自分の内面を隠したり帳《とばり》の背後に隠れたりして、他の人物の真相を探ろうとする『ハムレット』の人物たちの振る舞いときわめて等質なものを感じさせるが、それはまた、自分の肉体的存在を限りなく無化しつつ、同時に、何物にも動かされることのない自分の視線を絶対化し普遍化しようとする近代科学の認識形態にも通じるものであり、このような一面として窃視症的なありようこそ、シェイクスピアの芸術の〈普遍性〉を支える基底であったと言えるのではないだろうか。

だが、同時に、これらの作品は、まさにそういった枠組みを疑問に付し破綻させることによって、作品としての存在意義を主張しているように見える。ヴィンセンシオーの行動は、劇のプロット上の大団円によって明確な輪郭を与えられることはなく、観客はすっきりとした判断の根拠を与えられないままに残される。『ハムレット』のもたらす満足も、舞台の閉ざされた空間で完結する劇のアクションをどこかで突き抜けているように見える。

このような乖離がどこまで意識的なものであったかは即断しがたい。それは、あるいは、古典的な規範に則ろうとする理論的な劇評家シェイクスピアを、より直観的な実践的劇作家としてのシェイクスピアが踏み越えていった結果と言えるかもしれない。けれども、ことはそれほど単純ではなく、両者のあいだの葛藤や緊張は、さらに、作家の自己観や世界観とも深く関わりつつ、シェイクスピアの悲劇や問題劇の根柢をなしている。一つの全体性を掬いとり舞台に表象するのに成功した劇作家は、さらに大いなる全体性、より普遍の表現を求めて、全体としてかたどられた枠組みに抗い、それを突き崩そうとするのである。

『ハムレット』の執筆からほぼ十年の後、シェイクスピアが、単独の創作としては彼の最後の作品と考えられる『あらし』の中で、再び劇作家・演出家に擬される人物を劇の主人公に据える時、そこに描かれるのも、やはり、多くの点で、ハルからヴィンセンシオーに繋がるようなタイプの人物である。例えば、このプロスペローは、劇の中で表わされる企て——娘のミランダとナポリの王子ファーディナンドを結婚させて、自分もミラノ公としての地位を取り戻すという企み——の頂点として、ふたりの婚約を祝う妖精たちによる仮面劇を計画し演出する。実際、批評家たちが以前から指摘してきたように、この劇のアクション全体が、プロスペローの計画・演出した芝居という面を持っている。彼は自分の魔術を使って、かつて自分をミラノ公の座から追った弟のアントーニオーとナポリ王らの一行を自分の島に呼び寄せ、娘の結婚と自分の復権、犯人に対する戒《いまし》めをすべて自分のプロットに沿って進めてゆくが、その行動の一つ一つが、芝居の見せ場として考案され、演劇的な言葉で言い表わされている。

プロスペロー　　　　　　　　　霊よ、お前は
私が命じたあらしをすべて滞りなく演じてみせたか。
アリエル　一つ残らず言われたとおりに。
（一幕二場一九三—九五行）

私のアリエル、お前が演じたハーピーは実に見事な
出来だった。食いものをかっさらいながら、何とも言えず品がある。
言うべきことも、私が指示したことは
細大漏らさず言ってくれた。手下の妖精たちも、
真に迫った演技で驚くほど忠実に
それぞれの役をこなしてくれた。
（三幕三場八三—八八行）

単にそれらが演劇的に捉えられているというだけでなく、その様式のすぐれて近代的な性格が重要なのである。引用からも分かるように、プロスペローは、自分の計画する劇的な企てに自身直接手を下すことはなく、自分以外の者の目には見えないアリエルを使って、すべて間接的に実行に移し、また、そのアリエルに皆を監視させて、島内で起こることのすべてを把握しようとする。そしてまた、三幕一場では、ミランダとファーディナンドの求愛の場面を岩陰からこっそり見届けて、自分の計画の上首尾な進行に満足の念を表わすが、こういった際のプロスペローの姿は、文字どおり、ブルジョア家庭の室内の出来事を観る近代演劇の観客かあるいはカーテンの隅から自分の芝居の出来具合いを確かめる舞台監督の窃視症的ありようそのものである。

けれども、『ヘンリー四世』のハルが、基本的に、シェイクスピアのペルソナとしてほぼ全面的に是認され、その否定的な面も含めて引き受けられるべき存在として描かれているのに対し、プロスペローの方は、むしろ、カリカチュア化された自画像という印象が強く、全面的に同一化されるべき人物とはなっていないように思われる。例えば、彼は、自分が手先として使うアリエルが早く自由にしてもらいたいと不平を洩らすのに対して、自分への恩義を執拗に強調して相手をなじり、その態度は彼が一方で印象づけようとする寛容で思慮に富んだ賢人というあり方とはおよそ縁遠いものである。

プロスペロー　お前は、私がお前を
どんな拷問から助け出してやったか忘れたのか。
アリエル　いいえ。
プロスペロー　いいや、お前は忘れている。それで、潮の泥濘《ぬかるみ》の
上を歩いたり、
身を切る北風に乗って走ったり、

地表が霜で凍てつく時に地中の鉱脈で私のために仕事をするのを、
大層なことに思うんだ。

（一幕二場二五〇―五六行）

そうして、プロスペローは、アリエルに自分に対する恩義を一々復唱させて、相手をやり込めて、その不満を封じた上で、さらに言葉をついで言う。

プロスペロー　もしこれ以上ぐずぐず言うようなら、樫の木を引き裂いて、
その瘤だらけの幹のあいだにお前をねじ込んで、お前が一二回の冬を
唸って過ごすまで、そのままにしておいてやるぞ。

アリエル　お赦しください、ご主人様。
これからは、ご命令によく従って、妖精の仕事を
素直に致します。

プロスペロー　そうするがいい。そうすれば、
二日後には暇をやろう。

アリエル　それでこそ、私の立派なご主人というものです。
さあ、次は何を致しましょうか。何なりとお言いつけください。さあ、何を致しましょう。

（二九四―三〇〇行）

ここでは半ば戯画的に描かれた、暴力的な強制と脅迫に裏打ちされた寛容さと、それに対する、支配され本質的にはその軛《くびき》から逃れようとする側の、寛容への感謝と自発的な奉仕という構造は、まさに、劇作家シェイクス

ピアがハルことヘンリー五世をとおして映し出し一面として自己同一化したエリザベス朝の政治的支配の基本的戦略であったものである。そして、このような寛容さの身振りの通じないところでは、支配的権力は――ここでも、実際の政治においてと同様に――その暴力性を露わにする。

プロスペロー　おい、下衆、悪魔が自ら性悪の母親に
　種を仕込んでできた毒だるま、さあ、出てくるんだ。
キャリバン　俺のおっかあが大鴉の羽根で瘴気の立つ沼から
　掻き集めたいちばん毒気の強い露が、お前ら両方に
　降りかかればいいんだ。南東のナマ風がお前らに吹きつけて、
　ふたりとも身体じゅう火膨れになっちまいやがれ。
プロスペロー　この悪態の報いに、今夜は夜どおしこむら返りを
　見舞ってやるぞ。脇腹の痛みで息もつけなくしてやろう。小鬼どもに
　朝方まで起きているあいだじゅう寄ってたかってお前に悪さをさせて、
　身体じゅう蜂の巣みたいにびっしりつねらせてやる。その一ひねりごとが
　巣の中の蜂がみんなで刺したより痛くしてやるぞ。

（一幕二場三一九―三〇行）

プロスペローの中に、新大陸を搾取の対象としていったヨーロッパの植民主義の精神を見る解釈の出てくる所以である。

しかも、このような〈人種〉差別的な発想は、プロスペローに限られるものではなく、純真で穢れのない存在であるはずのミランダによっても、そのまま共有されている。

ミランダ　お父様のお話があまりに大変なものでしたので、
すっかり気が塞がってしまいました。
プロスペロー　そんな気の塞ぎは振り払うんだ。
さあ、奴隷のキャリバンのところへ行こう。まともな答えなど
返したことのない奴だが。
ミランダ　　　　　　　あれは根っからの悪党で、
見るのも嫌ですわ。
プロスペロー　　　　しかし、事情もあって、
奴なしというわけにはいかないんだ。奴はわしらのために
火を起こしたり、薪を運んだり、その他いろいろ
役に立っているからな。
（一幕二場三〇六―一四行）

いやらしい奴隷のくせに。
どんなにいいことを教えても、何一つ身につかないで、
そのくせ、悪事は何でもし放題ときてる。私はお前を憐れんで、
話せるように一所懸命してやって、いつも一つ一つ
根気よく教えてあげたのよ。　　　　だけど、お前の性根には、
〔……〕

善良な気質を教えられても、それが同居するのを嫌がって
逃げ出すようなものがあるのよ。だからおまえがこうやって
岩場に閉じ込められたのは当然でしょ。
牢屋でももったいないくらいなんだから。

（三五一―六二行）

このようなせりふをもって、シェイクスピア自身がその社会に流れていた人種的偏見や植民主義的発想、支配的権力のイデオロギーに与していたと解することも、あるいはできるかもしれない。実際、先に触れたグリーンブラットの『シェイクスピア的交渉』の中の『あらし』論でも、作品が、その時代の支配的イデオロギーによる教化の過程に組み込まれているさまが縷々強調されている。ここで、グリーンブラットは、ルネサンス期のイングランドにおける支配の基本的様式として、〈有益な不安〉を人々に植えつけて、それを操作して個々の主体を成型するというやり方が見られるとし、この芝居自体、プロスペローがそういった有益な不安を惹起することによって、人々を望ましいと思う方向に導いてゆく過程になっていると見なしている。[4] もっとも、彼は、演劇の表象作用をとおしての不安の発散が「シェイクスピアに、一方で、有益な不安の巧妙な操作と劇作家とを同一化させながら、同時に、その操作を複雑でアイロニカルな検証に服させることも可能にした」（一三八頁）とも述べており、シェイクスピアが一方的に権力に与して教化に手を貸したと見ているわけでは決してない。けれども、「私たちが扱っているのは、現下の出来事について沈思する孤立した個人の省察ではなく、集団的で制度的な脈絡を持った表現であるということを把握することが肝要である」（一四八頁）と説いて、シェイクスピアの芝居も、劇作家個人の意図とは別に、そのような公的な教化の機関として作用したとして、おそらく意図的にであろうが、結局シェイクスピアがそういった問題にどう臨んだかといったことは曖昧なままにして、劇が支配的権力にいかに資することになったかだけを印象づけて終わってしまうのである。

確かに、劇作家が自分の描く出来事や人物あるいはその態度に対してどのように臨みどの程度の距離を保っていたかということは、容易に決められる問題ではあるまい。けれども、作品内部の個々のせりふや場面が、作品の中での脈絡を十分顧慮されないで、時代の状況や政治的理念といったものに直接に照合されることは、作品の印象を全体としてきわめて恣意的に歪めてしまう危険を孕んでいる。グリーンブラットの『あらし』論もその危険がないとは言えまい。そして、作品の全体的な脈絡を考える時、私たちはやはり、「現下の出来事について沈思する」劇作家という「孤立した個人の省察」を——その省察が、どこまで彼自身に起源するものであるかは、それ自体たいへん難しい問題であるが——ある程度は考慮せざるを得ないのではないだろうか。

シェイクスピアのように個々のせりふや場面がもたらす印象や効果に注意の行き届いた劇作家が、プロスペローやミランダを単に理想的な支配者として描こうとしたのなら、そういった印象を与えるような言葉は他にいくらでもあったはずである。いやむしろ、そのような言葉を見つける方がはるかにやさしかったにちがいない。先に挙げた、キャリバンに対するミランダの言葉は、あまりに凄まじいので、プロスペローのせりふの間違いではないかと編者たちを戸惑わせたものであるが、そういった言葉が積み重ねられてゆくことは、理想的であるはずのこの支配者親子に対する観客の反応にかなり大きな異化効果をもたらすことになろう。

このことについては、また後で戻ることにして、プロスペローがシェイクスピア自身のかなり戯画化された自画像であるという見方の根拠になるもう一つの点を見ておこう。

『あらし』は、シェイクスピアのすべての芝居の中で、最初期の『間違いの喜劇』と並んで、いわゆる三統一の法則が守られている例外的な作品である。さまざまな先例を頼りにあらゆる劇形式の可能性を探っていた習作期ならともかく、『あらし』執筆当時のシェイクスピアなら、そのような姑息な手段に依らずとも、アクションを有機的に統一できることは十分心得ていたはずである。事実、『間違いの喜劇』では、その技法は、作品体験にもある意味で単純な統一感をもたらし、特別違和感を与えるものではないのに対し、『あらし』の方は、どこかわざとらしく、かつての『ヘンリー五世』のコーラスと同様に、むしろその技巧性にことさら観客の注意を向けようとしているかのように見える。

一例を挙げると、劇の中で、プロスペローはしきりに時間を気に掛ける。

プロスペロー　アリエル、
上々の出来だ。だが、まだ仕事が残っている。
いま何時だ。
アリエル　正午を過ぎたところです。
プロスペロー　いや少なくとも、二時はまわった。いまから六時までは、
われわれふたりとも一刻もおろそかにはできないぞ。

（一幕二場二三七―四一行）

さあ、本のところへ戻らねば。
夕餉の時までに、付随した仕事を
まだたくさんしなければならんからな。

（三幕一場九四―九六行）

こういったところには、自分の企ての劇的な見栄えのために、三統一という古典的な枠組みにすべてを収めようとする、演出家プロスペローの汲々とした意識を感じ取れないだろうか(5)。

そういった企て全体のクライマックスに来るのは、言うまでもなく、劇そのものの大団円である第五幕であるが、彼が劇作家あるいは演出家としての面を如何なく発揮するのは、先にも触れたように、彼が、ミランダとファーディナンドの婚約祝いにかこつけて、手先の妖精たちを動員して盛大に行なう仮面劇においてである。

プロスペロー　〔アリエルに〕行って、お前に
監督を任せた下っ端どもをここへ連れてこい。
せき立てて、さっさとことを運ばせるんだ。この若いカップルの
目の前でわしの芸の一端《ヴァニティ》を披露せねばならんのでな。約束なのだ。
ふたりも心待ちにしている。

（四幕一場三七―四二行）

こうして、プロスペローの指示を受けたアリエルの指揮で動く妖精たちが見せる壮麗な芝居は、ファーディナンドの熱狂的な感嘆を呼んで、プロスペローの虚栄心《ヴァニティ》を大いにくすぐることになる。

ファーディナンド　これはすごく壮麗な見世物ですね。
それにうっとりするほど調和が取れている。これらはすべて
妖精と考えていいんでしょうか。
プロスペロー　　　　　　　　妖精だ。それをわしが、
この幻を演じさせるために、魔法を使って本来の住処から
呼び出したのだ。
ファーディナンド　どうか私にずっとこの島で住まわせてください。
このように類《たぐい》なく素晴らしい父上と妻があれば、
この地はまさに楽園というものです。

（一一八―二四行）

けれども、プロスペローのこの壮麗な芝居は、その絶頂に達した時に、不意に破綻をきたし中断されることになる。

プロスペロー　〔傍白〕畜生のキャリバンと奴の仲間が
わしの命を狙って立てた腹黒い陰謀のことを
すっかり忘れておったわ。やつらの企みの刻限が
迫っている。〔妖精たちに〕よくやった。さあ行くんだ。もういいぞ。
〔妖精の扮するジュノーとシアリーズが車に乗って登ってゆき、刈り取りの農夫たちも退場〕
ファーディナンド　変だな。お父さんは何か激しい感情に取りつかれて、
ずいぶん気持ちが高ぶっておられるご様子ですよ。
ミランダ　お父様が怒りにかられて
あんなに取り乱すのは、今日まで一度も見たことがないわ。
プロスペロー　〔ファーディナンドに〕ああ、どうしたね。
ずいぶん心配げな様子だな。元気を出すんだ。
宴《うたげ》はもう終わったよ。
（一三九―四八行）

そして、ここでも、プロスペローの芝居に破綻をもたらすものは、劇作家シェイクスピアが、自分の作品の品格を損なうものとして忌み嫌い、ハルに託して、自分の指示に従わない限りその世界から追放しようとした、あの不埒な道化たちなのである。後の結果から見てもそれほど実質的な脅威になるとは思えないキャリバンと道化たちの謀叛の企みに、若いふたりを当惑させるほど逆上するプロスペローの中に、作品を有機的に統一させること

に意を注ぎ、道化の跋扈に手を焼いたありし日の自分を、シェイクスピアがいくばくかの諧謔を込めて見ているというのは、あまりに穿った見方だろうか。

この逆上は、しかしまた、もう一つのより心理的な解釈に私たちを誘なう。かつて魔術の研究に没頭して政務をおろそかにして、ミラノの君主の座を追われたプロスペローには、その経験が深いトラウマとして残っており、今また、魔術による芝居に同様に熱中しすぎて、キャリバンらの支配権簒奪の企みを見逃しかけたという思いが、激しい怒りとなって噴出するというものである。

一見全く次元を異にして噛み合わないように見える二つの解釈は、しかし、実は本質的なところで重なりあっているように思われる。それはつまり、両者がともに〈支配〉すること、一つの全体性を把握することの成否をめぐるものであるという点である。先に触れたように、シェイクスピアは、自分のドラマの中に一つの全体性を表現しようと企て、それを達成していった。けれども、そうやって達成された全体性は、より生き生きとしてあった演劇経験という別種のそしてさらに大きな全体性を抑圧し排除することによって得られたものであり、そのことへの（必ずしも意識化されたものとは言えまい）不満が、彼の悲劇や問題劇の一つの契機となっている。

同様に、プロスペローは、魔術の研究とそれが意味する、自分の知性をとおして世界の全容を把握しようとする企てに没頭することによって、政治的統治という別の現実を閑却してしまい、その現実によって裏切られ、地位を追われることになる。そして、流れついた島で今度は、彼は、自分のかつての失敗の原因となった魔術によって、政治的に支配し君臨しようとする。確かに、彼は妖精たちを手先として掌握し、アリエルの不満を抑え込み、キャリバンの反抗を潰してしまう。しかし、その全体的支配は、彼らの不平や憤懣を脅迫や暴力を使って鎮圧することによってであり、そして、その支配はまた、孤島という外の現実との交渉を断った閉ざされた世界においてでしかない。

このように見てくると、ここで示されるプロスペローの怒りは、二重の意味で距離化され揶揄の対象となっていると思われる。民衆的・道化的要素を抑え込むことによってより豊かな演劇経験とそこに集約的に顕現するような生の豊かさをどこかで見失ってしまったシェイクスピアの苦い反省を込めたセルフ・パロディは、同時に、監視と脅迫と暴力による政治的独裁がつねに独裁者自身の精神的貧困化と絶え間ない不安に帰着し、支配される全体性の窒息をもたらすという、十分に明確化されることのない、しかし劇をとおして一貫して流れる認識と繋がっている。

そして、ここに、プロスペローの帰郷の持つ独特の曖昧さの理由の一つが潜んでいるのではないだろうか。彼が島を出て故郷のミラノに帰ってゆくということは、大公としての地位を取り戻して、自分の娘とナポリの世継ぎの王子とを結婚させる、つまり、現在のいささか擬似的な支配より大きく完全な政治的支配を目指すという方向性を持ちながら、同時に、それは、島での支配の放棄、アリエルやキャリバンの解放という面も持っている。そしてさらに、劇の最後で、彼は、ミラノに帰れば自分は引退するつもりだと言う。つまり、取り戻すのに成功したはずの政治的支配ですら、必ずしも彼の意図したものではないようにも聞こえるのである。

プロスペローは、キャリバンたちの謀略の進行を思い出して逆上したそのすぐ後で、そうやって中断された妖精たちの仮面劇と同様、私たちの世界も実体を欠いたはかない虚構にすぎないということを述べる。

宴はもう終わったよ。われわれの見たこれらの役者たちは、
先に言ったとおり、すべて妖精であり、
空気の中へ、薄い空気の中へとかき消えてしまった。
そして、宙に浮かぶこの幻影の舞台と同様、
雲を戴く高塔も、豪奢な宮殿も、
壮麗な寺院も、いやこの大きな地球そのものと、

さらにはそこに住まう一切のものですら、いずれは溶け去って、
今し方消え去った実体のない見せ物と同様に、
後には足場一つ残すことはないだろう。われわれは、夢と同じ
成分でできていて、われわれのはかない生は
眠りに包まれているのだ。

（四幕一場一四八―五八行）

それはさながら、自分の支配をゆるぎないものにしようと懸命に努め、自分の仕組んだ芝居の効果に汲々として、その支配が脅かされ効果が損なわれると、我を忘れて逆上するプロスペローのうちで、そういった一々の出来事に左右されるありように対して距離を置こうとする、より醒めた意識が作用して、怒りに狂う自分の姿をすら虚構の影に帰してしまうかのようである。もちろん、生の本質的な虚しさを感じることが、即、己の企てへの固執を断つことに繋がるものではなく、またそういった感覚が認識の深まりとして一概に評価されるものでもあるまい。けれどもなお、こういった虚構性の感覚は、物事に執着し求心的に一点に向かおうとする彼の意識にある種の軽みを与え、それをより大きな広がりの中へ解き放ってゆくように見える。
指示に従って、かつての簒奪者とその仲間たちを懲らしめたが、彼らのあまりの狂態に哀れみを覚えるほどだったというアリエルの報告を聞いて、プロスペローは言う。

空気にすぎないお前ですら彼らの苦しみを
感じるというのに、彼らと同類で、
彼らと同じように胸の痛みに疼き震えるこの私が、
お前以上に思いやりに動かされないということがあろうか。

彼らの極悪非業の行ないは骨身に染みているが、
私の憤りとよりも、より高邁な私の理性と
手を結ぶこととしよう。貴い行ないというのは
報復よりも美徳の内にあるものだ。彼らが後悔しているというのなら、
私の目論見の唯一のねらいはもうこれ以上は
睨みつけること一つ必要ない。行って、彼らを解放してやれ、アリエル。
掛けた魔術を解いてやって、自分の感覚を取り戻させてやろう。
すぐに我に返るはずだ。

（五幕一場二一―三二行）

これは、アリエルの言葉に動かされて自分のやり方を改めたというせりふではない。あらかじめそうするつもりでいたことを、相手の話を糸口にして、表に出そうとしているのである。一幕二場での口論が示すように、プロスペローは、劇のアクションが動き出す前からすでに、アリエルを自由の身にして、島をキャリバンと妖精たちに残して去ることを決めている。かつての仇敵を懲らしめながらも、これも赦して和解する腹づもりもできている。その意味で、劇のアクションは、一面として、プロスペローがこれらの予定された行ないを、自分の内に残る未練やわだかまりに逡巡しながら、そういった思いを断って、ひとつひとつ劇化しつつ実行に移してゆく過程であると言えよう。

なるほど、こうやって帰ってゆくからといっても、プロスペローが植民的に支配していた島でのあり方と、彼が帰ってゆくミラノでのあり方に、どれほどの違いがあるのか、はなはだ疑問であろう。島での生活が、ヨーロッパ世界が新大陸に対して企てた植民的支配を髣髴させたように、彼を迎えるイタリアの町は、マキャヴェリ的な権謀術数が幅を利かすところでしかない。かつて、ナポリ王アロンゾーの助けを借りて、兄プロスペローから

ミラノ公の地位を奪ったアントーニオーは、今度は、アロンゾーの弟セバスチャンに兄を殺してナポリ王の座に就くよう焚きつける。アントーニオーもセバスチャンも、最終的には陰謀に失敗して、プロスペローの力の前に悔悛と恭順の態度を取ることを余儀なくされるが、彼らが自分たちの行ないを実際に本心から反省しているかは全く明らかではないのである。

そして、そういった権謀術数的な態度は、劇の中で明確に悪人として辱められる人物だけでなく、むしろ望ましい人物としてプロスペローによって未来を託されるファーディナンドやミランダにも全く変わることなく見られるものである。

ミランダ　あなた、ずるをなさったでしょう。
ファーディナンド　いいや、してませんよ、可愛い人、
　世界をくれてやると言われてもしませんよ。
ミランダ　いいえ、二十の王国を得るためなら、悪どいこともなさってちょうだい。
　私はそれを正しい行ないと呼びましょう。
（五幕一場一七二—七五行）

これが、アントーニオーとセバスチャンへの譴責と半ば対照される形で、プロスペローが授ける赦しと和解に続いて、不和と怨念に満ちた自分たちの世代に替わって新しい時代を築いてゆくものとして、皆が驚嘆と喜びの念を表わすべく示される光景であるというのは、見方によれば——あるいは、見方によらなくても——ずいぶん皮肉な話である。

そして、ひとたび近代的な主体の個別化を経た世界では、かつてはそういった規範に縛られることなく、規範によって設けられた境界を自由に踏み越えていた道化までもが、弁別的な視線による異質な他者の差別的対象

化・手段化を進んで行なう存在になってしまっている。トリンキュローにしてもステファノーにしても、キャリバンを見てすぐに考えることと言えば、これを見せ物に出して一儲けしようということである（二幕二場）。近代的主体の定立を支えてこれと表裏一体の関係にある、階層化された世界の眼差しのシステムは、一切を日常的景物の中に取り込み、すべての人間の意識を堅く規定して決して逃すことはない。そこでは、本来日常的な規範と非日常性とのあわいにあって、二つの世界の自由な往還へと人を誘なう存在であったはずの道化までが、体制に深く組み込まれ、非日常的存在（strange beast）としてのキャリバンを、規範に則した主体のあり方を確認し正当化するための見せ物に供しようと考えるのである。

実際、島に着いたゴンザーローが、皆が怠惰で無垢で貧富も契約も世襲も境界もない、近代的な弁別を一切欠いた世界を夢想するその前提が、自分が島を植民地にして自身そこの王になることである（二幕一場一四四―一六五行）という事実が暗示するように、近代ヨーロッパ的な自己の弁別は、それを否定しようとする企ての中にも前提として潜んでいる以上、決して容易に乗り越えられるものではあるまい。プロスペローにしても、ゴンザーローにしても、そういった近代的な弁別の視線を持つ以上、彼らは、たとえどのようなものを見ても、その弁別と対象化の枠組みの中でしか、そして結局は、その枠組みの中の自己を正当化する形でしか、それを捉えることができないのである。(6)

そして、ここにも私たちは、プロスペローの帰郷の持つ曖昧さの一面を見て取ることができるのではないだろうか。それは、先に見たように、必ずしも彼の支配を回復することに繋がるものではないが、同時にまた、そういった支配―被支配の関係からの脱却をもたらすこともない。その意味でも、帰郷は、やはり、実質的には何の意義も持たないように見える。

けれども、シェイクスピアのペルソナとしてのプロスペローは、実はもう一つ別なところへ帰ってゆこうとする。皆が去って、舞台にひとり残ったプロスペローは、ゆっくり前に進み出ると静かに観客に語りかける。

今や私の魔術はすべて潰《つい》えさり、
残ったわずかな力といえば、もとから私のものだけで、
これはもう微々たるものにすぎません。正直申しまして、
私には、皆様によってここにこのまま閉じ込められるか、
ナポリに送っていただくかしかないのです。私もこうして
自分の公国を取り戻し
裏切り者を赦したのですから、皆様の呪文で
私をこのさびれた島に留まらせることなく、
温かいお手の助けを賜って、この束縛から
解き放っていただきとうございます。
皆様の優しい息吹で私の船の帆を膨らませて
くださいますよう。さもなければ、ひとえに皆様に
喜んでいただこうと努めた私の企ても、
海の藻屑と消えましょう。今ではもう、
好きに動かせる妖精も人を惑わせる術もありませんので、
私の最期を絶望から救ってくれるのは、
雲を破って神の慈悲をも揺さぶり
全ての咎をなくしてくれる祈りだけです。
皆様方も罪の赦しを願われるなら、

どうぞご寛恕の念をもって私を自由の身にさせてくださいませ。
(仕舞い口上一―一五行)

それまではつねに、自分の懲罰と和解の芝居を仕切ることに余念がなく、それゆえどこか芝居がかって、鼻持ちならない自己満足の気味を漂わせ、その自己満足を侵すものを厳しく断罪しようとしていたプロスペローであるが、ここにはもうそういった気負いはない。こうして、このプロスペローに自らを託したシェイクスピアは、最後に、観客と役者の交感の世界、舞台と土間とが相互の働きかけで一つになる芝居の世界へ、今一度帰ってゆこうとするのである。かつて、自分の戯曲によって、舞台上のアクションとそれに対する観客の反応をその細部に至るまで支配しようとした劇作家は、ここでは、自分のありようを観客の主体的な参加に委ねてゆこうとしている。

なるほど、この口上も、いかにも場にふさわしい比喩とイメージを別にすれば、趣旨としてはごく常套的なものであって、何ら独創的なものではない。しかし、ここでは、それがどうしようもなく常套的であることこそが、実はかけがえもなく大切なのである。古い常套的な芝居と明確に弁別され対置される形で自分に固有な劇世界を構築し、それを自分のドラマトゥルギーの下に完全に支配しようと努めた近代人シェイクスピアは、二十年の彷徨の果てに、今一度、ごく何でもない常套の世界に帰ってゆこうとする。それは、演劇を成立させそれに生き生きとした命を与えているものが、まさにこの常套として表される、個々の個別性を超えた集合的想像力であり、個別の芸術作品の独自性も、そういった集合性との緊張を秘めた深い繋がりなくしてはありえない、そして、それ自体、この集合性の中に帰ってゆくものであるという、劇作家シェイクスピアの芸術観の展開を示すものであろう。実際、『ペリクリーズ』においてコーラスとして登場する古えの詩人ガワー、『冬物語』の中の語りの構造、あるいは、『シンベリン』の最後に現われる機械に乗った神など、シェイクスピアの晩年のロマンス劇はすべて、この常套としての集合的想像力への回帰ということを、際立った特質として共有している。(7)

そして、後期歴史劇から悲劇、問題劇における独自の劇世界の創造と確立、支配が、同時に、自身の替えがたい真実のありように執着する主体の成立の契機であり帰結であったように、『あらし』を初めとするロマンス劇において、劇が集合的想像力へと回帰してゆくことは、同時に、そこで表される人物の主体あるいは暗示される劇作家の主体も、その個別性への執着と全体的支配への強迫からようやく解かれて、より広やかな広がりの中へと解き放たれてゆくように見える。それは、言うなれば、アリエルを不可視の監視機構として用いるあり方から、彼を自由に風の中に解き放ってゆくありようへの変容である。

もちろん、そうは言っても、ただ常套に従えば、それだけですぐれた芝居になるというものではなく、観客に迎合すれば、生き生きした演劇空間が実現するというものでもあるまい。そこには常に、そういった常套と対峙する主体の契機が不可欠である。シェイクスピアのロマンス劇自体、単に古いタイプの劇を踏襲しているわけではなく、自分が築いてきた劇世界の閉塞を打破しようとする、新たな試み、新たな展開としてあるのは言うまでもない。とすれば、そこにはやはり、己を他から際立たせ差別化しようとし、何物にも替えがたい固有の自己を主張する、近代人の弁別への強迫が、そのまま残っていることになるのだろうか。本質的なレヴェルで、何らかの違いがあると言えるのだろうか、あるとすれば、いったいどこが違っているのか。——この困難な問いに対する一つの答えを、私たちは、モダンを極めることによって、逆にポスト゠モダンへの扉を押し開いたもうひとりの人物のテクストを例に引いて探ることができるのではないだろうか。

ピーター・ブルックスは、「精神分析的構築と語りの意味」の中で、一般に「ドラの症例」として知られる、フロイトの論文「あるヒステリー患者の分析の断片」について、それがフロイトの精神分析全体の歴史の中で、時代を画するような重要性を持つものだったとして、その意味を考えている(8)。

よく知られているように、フロイトは、この論文を一九〇一年にいったん書き上げて出版社に送りながら、それを取り戻して、一九〇五年に改めて「あとがき」を付して発表した。彼自身はこの遅延の理由を、詳細な症例報告によってドラという仮名で呼ばれる若い患者のプライヴァシーが侵害されることを心配したからだと説明しているが、実際には、精神分析の治療がまさに成功裏に完了を迎えようとしていた時期に、ドラが不意に自分の許を去ってしまった理由を、彼自身が自分に十分納得のゆく形で説明できなかったからだとされている(9)。そして、その理由を解明しようとする努力をとおして、フロイトは精神分析の意味を根柢から変えていったというのである。従来の分析は、一口で言って、分析者が、往々にして断片的で矛盾に満ちた患者の言葉から、抑圧された過去の記憶を掘り起こし、その真相を論理的に一貫した形で白日の下に引き出そうとするものであった。しかし、精神分析における患者と分析者の関係とは、一方が過去を語り、もう一方がそれを冷静かつ客観的に解釈するといった単純な過程としてあるのではなく、過去の物語を語るという行為自体が、語り手と聞き手のあいだのダイナミックな相互作用をうちに含んでいる。そして、語られる過去の物語と、過去を語る現在の語りあるいはその解釈との関係も、はるかに問題を孕《はら》み不確実性に曝されたものであることを、フロイトは悟っていったわけである。

ブルックスはさらに、フロイトが、この考察をとおして、語りあるいはその解釈が「正しい」とされる根拠は、それが語りそのものから独立して存在する唯一不変の過去の事実に忠実に従っているかということではなく、その語りがテクスト——あるいは、現在の生——の中に、それまで見えていなかった関係や意義の広がりを作り出してゆくその有効性にあるということを見いだしたと言う。そして、患者が従来の感情のもつれの対象を分析者に移そうとする——それゆえ、過去の真相という視点から見れば筋違いな——〈転移〉こそが、実は、患者が自分の過去の感情生活と性的衝動を配置しなおしてゆく契機となる可能性を秘めており、精神分析的治療の重要な鍵となることを認識するに到ったとも説いている。ここで、ブルックスは、「われわれはしばしば患者に抑圧されたものを思い出させることに失敗するが、構築の正しさの確信を作り出すことには成功し、これは、回復された記憶と同じ治療上の効果を持つものである」という彼の言葉を引いて、被分析者が最終的に真の物語を持つというフロイト自身の常識的な前提をすら、彼の議論が崩してゆくとしている（六一頁）。そうすることでブルックスは、フロイト自身は必ずしも言っていなくとも、彼の議論の中にインプリシットな形で存在するものを論理的に突き詰め引き出そうとしているように見える。つまり、過去そのものは、現在の語りの中でしか意味を持たず、語りの行為が語り手と聞き手を巻き込んだ語りの空間に作り出す意味の広がりこそがすべてだというのである。そして、精神分析の真の意義は、過去の真相を究明し、それに基づいて患者の固有なあり方を特定することにではなく、分析者と被分析者が、つねに転移の脅威に曝されながら、その危険を引き受けつつ、対話をとおして共同で、被分析者の生にとって有効な物語を――その真実性の如何にかかわらず――構築してゆくところにあるわけである。

もっとも、フロイト自身は、「ドラの症例」について見る限り、彼女の夢に関する汎性欲論的解釈を最終的に放棄したわけではなく、そのことがまた、このテクストをめぐって、フロイト個人が置かれていた文化的状況や彼の生い立ちがその見解をどのように条件づけ、どういった偏向や歪曲をもたらすことになったかについて、さまざまな立場や視点からの議論が提出され取り交わされ、そこに新たな対話的空間が生み出される契機となっている[10]。

このように見てくると、このささやかなテクストがたどった変転は、まさしく近代ヨーロッパのエピステーメーの命運を象徴するものであったと言えるのではないだろうか。精神と肉体（自然）を分かち、後者の数理的分析を専らにしてきた近代科学が、それまで対象の外に置いてきた精神に初めて真剣な眼差しを向けたという点で、フロイトの精神分析はまさしく近代的知の完成であった。しかし、近代的知は、そこで初めて、己の眼差しを考慮の外に置く――無化する――ことで、逆にその窃視症的視線を絶対化してきたあり方から脱して、見る対象によって自身が見られるという状況、そして、そのことが、見る対象についての自分の解釈と対象そのものを――さらには自分自身をすら――変えてゆく、そういった状況へ、すなわち、絶対不変の真理の場から絶え間なく変転する対話的な語りの場へ、身を移してゆくことを余儀なくされるのである。実際、そう考えて振り返る時、覗き見るという行為自体、アクタイオーンの物語以来つねに、見る者から見られる者に、そして変身する者に替わることへの欲望をうちに秘めてきたのである。

プロスペロー＝シェイクスピアが『あらし』の最後に帰ってゆこうとする芝居の場が、多くの点で、このような転移と不断の再解釈とに曝された精神分析の空間と位相的に重なりあっていることは、いまさら言うまでもあるまい。そこは、劇作家が、自律した内奥のヴィジョンを舞台に乗せて、不変の真実として観客に提示する、そういった、劇作家と観客の双方に固定された窃視症的ありようを強いる閉ざされた演劇空間ではなく、上演の刻々が役者の演技と観客の反応をとおして生気づき、作家のヴィジョンに変容と新たな生成を促すところである。彼が発ってゆく先にあるものは、こうして、舞台と土間とが相互の働きかけをとおして作り出してゆく、無数の常套と反復された物語に支えられながら、一つ一つが一度限りの創造でもある芝居の場であり、そして同時にまた、一つ一つの行ないが、何層にもわたる古いテクストによって織り上げられながら、つねに新たな表現でもありうる人間的世界であったと言えるのではないだろうか。

たしかに、グリーンブラットの言うように、一つの芝居、一つの主体、一つのテクストは、いかに弁別された個別性を装おうとも、無数の芝居、無数の主体、無数のテクストが相互に織りなしてきた集合性の中から生起してきたものでしかない。けれども、今まで論じてきたように、そのような無限のインターテクスチュアリティの広がりの中で、それに根ざしつつ、一つの主体、一つのテクストが生起し他から傑出して輝くことが、同時に、インターテクスチュアリティの奥行きを照らし出し、そこに深い余韻を響かせるのである。そういった観点から見る時、テクストとしての一個の主体が自己と世界を認識し表現するということは、世界が、その主体の個別性という仮象をとおして、世界自身を認識し表象することであり、その個別の主体をとおして、世界が照らされ輝くことである。

ピエール・クロソフスキーは、尽くしがたい魅力を秘めた『ディアーナの水浴』の中で、ディアーナは自分の姿を見てそれをことほぐために、アクタイオーンの欲望を誘惑し、恐怖と歓喜に貫かれたテオファニーの瞬間を用意すると述べている。(11) つまり、アクタイオーンをアクタイオーンたらしめる彼の主体としての欲望は、彼自身に起因するのではなく、その顕現の場に立ち会わせるために彼を呼び入れるもの、主体をこえた超越的存在に依っているのである。同様に、世界の中で〈私〉を輝かせ秀でさせようとする〈私〉の欲望も、究極においては、その〈私〉をとおして己を形象化し、輝く己を認識しようとする、世界自身のエピファニーへの欲望である。

個々の作品も個々の主体も、繰り返すが、中断された仮面劇の後のプロスペローのせりふが言うとおり、インターテクスチュアルな広がりの中で織りなされたテクストであり、虚構・仮象でしかない。しかし、その仮象が自身をとおして世界を輝かせようとする時、その束の間の光芒と響きとが、無限の燦めきと反響となって広がって、そのテクストの生成を担ったインターテクスチュアリティのダイナミックな広がりを照らし出すのである。この輝きと響きにこそ、私たちは、プロスペローが拍手と喝采に包まれて帰ってゆく、彼の故郷《ふるさと》の地の性格を見定めることができるのではないだろうか。

注

序章

（1） Sir Walter Ralegh, "On the life of Man," in Robert Nye (ed.), *A Choice of Sir Walter Ralegh's Verse* (London: Faber and Faber, 1972), pp. 65-66.

（2） Thomas More, *Four Last Things*, in Anthony S. G. Edwards et al. (eds.), *The Complete Works of St. Thomas More:* Volume 1, *English Poems, Life of Pico, The Last Things* (New Haven: Yale University Press, 1997), p. 156.

（3） 糸賀きみ江校注『建礼門院右京大夫集』（「新潮日本古典集成」、新潮社、一九七九）一二一頁。

（4） 本論でのモアとローリーについての議論は、多くの点で、スティーヴン・グリーンブラット、髙田茂樹訳『ルネサンスの自己成型――モアからシェイクスピアまで』（みすず書房、一九九二）第一章「要人の宴席にて――モアの自己成型と自己消去」と、同じくStephen Greenblatt, *Sir Walter Ralegh* (Yale University Press, 1973) に負うている。

（5） 『ヘンリー五世』については、髙田茂樹「理想の君主を演じる――『ヘンリー五世』への道」（日本シェイクスピア協会編『蘇るシェイクスピア――没後四〇〇年記念論集』、研究社、二〇一六、一五〇―一七四頁）を参照されたい。

第一章　呼び声と沈黙

(1)　E. A. J. Honigmann, *Shakespeare – Seven Tragedies: The Dramatist's Manipulations of Response* (London: The Macmillan Press, 1976), p. 30. また、四三頁以下も参照されたい。

(2)　Ruth Nevo, *Tragic Form in Shakespeare* (Princeton, New Jersey: Princeton University Press, 1972), pp. 109ff. と比較されたい。

(3)　例えば、Ernest Schanzer, *The Problem Plays of Shakespeare* (London: Routledge and Kegan Paul, 1963) を参照されたい。

(4)　もちろん、観客が皆ローマ史、とりわけその細部に関する知識があったとは考えられない。しかし、観客の知識に対して劇が持つ期待は、たとえ観客が実際には歴史を知らなくとも、一種の芝居の約束事として、彼らに「知っている」ことにさせると思われる。

(5)　全ての言説に付随する知の限界と判断の誤謬性については、Gayle Greene, "'The Power of Speech/To Stir Men's Blood': The Language of Tragedy in Shakespeare's *Julius Caesar*," *Renaissance Drama*, new series, vol. XI (1981 for 1980), pp. 66-93 を比較参照されたい。この論文は刺激的で示唆に富んでいるが、人間の主観性を免がれた〈客観的な現実〉を安易に前提する点で、致命的な誤りを犯しているように思われる。

(6)　Noman Rabkin, *Shakespeare and the Common Understanding* (New York: The Free Press, 1967), p. 114.

(7)　ブルータスの性格が感じさせる倫理的な曖昧さについては、Schanzer, *op. cit.*; Honigmann, *op. cit.*; Reuben A. Brower, *Hero and Saint: Shakespeare and Greco-Roman Heroic Tradition* (Oxford: Oxford University Press, 1971) 等を参照されたい。

(8)　Rabkin, *op. cit.*, pp. 105ff. を参照されたい。

(9)　Schanzer, *op. cit.*, pp. 11ff.; J. L. Simmons, *Shakespeare's Pagan World: The Roman Tragedies* (Charlottesville: University Press of Virginia, 1973), pp. 78ff. を参照されたい。

(10)　Richard Lanham, *The Motives of Eloquence: Literary Rhetoric in the Renaissance* (New Haven: Yale University Press, 1976), 特に、ch. 1, "The Rhetorical Ideal of Life" と ch. 2, "The Fundamental Strategies: Plato and Ovid"; Stephen Greenblatt, *Renaissance Self-Fashioning: From More to Shakespeare* (Chicago: Chicago University Press, 1980)〔髙田茂樹訳『ルネサンスの自己成型――モアからシェイクスピアまで』(みすず書房、一九九二)〕、特に、その序章を参照されたい。

(11)　正確に言えば、広場の民衆と武将とは異なった階級に属しており、当然、道徳や行動の規範も異なっている。それゆえ、劇前半の民衆が後半の武将になるかのように論ずるのはいくぶん馬鹿げていよう。しかし、われわれがここで論じているのは、歴史的な事実ではなく、観客の受ける印象であり、彼らから見て、ブルータスを取り巻き彼の世界を構成する者は確かに「変わる」。

（12）　例えば、J. I. M. Stewert, *Character and Motive in Shakespeare: Some Recent Appraisals Examined* (1949; rep. New York: Haskell House Publishers, 1977), pp. 51f. を参照されたい。

（13）　劇が観客を感化しうる力については、次の極めてすぐれた論文を参照されたい。Louis Adrian Montrose, "The Purpose of Playing: Reflections on a Shakespearean Anthropology," *Herios, new series*, vol. VII (1980), pp. 51-74. なお、間主観的な劇場空間を積極的に構成する要素として、観客を評価しつつ、その劇経験を論じたものとしては、本書第二章「『ハムレット』における表現と内的真実――その共存在様式をめぐって」を参照されたい。

（14）　Richard Burckhardt, *Shakespearean Meanings* (Princeton, New Jersey: Princeton University Press, 1968), pp. 3-21.

（15）　この劇に対する観客の経験の時空構造を考えるにあたっては、思索と洞察の鑑とも言うべき次の書物から示唆を受けるところが大きかった。Thomas M. Greene, *The Light in Troy: Imitation and Discovery in Renaissance Poetry* (New Haven: Yale University Press, 1982).

第二章　『ハムレット』における表現と内的真実

（1）　こういったハムレットの人気の盛衰は、T. J. B. Spencer, "The Decline of *Hamlet*" in John Russell Brown & Bernard Harris (eds.), *Hamlet* ("Stratford-upon-Avon Studies," vol. V: London: Edward Arnold, 1963), pp. 185-99 の中で、簡潔に扱われている。

（2）　ルネサンス文化（ひいては文化一般）の修辞性・演劇性の問題は、私の長い関心事だが、以上の記述については、Stephen Greenblatt, *Renaissance Self-Fashioning: From More to Shakespeare* (Chicago: The University of Chicago Press, 1980)〔髙田茂樹訳『ルネサンスの自己成型――モアからシェイクスピアまで』（みすず書房、一九九二）〕、とりわけ、その序章に拠るところが大きい。

（3）　Richard Lanham, *The Motives of Eloquence: Literary Rhetoric in the Renaissance* (New Haven: Yale University Press, 1976), ch. 7, "The Self as Middle Style: Corlegiano" を参照されたい。

（4）　Geoffrey Shepherd (ed.), Sir Philip Sidney, *An Apology for Poetry* ("Medieval and Renaissance Library," Manchester: Manchester University Press, 1964). また、シドニーの生涯とその間の野心や挫折の詳細については、Katherine Duncan-Jones, *Sir Philip Sidney: Courtier Poet* (New Haven: Yale University Press, 1991) を参照されたい。

（5）　ジョン・リリーのヒューマニストとしての理想とその挫折に関しては、G. K. Hunter, *John Lyly: The Humanist As Courtier* (Cambridge, Massachusetts: Harvard University Press, 1962) の中で詳細に辿られている。

（6）　髙田茂樹「理想の君主を演じる——『ヘンリー五世』への道」（日本シェイクスピア協会編『蘇るシェイクスピア——没後四〇〇年記念論集』、研究社、二〇一六、一五〇—七四頁）を参照されたい。

（7）　『ハムレット』およびシェイクスピア一般における（英語学的な関心のものを除いて）言語や表現・伝達の問題を扱った研究は他に多くあろうが、本論を執筆するに際して私が当たった主なものは以下のとおりである。Anne Barton, "Shakespeare and the Limits of Language," *Shakespeare Survey*, vol. XXIV (1971), pp. 19-30; Lawrence Danson, *Tragic Alphabet: Shakespeare's Drama of Language* (New Haven: Yale University Press, 1974); Inga-Stina Ewbank, "*Hamlet* and the Power of Words," *Shakespeare Survey*, vol. XXX (1977), pp. 85-102 ; R. A. Foakes[1], "Hamlet and the Court of Elsinore," *Shakespeare Survey*, vol. IX (1956), pp. 35-43; ——[2], "Character and Speech in *Hamlet*"; in John Russell Brown & Bernard Harris (eds.), *Hamlet* ("Stratford-upon-Avon Studies," vol. V, 1963), pp. 148-62; L. C. Knights, "Rhetoric and Insincerity," in Philp Edwards et al. (eds.), *Shakespeare's Styles* (Cambridge: Cambridge University Press, 1980), pp. 1-8. なかでもダンソンの論考は、本論の前半と趣旨の重なる点が多く興味深かった。しかし、他の論のように偽りの表現・不可能な伝達を挙げるだけのものもの足らないが、ダンソンやフォークス[2]のように、復讐者という劇が与える役割に主人公が意識的に同化してゆく、といった主知的でこぢんまり纏めたような結論には到底賛成できない。それはこの悲劇の端初であって、到達点ではない。一方、伝達者としての人間の重要性を説くTerence Hawkes, "Shakesprare's Talking Animals," *Shakespeare Survey*, vol. XXIV (1971), pp. 47-54 も、エルシノアの宮廷における言葉の堕落（?）を全てクローディアスに帰し、ハムレットが伝達に挫折する面を全く顧みておらず、あまりに単純という謗りを免がれない。

（8）　ルネサンスの悲劇と言説（discourse）の問題を取り挙げたものとしては、中世の象徴的言説（symbolic discourse）から近代の分析的＝対象指示的言説（analytico-referential discourse）への転換の際に生じる淵を悲劇が架橋すると論じようとしたTimothy J. Reiss, *Tragedy and Truth: Studies in the Development of a Renaissance and Neoclassic Discourse* (New Haven: Yale University Press, 1980) が挙げられる。しかし、極めて粗雑で平板な各論もさることながら、二つの言説のあいだの溝を単に否定的な混乱と見做して、それ以上掘り下げようとしない著者の姿勢は、そこからの議論の発展の可能性まで小さくしているように思われる。ここで私が言う表現とその対象とのあいだに直接の指示関係を持つ言説と修辞的な言説との対立という発想は、むしろランハムが前掲書第二章で述べた二つの実在の概念、プラトンのまじめな（つまり哲学的な）実在概念とオウィディウスの修辞的実在概念の対比に近い。

（9）　例えば、Anne Barton, "Introduction" to T. J. B. Spencer (ed.), *Hamlet* ("The New Penguin Shakespeare," Harmondsworth; Penguin Books, 1980), p. 25 は、ここでのオフィーリアの態度を "feeble coquetry" と一蹴するが、Harold Jenkins (ed.), *Hamlet* ("The Arden Shakespeare," Second Edition, London: Methuen & Co. Ltd., 1982) の中で、編者のジェンキンズは、老大家らしく、明らかにハムレッ

トの方がオフィーリアを袖にしたのだと推定している（p. 281）。

（10）　E. A. J. Honigmann, *Shakespeare—Seven Tragedies: The Dramatist's Manipulation of Response* (London: The Macmillan Press Ltd., 1976), pp. 67ff は、観客が、ハムレットへの共感とその保留を繰り返しながら、最終的には、状況も考慮して、彼の感受性を信頼し、彼を肯定的に判断すると論じているが、彼の描く観客は、さながら被告と原告の陳述を聞いている陪審員であり、劇作家は極めて主知的に、彼らの心理のごく表層に限られた受容を〈操作〉しているかのようである。

（11）　以上の議論については、メルロー＝ポンティのいくつかの論文、竹内芳郎『文化の理論のために――文化記号学への道』（岩波書店、一九八一）、木村敏『自覚の精神病理』（紀伊國屋書店、一九七八、初版、一九六九）、同『分裂病の現象学』（弘文堂、一九七五）、山本泰「〈共存在〉様式としてのコミュニケーション」（『思想』第六五五号、一九七七年五月、二九―五一頁、本論の副題はこの論文から借りている）、などから示唆を受けるところが大きかった。

（12）　実際、私の解釈と、現代のキリスト教神学を援用しつつ、この作品を解明してゆく Walter N. King, *Hamlet's Search of Meaning* (Athens, Georgia: The University of Georgia Press, 1982) には、結論的にかなり近いものがある。ただし、ハムレットの独白の読解から、彼の思索の段階的深化を引き出してゆくキングの方法は、やや牽強付会に過ぎ、作品全体への目配りがお座なりな恨みがある。

（13）　木村敏「メメント・モリ」（『分裂病の現象学』所収）、特に三五三頁以下を参照されたい。

第三章『オセロー』

（1）　文芸批評における作中人物の性格に対する関心の薄さとその論拠については、ニュー・クリティシズム等の形式主義批評以降、なかば常識と化してしまっているので――もっとも、その論議の多くは、実はきわめて平板な性格理解に基づいているのだが――、ここではそれを辿ることはしない。今もし、従来のような性格批評の根拠が真に覆されようとしているとすれば、それは、形式主義批評が考えたように、虚構の中の人物に実際の人間と同様な実体的でかけがえのない性格を考えるのが馬鹿げているからではなく、実際の人間そのものの固有性・実体性が問題視され否定されようとしているからに他なるまい。こういった議論もまた多岐にわたるが、ルネサンスの主体の虚構性を論じたものとしては、グリーンブラット『ルネサンスの自己成型――モアからシェイクスピアまで』（みすず書房、一九九二）を参照されたい。

（2）　同書、とりわけ三二一―三二二頁、および Marianne L. Novy, *Love's Argument: Gender Relations in Shakespeare* (Chapel Hill: The University of North Carolina Press, 1985), pp. 125-49 を参照されたい。

(3)　核家族化の問題については、Lawrence Stone, *The Family, Sex, Marrage in England 1500-1800* (abridged edition, Harmondsworth; Penguin Books, 1979 [orig., 1977]), とりわけ、pp. 93-146 を参照されたい。また、ストーンの所説に対する有力な反論としては、Alan Macfarlane, *The Origin of English Individualism* (Oxford; Blackwell, 1978) が挙げられる。

(4)　尤も、宮廷愛の文芸が女性の価値を高め、恋愛に質的変化をもたらしたことについては、新倉俊一『ヨーロッパ中世人の世界』(筑摩書房、一九八三) の「愛、十二世紀の発明」の章を参照されたい。また、理想化や滑稽話の帯びる規範的性格については、Linda Woodbridge, *Women and the English Renaissance: Literature and the Nature of Womankind* (Urbane; University of Illinois Press, 1984) が、例えば、pp. 4-45 で的確に論じている。

(5)　Karen Newman, "'And wash Ethiop white': femininity and the monstrous in *Othello*," in Jean Howard and Marion F. O'Connor (eds.), *Shakespeare Reproduced: The Text in History and Ideology* (London; Methuen, 1987), pp. 141-62 を参照されたい。

(6)　三八七行目の「俺の名」と訳した箇所は、初期のテクストに異同があって、一六二二年に刊行された第一・四つ折り版ではこの前後約八行のオセローのせりふが欠けており、翌二三年に刊行された第一・二つ折り版の中の『オセロー』のテクストでは "my name" となっているが、一六三〇年に刊行された第二・四つ折り版では "her name" となっている。『オセロー』の場合、第一・四つ折り版、第一・二つ折り版の両方のテクストとも、出自は必ずしも明確ではないが、共にそれぞれ別のシェイクスピアの手稿に依拠したのであろうかなり信頼性の高いテクストとされており、第二・四つ折り版は、基本的に第一・四つ折り版に基づきながら、第一・二つ折り版を参考に修正を施したものと見做されている。当該の箇所は第一・四つ折り版には元から存在しないから、第二・四つ折り版で "her name" となっているのは、この版の編者が第一・二つ折り版から前後のオセローのせりふを移し入れた際に、自らの判断で "my name" を "her name" に改めたということだろう。

　最近のテクストでは多くが第二・四つ折り版の "her name" を採用しているが、私が本論を執筆していた際に用いていた R. Ridley (ed.), *Othello* ("The Arden Shakespeare"; Second Edition, London; Methuen, 1958) は "my name" を採っている。いま両者を比べると、確かに "her name" の方がいくぶんすんなり入ってくるような気もするが、執筆時点では異同そのものに気づいていなかったということもあり、また、"my name" でも十分意味が通じて、あえて修正する必要を感じないので、そのままにしておくことにする。実際、オセローにとって、デズデモーナが不義によってその名を汚すということは、デズデモーナの貞節に依拠するかたちで維持されているオセロー自身の名も汚されることを意味しているから、二つを分けて考えること自体、困難とも言えるだろう。

(7)　このハンカチの挿話は、オセローの自己同一化の持つもう一つの側面を私たちに思い起こさせる。夫が妻を資産として支配する時、実は逆に、夫が妻に依存的にならざるを得ない契機が潜んでいるということは先に見たが、ここにはまた、発達心理上の布置の問題が不可分にからんでいるように思われる。ごく大雑把に言って、赤ん坊が世界と自己との区別をいまだ覚えず、自らの全能性にひたっているのは、赤ん坊にとってやはり自らといまだ分化せず、自身にとって世界そのものである母親への全面的な依存に裏づけられている。そういった関係に介入してくる父親は、両者の一体感幻想を砕き、一方では赤ん坊にとって恐怖・敵意の対象になりながら、同時に、それが身につけるべき社会的な現実原則の体現者として、赤ん坊の模倣・同一化の対象ともなる。しかし、このような発達段階においても、潜在的には――そして、半ばは顕在的にも――赤ん坊と母親との依存的共生は存続しており、それが子供の社会的自己の確立を保証し、外的な社会とそこでの〈戦い〉の後に帰るべき家庭の原型をなしている。とすれば、彼が成人して作る家庭においても、夫婦の間に表面的にはいかに支配―被支配の関係が貫徹されていようとも、その下には母子関係と等価な依存―被依存の関係が営まれていることになる。そして、今や〈夫〉となった息子にとって、戦いかつ倣うべき〈父〉とは、彼が今そこで役割を果たすことが期待されそこで戦ってゆかなければならない外の社会そのものである。そのように見れば、妻が、いわばその役割に潜在的に求められる、夫の側の（潜在化した）依存を表象したものとしての支配を受ける母親の代替というありようを拒む異質な〈他者〉として現れることが、可能性として孕む危険性の大きさが知れよう。

　オセローが自分の母親から贈られたハンカチをデズデモーナに与える時――そのハンカチは、それを持っている間は夫の愛を自分の方に引きつけることが出来るが、逆に、失うと夫から忌み嫌われるようになるという魔力を込めたものだ――、それは、暗にデズデモーナに、母親に対するように、全面的な庇護と献身を要請するものであったはずであり、それゆえ、デズデモーナがそのハンカチを情夫に手渡したという「事実」は、夫としての支配の破綻であると同時に、子としての世界＝母への依存に対する根源的な拒否・裏切りとして、オセローの自己同一性を震撼させたのである。

（8）　Lawrence Stone, *The Crisis of Aristocracy 1558-1641* (Oxford: Oxford University Press, 1965); Marvyn James, *Family, Lineage, and Civil Society: A Study of Society, Politics, and Mentality in the Durham Region 1500-1640* (Oxford: Oxford University Press, 1974), および、グリーンブラット、前掲書等を参照されたい。

（9）　例えば、一幕二場、同四場、二幕三場、同五場など（幕・場の数は、Fredson Bowers (ed.), *The Complete Works of Christopher Marlowe*. vol. II [Cambridge: Cambridge University Press, 1973] に拠っている）。社会の階層分化を支える規範と現状との乖離とそこから生じる混乱については、Laura Caroline Stevenson, *Praise and Paradox: Merchants and Craftsmen in Elizabethan Popular Literature* (Cambridge: Cambridge University Press, 1984) を参照されたい。

（10）　宮廷など新しい環境に入っていった人々が直面した適応や挫折の問題については、Frank Whigham, *Ambition and Privilege: The Social Tropes of Elizabethan Courtesy Theory* (California: California University Press, 1984) を参照されたい。

（11） Conrad Russell, *The Crisis of Parliaments: English History 1509-1660* (Oxford; Oxford University Press, 1971), とりわけ、pp. 256-84を参照されたい。

（12） グリーンブラット、前掲書、Whigham, *op. cit.*, とりわけ、pp. 137-84; John D. Cox, *Shakespeare and the Dramaturgy of Power* (Princeton, N.J. ; Princeton University Press, 1969), とりわけ、pp. 41 ff. および pp. 71-73 等を参照されたい。

（13） 「気前よくもろてを広げて、いただこう」と訳した四七〇行目の“with acceptance bounteous”という言葉には、解釈上の問題があって、R. Ridley (ed.), *Othello* (“The Arden Shakespeare”; Second Edition, London; Methuen, 1958) の編者リドレイは、「“bounteous”という言葉は、受け取る側ではなく与える側に用いるのが普通であるが、〈制限されない〉という意味から〈心から〉という意味にもなって、それがここで要求されるものだ」(p.123) と解しているが、それでは、前の“Not with vain thanks”との対照もぼやけてしまい、いかにも持って回った表現だという印象になる。ここでは、前の句と合わせて「相手の好意を、単に口先の謝意だけではなく、実際にそれに気前よく報いるかたちで受けよう」という意味に取りたい。

（14） Carol Thomas Neely, *Broken Nuptials in Shakespeare's Plays* (New Haven; Yale University Press, 1985), pp. 105-35, とりわけ、pp. 114-17を参照されたい。

（15） 例えば、S. N. Garner, “Shakespeare's Desdemona,” in *Shakespeare Studies* (U. S.), Vol. IX ((1976), pp. 233-52 などは、デズデモーナの倫理性に対してきわめて否定的な評価を下している。

（16） Kenneth Muir (ed.), *Othello* (“New Penguin Shakespeare,” Harmondsworth ; Penguin Books, 1968), Commentary, p. 212.

（17） シェイクスピアにおける「自己の自律性」と「他者との関わり」とのあいだの逆説的関係については、D. J. Palmer, “The Self-Awareness of the Tragic Hero” in Malcolm Bradbury and David Palmer (eds.), *Shakespearian Tragedy* (London; Edward Arnold, 1984) を参照されたい。但し、この論文は、洞察と刺激に富んでいるが、右のような問題を論理的に尽くしたといったレヴェルにはほど遠い。

（18） グリーンブラット、前掲書、三二〇—二一頁を参照されたい。

（19） 木村敏『直接性の病理』(弘文堂、一九八六)、二一頁。また、同『時間と自己』(中公新書、一九八二)、とりわけ、第三章「祝祭の精神病理」一三三—一七二頁も合わせて参照されたい。なお、精神病理学以外の分野からの貢献の代表的なものとしては、社会学者の見田宗介の『宮沢賢治——存在の祭りの中へ』(岩波書店、一九八四)、文化人類学者のヴィクター・W・ターナーの『儀礼の過程』(富倉光雄訳、思索社、一九七六、原著、一九六九) などが挙げられる。

（20） 当時の雰囲気を伝えるものとしては、Russell, *op. cit.*; Stone, *An Elizabethan: Sir Horatio Palavicino* (Oxford; Oxford University

Press, 1956); William Ingram, *A London Life in the Brazen Age: Francis Langley. 1548-1602* (Cambridge, Massachusetts; Harvard University Press, 1978) などを参照されたい。また、当時の状況に対する政府周辺の悲観的認識については、R. B. Wernham, *After the Armada : Elizabethan England and the Struggle for Western Europe 1588-1595* (Oxford; Oxford University Press, 1984) を参照されたい。

(21) Mervyn James, "At a crossroads of the political culture: the Essex revolt. 1601" in his Society, *Politics and Culture: Studies in Early Modern England* (Cambridge; Cambridge University Press, 1986), pp. 416-65.

(22) Graham Parry, *The Golden Age Restor'd: The Culture of the Stuart Court, 1603-42* (Manchester; Manchester University Press, 1981) 他を参照されたい。

(23) エリザベス朝からジェイムズ朝への転換に際しての時代の雰囲気の変化については、C. Russel, *op. cit.*; M. James, *op. cit.* などを参照されたい。また、当時を生きた人間がそういう雰囲気の変化をどのように感じ、また如何に反応したかについては、F. H. Mares (ed.), *The Memoirs of Robert Carey* (Oxford; Oxford University Press, 1972) を参照されたい。編者のメアーズは、テクストの一節を引きながら、次のように評している。「ジェイムズ一世の就位以降は、『回想録』のトーンはがらりと変わる。陰謀が話題の中心となり、行動の主たる動機は個人的な権力の伸張と傷ついた自尊心である」(p. xxix)。

(24) カーニヴァル的祝祭と演劇の関係については、Michael D. Bristol, *Carnival and Theater: Plebeian Culture and the Structure of Authority in Renaissance England* (London; Methuen. 1985) を参照されたい。また、カーニヴァルの帯びる騒擾と流血の危険については、Emmanuel Le Roy Ladurie, *Carnival in Romans* (tr. by Mary Peeney. New York; George Braziller. 1979 [orig., 1979]) の中で生き生きと描かれている。

(25) 本書第二章「『ハムレット』における表現と内的真実――その共存在様式をめぐって」を参照されたい。

(26) こういった祝祭的な直接性の現出を阻害するような事態の推移には、また、時代における〈時間〉の変化、劇場を取りまく時間と、そしてより一般的な時間の変質が関わっていると思われる。常設劇場の成立と一般化は、演劇が本来持っていたはずの、日常的時間から分かたれそれに節目を与えるハレとしての性格を希薄化させ、それを不断に日常的景物の中に取り込んでゆく。そして、そのような制度としての劇場の変質は、これと平行して起こる、例えば、プロテスタンティズムによる宗教行為における儀式性一般の否定と、それがもたらす時間の抽象的均質化――それはまた、季節の循環と密着した農村での労働から、年間を通して均一化しがちな都市の労働へという、労働と時間との関係における変化とも連動しているが――といった事態と、一見したよりははるかに密接に繋がっており、祝祭的一体化への志向性の不断の変質という『オセロー』の特異な悲劇性を生む一つの契機になっている。見ようによれば、一六〇〇年代の姦通不安、家庭悲劇の流行は、このような時間の均質化でその発現の場を失いつつある祝祭的ありようが、家庭という基本的には最も日常的な空間に、歪曲され抑圧されながら——それゆえ、それに対する恐れ・不安という形で——表面化したものといえよう。なお、時間意識の変質の問題については、真木悠介『時間の比較社会学』(岩波書店、一九八一)、とりわけ、第一章「原始共同体の時間意識」および第五章「近代社会の時間意識 (二) 時間の物象化」を参照されたい。

第四章　駆りたてるもの

(1)　本論における『イーリアス』からの引用はすべて、ホメロス『イリアス』(上・下) 松平千秋訳 (岩波文庫、一九九二) に拠っている。

(2)　本論での『イーリアス』についての理解は、多くの点で、川島重成『「イーリアス」——ギリシア英雄叙事詩の世界』(岩波書店、一九九一) と Jasper Griffin, *Homer on Life and Death* (Oxford: Clarendon Press, 1980) に負うている。

(3)　René Girard, *The Theatre of Envy* (New York: Oxford University Press, 1991), pp. 120-40, ほか随所。

(4)　一六〇〇年前後のシェイクスピアの劇作家としての課題については、髙田茂樹「『ヘンリー四世』二部作——あるいは、シェイクスピア的温厚さの起源について」(玉泉八州男他編『シェイクスピア全作品論』、研究社出版、一九九二、一四五—六四頁) を参照されたい。

(5)　Girard, *op. cit.*, p. 149.

(6)　この点については、坂部恵『かたり』(弘文堂、一九九〇)、とりわけ、第三章「かたりの時間」から多くの示唆を得た。

第五章　ルーシオーの悪ふざけ

(1)　髙田茂樹「『ヘンリー四世』二部作——あるいは、シェイクスピア的温厚さの起源について」(玉泉八州男他編『シェイクスピア全作品論』、研究社出版、一九九二、一四五—六四頁) を参照されたい。

(2)　一五九〇年代後半以降の、シェイクスピアのドラマトゥルギーと作家のありよう、および、彼の作品の内容とのあいだの関連性については、前掲の『ヘンリー四世』論以外に、髙田茂樹「家族の肖像——シェイクスピア『ジョン王』論」(楠明子・原英一編『ゴルディオスの絆——結婚のディスコースとイギリス・ルネサンス演劇』、松柏社、二〇〇二、九三—一二四頁)、および、本書第七章「プロスペローの帰郷」を参照されたい。

第六章　〈成り上がりのカラス〉は懐古する

（1）　Geoffrey Bullough (ed.), *Narrative and Dramatic Sources of Shakespeare*, Volume VIII: *Romances: Cymbeline; The Winter's Tale; The Tempest* (London: Routledge and Kegan Paul / Columbia University Press, 1975), pp. 156-99.

（2）　Daniel Allen Carroll (ed.), Henry Chettle and Robert Greene, *Greene's Groatsworth of wit: bought with a million of repentance* (1592) (New York: Center for Medieval and Early Renaissance Studies, State University of New York at Binghamton, 1994), pp. 83-85. チェトルの関与と弁明については、同書の Introduction、特に pp. 12-13 を参照されたい。

（3）　『パンドスト』も『冬物語』も、ともにシシリアとボヘミアを舞台にしているが、『冬物語』のシシリア王レオンティーズに相当するパンドストはボヘミアの王であるなど、二つの作品では、それぞれの出来事の舞台としてのシシリアとボヘミアが逆になっている。『冬物語』では始まりも終わりもシシリアを舞台にしているが、当然、『パンドスト』ではどちらもボヘミアで起こる。ついでながら、内陸の国であるボヘミアに海岸があるというのが、シェイクスピアの無知によるものか、あるいは知っていてわざとしたのかといった議論が時になされるが、元々の『パンドスト』でも、ボヘミアに海岸があることになっている。もちろん、シェイクスピアが誤りに気づきながら意図的に残したのか、それとも気づかずに踏襲したのかという問題はそのまま残ってはいる。

二つの作品で、シシリアとボヘミアのロケーションが逆にされた点については、あくまで個人的な見解であるが、劇の中心的な現場としては、海岸の有無はともかく、基本的に大陸の一部であるボヘミアよりも、四方を海に囲まれたシシリアの方がふさわしいと感じられたのではないだろうか。連綿とした物語の伝統はしばしば広い海に喩えられるが、『冬物語』も、他から独立して出来た単独の作品というよりも、その常套的な筋立ても含めて、長い物語の伝統の中から生起して、またそこに還ってゆくものであるということを強く感じさせる作品である。

（4）　道化を表す英語の単語としては clown と fool がよく知られていて、必ずしも明確に使い分けられているわけではないが、一般的には、日本語の「ぼけ」と「突っ込み」の別に似て、clown という単語はどちらかといえば間が抜けていて人に担がれるようなタイプを指すことが多いのに対して、fool の方はもっと機転が利いて、人を風刺したり皮肉ったりするタイプを指すことが多い。『冬物語』の中で、羊飼いの息子は clown とされていて、一方、オートリカスが類縁性を感じさせるのは fool の方であり、シェイクスピアが手を焼いたのも fool の側である。しかし、実際にシェイクスピアがケンプに振った役として知られているのは、『ロミオとジュリエット』のピーターや『から騒ぎ』のドグベリーなど、いずれもどちらかと言えば clownish な道化役で、その意味でも両者の区別はなかなか微妙と言わざるを得ない。

（5）　このせりふの難解さは、むしろ、意図的なもので、意味のよくわからない念仏か呪文を聞いているような具合になっていて、そういう得体の知れないものが割って入って、気がつけば、あっという間に十六年経っていたという効果を狙ったのではないだろうか。

その上での話だが、この〈時〉のせりふは、おそらくユーフィズムを意識したものだろう。ユーフィズムというのは、もともと「大学出の才人」のひとりジョン・リリーが『ユーフィーズ――機知の解剖』（一五七八）とその続編『ユーフィーズと彼の住むイングランド』（一五八〇）で用いた文体で、構文や長さという点では近似しながら内容が対照的な言い回しを併置して、しかもそれを次々と繰り返すことで、その修辞的な効果を狙うものである。精緻な技巧を凝らした文体として注目され、仰々しくて堅苦しいという批判もある一方で、宮廷での生活を描くにふさわしい優雅で知的な言葉遣いということでもてはやされもしたのである。

シェイクスピアも、言葉遊びの要素の多い『恋の骨折り損』（一五九五）や『空騒ぎ』（一五九八）の中で、宮廷周辺の若い男女の気取ったやりとりの中で、ユーフィズム的な修辞を用いている。尤も、一六〇〇年前後にはユーフィズムはすでに時代遅れの文体となっていたようで、シェイクスピアも『ハムレット』（一六〇一頃）の中で、ポローニアスにいかにもユーフィズム的で冗漫な言葉をしゃべらせて、それが周囲から辟易されるというかたちにして、これを揶揄している。『ハムレット』の時からさらに十年近い年月を経て、ユーフィズムが時代遅れを通り越して、むしろ骨董ものの表現となってしまっていることは、シェイクスピアも十分に自覚していたはずである。そういった中で、これを匂わせる表現をあえて用いたのは、もちろん他の理由も考えられようが、おそらくこれもグリーンの『パンドスト』を想起させるための仕掛けだったのではないだろうか。

『パンドスト』は、ほぼ一貫してユーフィズムで綴られている。コニー・キャッチングもののパンフレットや『一文の知恵』などではもっと軽快できびきびした文体を好んで用いるグリーンが、この『パンドスト』ではユーフィズムを採用したのは、当時一世を風靡していた技巧性の高い文体で物語を綴ることで、その人気にあやかるとともに、自分の多彩な文才をアピールしたかったのだろう。

一般に、グリーンが『一文の知恵』の中で、シェイクスピアが自分たち大学出の才人たちの築いてきた成果を姑息に掠めたと非難したのは、主にブランク・ヴァースについてだったと考えられており、実際、先に挙げた、シェイクスピアを槍玉に挙げた文章の中でも、グリーンはブランク・ヴァースに言及している。そういった中でも、シェイクスピアはそのブランク・ヴァースを使って芝居を書き続けて、その言葉に磨きをかけてきたわけだが、しかし、仮にシェイクスピアが、『冬物語』の中で、そのブランク・ヴァースについて、グリーンの文体と自身の文体との違いを際立たせようとしても、それを僅かの行数で観客や自分自身を納得させるかたちで伝えるのは難しかっただろう。その点、『パンドスト』のユーフィズムは、自身の用いるブランク・ヴァースと違いを際立たせて、その間の自分の文体上の研鑽をはっきりと示してみせるのにふさわしく感じられたはずである。『冬物語』の冒頭、シシリアの貴族カミロとボヘミアのアーキデイマスが、シシリア宮廷の厚い歓待ぶりやふたりの王の親密さ、シシリアの幼い王子マミリアスの早熟などについて語り合う箇所も、出身の違う宮廷人同士のいくぶん形式張った会話として、いかにも丁重で凝ったもの言いがされており、ユーフイーズムの例と見做され、そのプロットと並んで、この作品が『パンドスト』を受け継ぐものであることを示唆している。しかし、そういった堅苦しい文体は、ことの急な展開の中ですみやかに置き去られ、よりダイナミックな劇の文体に取って代わられてゆく。それが、緊張に満ちた激動の前半部が終わって、十六年の経過を告げる〈時〉の口上の中で、再び立ち現れてくるのである。

ユーフィズムというのは基本的に散文に関するものであり、ここでの〈時〉の口上は韻文だから、これをそのまま純粋なユーフィズムの例とは言えないかもしれないが、対照的な意味の言葉を連続して併置していくというその文体的な特徴は、明らかにユーフィズムを意識していると感じさせるものである。

『パンドスト』は、副題を「時の勝利」としているが、先に述べたように、実際にはただだらだらと時が流れてゆくという印象で、その間にパンドストがとくだん洞察を深めたということもなければ、成長して戻ってきた娘と心洗われるような再会を果たすこともない。その意味では、何をもって「時の勝利」と言っているのかよくわからないというのが実感である。

『パンドスト』を思わせる古めかしい文体で、シェイクスピアは、一気に十六年間の時の経過を果たして、元の作品と対照的に、劇の前半と後半とで内容を明確に分けて、レオンティーズの悔悟と認識の深まりと成長した娘との奇蹟的な巡り会いを通して、その間の時による変容を鮮明に浮かび上がらせる。そうすることで、『パンドスト』の副題にいう「時の勝利」を地で行ってみせると共に、このユーフィズム的な言葉で綴られたコーラスとその前後で自身が自在に操る融通無碍なブランク・ヴァースとの違いを際立たせることで、かつて自分が掠め取ったとなじられた言葉遣いの面でも、自分が大学出の才人たちなどとうに及ばない域に達していることを鮮やかに示しているように感じられるのである。

（6） Geoffrey Bullough (ed.), *Narrative and Dramatic Sources of Shakespeare*, Volume VIII: *Romances*, pp. 214-19.

（7） この点については、髙田茂樹「『ヘンリー四世二部作』――あるいは、シェイクスピア的温厚さの起源について」（玉泉八州男他編『シェイクスピア全作品論』、研究社出版、一九九二、一四五―六四頁）を参照されたい。

（8） 本書第五章「ルーシオーの悪ふざけ――『尺には尺を』における裁きと認識」を参照されたい。

（9） 先に挙げた『ヘンリー四世』論と本書第五章に加えて、本書第七章「プロスペローの帰郷」も参照されたい。

(10)　C. H. Herford and Percy Simpson (eds.), *Ben Jonson*, Volume III: *A tale of a tub ; The case is altered ; Every man in his humour ; Every man out of his humour* (Oxford: Clarendon Press, 1927), p. 505. なお、この作品については、版によって、三幕一場から六場までを一つの通しの場と見做しているものもあるので、注意を要する。

シェイクスピア家の紋章に対するジョンソンの揶揄については、Katherine Duncan-Jones, *Ungentle Shakespeare* (London: Arden Shakespeare, 2001), pp. 96-99 を参照されたい。なお、サミュエル・シェーンボームによると、申請を受けた紋章官は、最初、提出された紋章の図柄の上に "non, sanz droict" と記したのを、後になって、コンマを除いて "NON SANZ DROICT" と書き改めたのだという。これをそのまま読めば、いったん「駄目だ、資格なし」と退けかけたのを、思い直して、「資格なきにしもあらず」という語句を添えて、申請を受け入れたということになる。それがそのまま紋章の題銘になるというのもよく理解できないが、シェイクスピアも娘のスザンナも紋章を用いる際にもこの題銘をいっしょに添えることはなかったというから、シェイクスピア自身にとってもこの題銘は必ずしも意に沿うものではなかったのかもしれない（Samuel Shoenbaum, *William Shakespeare: A Documentary Life* [Oxford: The Clarendon Press, 1975], pp. 166-71)。

(11)　この挿話の解釈については、例えば、Jonathan Bate, *Genius of Shakespeare* (Basingstoke, Hampshire: Pan Macmillan, 1997) p. 7 を参照されたい。

(12)　もっとも、タッチストーンの役を演じたのは、土間の観客とのあいだに当意即妙のやりとりでシェイクスピアの手を焼かせたウィリアム・ケンプではなく、実質的にその後釜に座ることになったロバート・アーミンだったことを考えると、ここでのふたりのやりとりにそこまで意味を持たせることが出来るかは、いくぶん微妙かもしれない。タッチストーンを演じたのがアーミンであるという点については、James Shapiro, *A Year in the Life of William Shakespeare: 1599* (London: Faber and Faber, 2005), pp. 249-50 などを参照されたい。

(13)　Norman Rabkin, *Shakespeare and the Problem of Meaning* (Chicago: University of Chicago Press, 1981), Ch. 4, "Both/And: Nature and Illusion in the Romances," pp. 118-40. 該当箇所は p. 126 である。

トーマス・マンの『選ばれた人』については、『豪華版世界文学選集 二三 トーマス・マン』（講談社、一九七六）所収の佐藤晃一訳を参照した。該当箇所は五—六頁である。

第七章　プロスペローの帰郷

(1)　スティーヴン・グリーンブラット『ルネサンスの自己成型』（高田茂樹訳、みすず書房、一九九二、原著一九八〇）。新歴史主義の一般的傾向については、髙田茂樹「新歴史主義の視点」(『Littera』〔岡山大学教養部英語科〕第三号、一九八八、五七―八〇頁)、および、同「新歴史主義の視点から――創造的対話に向けて」(『英語青年』第一三七巻第一号「特集・文学史の読み直し」、一九九一、一三―一五頁)を参照されたい。

(2) Stephen Greenblatt, *Shakespearean Negotiations* (Berkeley: University of California Press, 1988), pp. 2, 12.

(3) この点に関しては、髙田茂樹「『ヘンリー四世』二部作――あるいは、シェイクスピア的温厚さの起源について」(玉泉八州男他編『シェイクスピア全作品論』、研究社出版、一九九二、一四五―六四頁)を参照されたい。

(4) なお、『ルネサンスの自己成型』、とりわけ、その第四章「紳士を成型する――スペンサーと至福の宮の破壊」でも、同様な議論が見られる。

(5) 見ようによっては、ここで戯画化されている劇作家としては、シェイクスピアなどより、むしろ、彼のライヴァルだったベン・ジョンソンの方がふさわしい、シェイクスピアはここで自分の好敵手を軽く揶揄しているのではないか、と考えられるかもしれない。事実、ジョンソンは古典的規範を尊重して三統一の規則を遵守し、イニゴー・ジョーンズと組んで、多くの壮麗な宮廷仮面劇を手がけている。そして、彼こそ、自然の勢いにまかせて筆を走らせた観のあったシェイクスピアの戯曲を批判して、もっと推敲を加えるべきこと、要するに、ネイチャーをアートで矯めるべきことを主張した芸術家だった。けれども、芸術における〈自然〉あるいは〈自然さ〉といったものは、言うまでもなく、自発的な発露として生じるのではなく、むしろ、芸のたゆみない営為の果てに得られるものだろう。シェイクスピアが「自然の申し子」と見なされるに至ったのも、少なくとも一つには、彼が繰り返し実験を試み、自分の芸術においてあるべき〈自然さ〉を模索しつづけた結果だったはずである。ジョンソンが批判したような〈自然さ〉も、その多くは、厳しい推敲と排除、『ヘンリー四世』の中で垣間見せたような制御の結果だったにちがいない。極言すれば、シェイクスピアの芸術の自然さは、ジョンソンの言う芸術のより高度な達成としてあったと見るべきだろう。ここで半ば揶揄されているのは、やはり、上演の細部の効果にこだわり、自分の芸に溺れる芸術家、そして、自身にとってとりわけ近しい存在であるシェイクスピアその人だった、と見るのが自然なのではないだろうか。

(6) Peter Stallybrass and Allon White, *The Politics of Transgression* (Ithaca, New York: Cornell University Press, 1986), pp. 201-2 を参照されたい。

(7) もっとも、他のロマンス劇がもともとロマンス風の物語を粉本に持ち、構成の上でも、かなり散漫なロマンス的な語りを――きわめて意識的にではあるが――そのまま劇化させているのに対し、『あらし』にはプロット全体に対する粉本も知られておらず、作品としても、劇作家自身によって緊密に構成された彼固有の世界という印象の方が強い。それは、他の作品がこういった物語性をドラマトゥルギーのレヴェルで実践しているのに対し、『あらし』は、近代的な劇作家が最後にロマンス的な語りへと帰ってゆく軌跡をいわば理論的に跡づける体のものであり、彼の視点も大枠としては近代の側に置かれているからだろう。

（8） Peter Brooks, "Psychoanalytic constructions and narrative meanings," in *Paragraph* 7 (1986), pp. 53-76. なお、野家啓一「物語行為論序説」（『物語』、「現代哲学の冒険8」、岩波書店、一九九〇、一―七一頁）を併せて参照されたい。

（9） この間の事情については、荻野恒一『現存在分析』（紀伊國屋書店、一九六九）、一〇一―二二頁を参照されたい。

（10） ふたりが置かれていた歴史的状況の詳細については、Hannah S. Decker, *Freud, Dora, and Vienna 1900* (New York: Free Press, 1991) を参照されたい。

（11） ピエール・クロソフキー、宮川淳・豊崎光一訳『ディアーナの水浴』（書肆風の薔薇、一九八八、初版、一九七四、原著、一九五六）四三―五一頁。

あとがき

本書は、これまで書いてきた論文のうちで、後期シェイクスピアの作品に関するものを、一冊にまとめたものである。

執筆はかなり長い時期にわたっていて、元から何か明確な構成の意図を持って書いたわけではなく、その時々の関心に沿って作品を論じたものなので、初めからはっきりとした主題を軸にして書かれた研究書のような一貫性があるわけではない。ただ、その一方で、シェイクスピアについて自分が考えてきたことで、核となっているものは、基本的に大きくは変わってないようにも感じており、こうして一つにまとめて読み返してみると、自分が「一万の心を持った」と言われるシェイクスピアの中で、何を中心に見ていたのかがおぼろげながら掴めるような気もする。

それ自体、言い古されたことかもしれないが、シェイクスピアの作品が多くの人々を魅了してきたのは、観たり読んだりするときの楽しさ、おもしろさということに加えて、観劇や読書の体験を通して私たちに向けられてくる、深い問いかけ——青臭い言い方になるが、世界とは、人生とは、あるいは、自分とはいったい何なのか、といった問いかけ——だったのではないだろうか。しかも、そういった問いは、何か安定した視点から客観的に考察するべき問題として提起されるというより、むしろ、面白おかしく劇を観たり読んだりしていて、ふと気づくと自身の立ち位置が根本から問われているといった具合になっており、それに対する自分なりの答えを見つけようとして、考えれば考えるほど、答えになるように見えたものがどんどんと遠ざかっていって、ますます深い問いの中にはまっていくといった体のものだったように思われる。

「温厚なシェイクスピア」と呼ばれ、表だって角《かど》の立つような振る舞いが少なかったとされるシェイクスピアだが、その心の裡には、ふつうでは想像もつかないような深淵が広がっていて、しかも、そういった深淵をどこまでも深く掘り下げ表現していく強靭さを併せ持っていたというところに、彼の尽くしがたい魅力があるように思われる。

そういった探究は、しかし、抽象的な哲理として表されるのではなく、演劇という媒介を通して、あくまで劇場での体験として表現されていたように思われる。それは単に、ほかのかたちでも表現可能な哲理が演劇というかたちで表現されたということではなく、演劇というジャンルを通してのみ——舞台上に、あるいは、舞台と土間との交感を通してのみ——現れてくる類いの思惟・思索だったように思われる。

シェイクスピアの芝居は、先に述べたような哲理への問いと同時に、演劇とは何か、どうあるべきものなのか、演劇を通して何かを表現しようとするというのはいったいどういうことなのか、といった問いを含んでおり、そういった問いが、より広い世界や人生についての問いと密接に絡み合っていたように感じられるのである。シェイクスピアの芝居の多くがメタ演劇的な関心を帯びているということはよく言われるが、そういった関心は決して知的なゲームのような感覚として出てきているのではなく、右に述べたような二種類の問いが交錯するところにあって、そういう問題意識をより深く探って表現してゆくための媒介となっていたのでないだろうか。そして、そういった媒介をバネとすることによって、シェイクスピアの芝居は、思惟・思索としても深められると同時に、舞台と土間を包む体験としても、より根源的な域に達するに至ったのではないだろうか。

シェイクスピアの後期の作品は、悲劇にせよ、問題劇にせよ、どこか暗鬱で、息詰まるような雰囲気を帯びているが、それでもなお、その行き着く先には、しばしば、何か明るい広がりを暗示するものがあって、それが後のロマンス劇の世界では、むしろ前面に出てきているように感じられる。そして、そういった広がりは、舞台上のアクションの展開だけでは説明のつかない、舞台と土間、役者と観客の交感を通してだけ、浮かび上がってくるものだったのではないだろうか。ただ、『ハムレット』や『尺には尺を』といった芝居では、作家自身がそのことを初めから意識していたというよりも、作品の世界に限りなく深く沈潜してゆく中で、思いもかけず、そういった場に出てしまったという観があるが、『冬物語』や『あらし』のようなロマンス劇になると、そういった広がりは、むしろ初めからある程度想定されていて、劇の全体的な流れが自然とそちらに向かっているように感じられ、そこにシェイクスピアがキャリアの終わり近くにたどり着いた一つの境地があったように思われるのである。ここに収められた論考がそういったシェイクスピア劇の展開をいくぶんなりとも跡づけることが出来ていれば幸いである。

そういったシェイクスピアの創作の展開とは別に、論集というのは、論じている側の考えの軌跡を反映している面もあり、こちらは決して展開などと大それたことを言えるものではなく、その時々の流行に引っ張られたりさまざまな関心で目移りしたりしていて、右往左往している観は否めないが、それでもなお、おぼつかない彷徨の道筋が、シェイクスピアの展開の軌跡とどこかで交わっていることを願う限りである。

ささやかな本ではあるが、ここに至るまでには、学生時代に指導していただいた先生がたを初め、さまざまな場で貴重な刺激や助言をくださった同僚や同じ研究者の方々、掴みどころのない議論に付き合ってくれた学生諸君など、多くの方々の支えがあったことを思い、改めて深く感謝申し上げたい。

また、厳しい出版事情の中で、マーロウの『タンバレイン』の訳に続いて、刊行を引き受けていただいた水声社社主鈴木宏氏と、実際の編集を担当して多くの困難を乗り越えて完成まで導いてくださった飛田陽子さんには、とりわけ深い感謝の念を込めて御礼申し上げます。

二〇一九年一月

高田茂樹

初出一覧

若干書き改めたものもあるが、初出の際の題名と掲載箇所は以下の通りである。

序章　「人生夢芝居――転換期を生きる人々」『言語文化の越境、接触による変容と普遍性に関する比較研究』、金沢大学人間社会学域人文学類、二〇一七、八九―一〇八頁。

第一章　「呼び声と沈黙――『ジュリアス・シーザー』における距離のスタイル」『岡山大学教養部紀要』第二二号、一九八六、二一―五七頁。なお、本論は、"Calls and Silence—Style of Distance in *Julius Caesar*"（*Shakespeare Studies*, no. 23, 1986, pp. 1-37）を日本語に書き換えたものである。

第二章　「『ハムレット』における表現と内的真実――その共存在様式をめぐって」『岡山大学教養部紀要』第二〇号、一九八四、一八三―二二一頁。

第三章　「『オセロウ』――共犯の構図」（上・下）『論集』、神戸大学教養部、第四五号、一九九〇、九―四五頁、第四六号、一九九〇」三一―六一頁。

第四章　「人を駆りたてるもの――『トロイラスとクレッシダ』の世界」高橋康也編『逸脱の系譜』、研究社出版、一九九九、八五―一〇二頁。

第五章　「ルーシオの悪ふざけ――『尺には尺を』における裁きと認識」日本シェイクスピア協会編『シェイクスピアとその時代を読む』、研究社、二〇〇七、一四七―一六六頁。

第六章　書きおろし

第七章　「プロスペロウの帰郷」『ニューヒストリシズム』、「現代批評のプラクティス2」、研究社出版、一九九五、一二一―一五五頁。

著者について——

高田茂樹（たかだしげき）　一九五四年、福井県小浜市に生まれる。京都府立大学文学部卒業、東京大学大学院人文科学研究科博士課程退学。現在、金沢大学教授。専攻、イギリス文学。主な著書には、『エリザベス朝演劇の誕生』（共著、水声社、一九九七年）、主な訳書には、スティーヴン・グリーンブラット『ルネサンスの自己成型——モアからシェイクスピアまで』（みすず書房、一九九二年）ピーター・ブルックス『肉体作品——近代の語りにおける欲望の対象』（新曜社、二〇〇三年）、クリストファー・マーロウ『タンバレイン』（水声社、二〇一二年）、スティーヴン・グリーンブラット『シェイクスピアの自由』（みすず書房、二〇一三年）などがある。

装幀――滝澤和子

奈落の上の夢舞台――後期シェイクスピア演劇の展開

二〇一九年三月二〇日第一版第一刷印刷　二〇一九年三月三〇日第一版第一刷発行

著者――髙田茂樹

発行者――鈴木宏

発行所――株式会社水声社

東京都文京区小石川二―七―五　郵便番号一一二―〇〇〇二

電話〇三―三八一八―六〇四〇　FAX〇三―三八一八―二四三七

［編集部］横浜市港北区新吉田東一―七七―一七　郵便番号二二三―〇〇五八

電話〇四五―七一七―五三五六　FAX〇四五―七一七―五三五七

郵便振替〇〇一八〇―四―六五四一〇〇

URL : http://www.suiseisha.net

印刷・製本――モリモト印刷

ISBN978-4-8010-0410-8

乱丁・落丁本はお取り替えいたします。